KB269062

내 연애의 모든 것

내 연애의 모든 것

민음사

나를 사랑하는 사람은 내 개도 사랑한다.

—C. 베르나르, 『설교집』에서

일러두기

1 프롤로그에 해당하는 1과 2는 피터 라칼라미타(Peter Lacalamita) 감독의 2001년 작 단편 애니메이션 「Moonstruck」(2분 32초)의 내용을 변화시키고 확장한 뒤 언어로 구성 한 것입니다.
「Moonstruck」의 내용은 이렇습니다.
—어느 작은 태양에 살고 있던 한 남자가 망원경으로 먼 곳의 작은 별을 보다가 한 여인 이 누워 있는 것을 발견하고는 장대높이뛰기를 해서 그 작은 별로 가게 되는데, 막상 가 까이서 보니 그녀는 돌무더기였다.
http://magneticstudio.com/ms.html에서 영상을 직접 확인할 수 있습니다.

2 34에는 『사랑할 때 우리는 동물이 되는가?』(미셸 세르 작, 박시룡 감수, 이수지 옮김, 민음in, 2006)에서 15~17쪽, 33~35쪽, 38쪽을 참고하거나 몇 문장들을 변화시키고 확장 한 부분들이 있습니다.

3 이 책에 등장하는 인물들은 현실의 어느 누구와도 아무런 관련이 없습니다. 만약 비슷 하다고 느낀다면 그것은 오직 문학의 영역에서 발화된 정치 풍자일 뿐입니다. 그럼에도 불구하고 만에 하나 즐기는 것 이상으로 심각하게 여긴다면 이는 문학적 무지와 정신 병 리적 망상이 분명하므로 조속한 학습과 치료의 병행을 권합니다. 개인이건 사회건 간에.

차례

언제나 그렇듯 우주에는 수많은 별들이 반짝였다. 그리고 그 반짝이는 수많은 별들 가운데 어느 작은 별 두 개가 서로를 마주 보며 반짝이고 있었다. 이것은 우주와 별들에 관한 이야기다.

그 밤 반짝이는 작은 별의 한 남자는 천체망원경으로 은하수를 관찰하다가 우연히 제 코끝에서 반짝이고 있는 작은 별 하나를 발견했다. 호기심이 발동한 그는 그 반짝이는 작은 별을 자세히 들여다보았다. 그런데 천체망원경의 동그라미 안에서 한 여자가 수많은 사람들 앞에 서서 그를 빤히 바라보고 있는 게 아닌가. 그녀는 아름답지만 어쩐지 쓸쓸해 보였고 순간 그는 그만 사랑에 빠져 버렸다. 물론 그녀는 그를 바라보고 있는 게 아니라 그저 은하수를 올려다보고 있을 뿐이었지만.

그는 당장 그녀를 만나러 가야겠노라 결심하면서도 어느새 망설이고 있었다. 그는 그녀가 사랑을 받아 주지 않을까 봐 겁이 났다. 다행히 그녀가 그를 사랑해 준다고 해도 그와 그녀는 각자의 별에 살고 있는 모두에게서 비난을 받을 수도 있었다.

그는 문득 주위를 둘러보았다. 그를 좋아한다는 사람들이 우글거렸지만 정작 그는 그들과 별로 행복하지 않았다. 그는 그런 속내를 그들에게 뭐라 표현하기가 어려웠고 원래 진심이라는 게 있어 본 적이 없는 그들은 이득이 되지 않으면 아무것도 의심하지 않았다. 갑자기 그에게 고독이 신경질처럼 밀려왔다. 마침내 그는 우주의 미아가 된다 한들 절대 후회 없다는 각오로 대포의 구멍 속에 미끄러져 들어갔다. 그리고 인간 포탄이 되어 그녀의 별을 향해 발사됐다.

그녀는 은하수로부터 허우적대며 날아오는 하나의 점에 갸우뚱하다가 그것이 하나의 남자로 점점 커지며 가까워지는 것에 입을 다물 수 없었다. 이윽고 그가 그녀 앞에 떨어져 나뒹굴었다.

대자로 벌러덩 자빠져 있는 그를 그녀는 물끄러미 내려다보았다. 잠시 정신을 잃었던 그가 가만히 눈을 떠 그녀를 올려다보았다. 그녀는 그의 미소가 알 수 없이 반가웠다. 그가 아무렇지도 않게 일어나 온몸에 묻은 모래 먼지를 툴툴 털어 냈다. 그녀는 손사래를 치며 기침을 했다.

자신의 별을 버리고 오로지 그녀만을 원해 그녀의 별까지 온 그가 비로소 그녀 앞에 섰을 때 그는 깜짝 놀라지 않을 수 없었다. 그녀가 아름답지 않아서도, 쓸쓸해 보이지 않아서도 아니었다. 그녀 뒤에 모여 있다고 여겼던 수많은 사람들이 실은 그의 별에서 천체망원경을 통해 보면 수많은 사람들처럼 보이게 되는 가시덤불 등성이였기 때문이다.

순간 그는 엉뚱하게도 이런 질문에 사로잡혔다. 내가 사랑하는 이 여자는 우리의 운명을 사랑할 용기가 있을까? 한편 그녀는 이것이 궁금했다. 내가 우연히 사랑할지도 모르는 이 남자는 나의 무엇

때문에 내 앞에 서 있게 된 것일까? 언제나 그렇듯 우주에는 수많은 별들이 반짝였지만 그렇게 서로를 마주 보며 반짝이는 별은 그와 그녀뿐이었다. 우주와 별들에 관한 이야기가 시작되었다.

3

그 방송국 라디오 부스 안 벽시계는 디지털이었다. 아날로그 벽
시계의 초침과 시침 가는 기척마저 마이크에 흡수될까 봐 염려해서
일까. 만약 그게 정말이라면 실제로는 존재하지도 않는 시간의 소리
를 물질의 가면에 기대어 인지한다는 점이 오소영에게는 마치 오묘
한 비밀을 숨은그림찾기라도 하는 양 여겨졌다. ……바람은 모습이
없다. 대신 바람에 흔들리는 것들로써 바람의 모습을 본다. 시간은
모습이 없다. 대신 시간에 흘러가는 것들로써 시간의 모습을 본다.
지금 시간에 흘러가고 있는 이 음악으로 내가 시간의 모습을 보는
것처럼. 오소영은 그런 상념에 잠겨 두 눈을 지그시 감고 있었다.

그리고 '깊은 밤 음악 편지'의 DJ 장도준은 제 앞에서 두 눈을 지
그시 감은 채 핑크 플로이드를 감상하고 있는 깜짝 초대 손님 진보
노동당 오소영 대표를 유심히 감상하고 있었다. 이 여자, 직접 만나
보니 예상보다 훨씬 예쁘고 흥미롭다. 이런 여자가 왜 여태 시집을

안 간 거야? 못 간 건가? 설마. 1990년대 초중반 깔끔하게 전성기를 말아먹은 마약 전과 2범 퇴물 로커 장도준은 여태 장가를 안 간 게 아니라 못 간 관계로 그런 음흉한 번뇌에 시달렸다. 하긴 주책이 국어사전에서 튀어나와 분신을 시도하는 게 록스피릿이지만서도.

장도준의 최종 학력은 서울대학교 농대 2년 중퇴다. 교활한 부친의 현명한 권유대로 대학교를 좀 낮춰서 법대에 갔더라면 오늘날 족히 악덕 꼰대 부장검사로 강남 홍등가의 룸살롱들을 화장실 드나들듯 하고 있을 테지만 진정한 로커는 짜증 나는 후회라 쓰고 안타까운 운명이라 읽을 뿐이다.

아무튼. 아까 장도준은 오소영을 딱, 보자마자 번쩍, 하고 사과나무가 떠올랐다.

아홉 살 말더듬이 소년 도준은, 새엄마가 놓은 쥐약을 먹고 죽은 개를 끌어안고 집 부근 과수원 안을 헤매 다니고 있었다. 그 개는 도준의 유일한 친구였고 그 과수원은 주인이 갈아엎고 떠나 버린 지 몇 년째여서 말라 죽어 식별이 불가능해진 나무들의 잔해가 서늘하게 늘어선 폐허였다. 그곳에서 도준은 일종의 신비체험을 하게 된다. 개를 묻어 주려다가 한 그루의 사과나무와 맞닥뜨린 것이다. 그 사과나무는 폐허가 된 과수원에서 유일하게 살아남은 나무인 것도 모자라 매끈한 가지마다 붉은 사과들을 주렁주렁 매달고 있었다. 도준은 죽은 개를 꼭 품은 채 어떤 알 수 없는 힘에 휩싸여 그 자리에서 꼼짝도 할 수가 없었다. 사과나무는 사과들과 더불어 빛으로 가득 차올랐다.

어린 도준은 신이라는 단어 자체도 익숙하지가 않았지만 만일

신이라는 것이 현실과는 다른 차원으로부터 나타나 가장 빛나는 무엇이라면 그 사과나무는 그때 분명 신이었다. 가을바람이 시간을 이끌고 지나갔다. 빛이 사그라지자 그 사과나무는 다시 사과나무가 되었다. 하지만 도준은 이제 더 이상 이전의 도준이 아니었다. 소년은 사과나무 아래 하나뿐인 친구의 사체를 내려놓고는 곧바로 과수원을 태연히 걸어 나와 다시는 그 안으로 들어가지 않았다. 그리고 더 이상은 말을 더듬지 않았으며 날이 갈수록 냉소적인 성격으로 굳이 갔다.

이후 온갖 비행을 저지르면서도 타고난 두뇌 덕에 성적은 늘 상위권이었고 고3 수험생 시절 이미 로커의 길로 접어든 그에게 제도권 교육의 종착역인 대학교란 조롱과 혐오의 대상이었던바, 오래 전 그 사과나무에게 세례 받은 충격이 불쑥 생생하길래 꿈꾸듯 멋 부리는 장난질처럼 입학원서에 농대라고 적어 버린 것이 그만 덜컥 붙어 버렸던 것이다.

듬성듬성 다니는 둥 마는 둥 하다가 결국 때려치웠던 서울대학교 농대에서는 막상 사과나무 한 그루는 고사하고 사과 궤짝 한번 구경해 본 적이 없고 다만 술집 아가씨들이 돌돌 잘도 깎아 내리는 사과 껍질의 똬리를 굽어보면서 혼자 킬킬거렸던 기억은 어렴풋하다.

그러나 그렇다고 해서 장도준의 사과나무 종교가 실없이 소멸된 것은 아니다.

뉴턴은 사과나무에서 사과가 떨어지는 것을 보고 만유인력의 법칙을 발견했고 빌헬름 텔은 아들의 정수리 위에 놓인 사과를 활로 쏴 맞혔으며 백설공주는 독이 든 사과를 베어 물고 잠들었다가 멋진 왕자와 맺어지지 않았던가.

　그뿐인가. 스피노자는 내일 당장 지구의 종말이 닥친다 해도 오늘 한 그루의 사과나무를 심겠노라 대범한 척했고 이상(李箱)은 능금(사과나 능금이나 그게 그거지.) 한 알이 떨어지자 지구는 부서질 듯이 아팠다고 읊조렸으며 무엇보다 사탄은 사과로 아담과 이브를 유혹해 에덴동산에서 쫓겨나 속세를 건설하게끔 했으니 가히 문명이란 한 그루의 사과나무로부터 비롯된 것이며 그날 그 소년의 영혼에 뿌리내렸던 저 신비한 사과나무 또한 홀연 황홀한 빛의 계시가 되어 자신에게로 온 거라고 장도준은 곰곰이 믿어 의심치 않았던 것이다. 황홀한 빛의 계시? 그게 도대체 뭘 뜻하는지는 아직 장도준 자신도 전혀 모르고 있지만.

　옆으로 샜다가 되돌아와서 아무튼. 아까 장도준은 오소영을 마주하자마자 번쩍, 하고 사과나무가 떠올랐다. 너무 예뻐서 첫눈에 반했다는 식의 유치한 얘기가 아니다. 한 사람의 본질을 화들짝 통찰해 버린 느낌? 아, 반갑습니다. 당신은 예전 그 사과나무와는 좀 다른 어떤 사과나무로군요, 뭐 그런 거? 오소영이 예쁘지 않았어도 그랬을 거라는 소리는 아니고 솔직히. 사실 범상한 인연이 억지로 깊은 것이 7년 전 장도준은 오소영의 언니 고(故) 오문영을 대통령으로 찍어 주려다가 투표 전날 폭음을 하는 바람에 이틀 뒤 한밤중에나 좀비가 돼 일어났더랬다. 명상 중인 오소영을 다정히 보면서 장도준이 속으로 말했다. 다음 대선에 너도 나와. 이번엔 내가 아침까지 멀쩡하게 마시다가 일착으로 가서 찍어 줄게. 왜냐고? 넌 예쁘니까. 예쁘다는 건 그 어떤 만고의 진리보다 소중하니까. 사상이 아무리 고상하면 뭐하나? 예뻐야 그게 통하는 사상이지. 혁명도 예뻐야 성공할 확률이 높은 거야. 안 그래? ……근데, 어째 좀 이상하다, 이 여자. 그늘이 있어. 그늘이. 눈 밑 다크서클이 아니라 내면에 드리워진 그림자 말이야. 어떻게 아냐고? 잘나가다가 몰락한 자에게는 타인의 어둠을 읽을 수 있는 면허증이 발급된다. 그게 인생 파란만장의 요체다. 슬픔이다.

핑크 플로이드의 「High Hopes」가 끝났다. 오소영이 감고 있던 두 눈을 살며시 떴다. 라디오 부스에 'ON AIR'기 들어왔다. 오소영에 대한 대책 없는 잡생각에 살짝 호흡을 놓쳤던 장도준이 서둘러 방송을 잇는다.

"대한민국 정당 사상 최초의 미녀 국회의원. 진보노동당 오소영 대표께서 골라 주신 예민한 곡들을 들으며, 뭐랄까, 에, 약간은 위험천만한 토크 나누고 있어요."

"위험천만이야 생방송의 특권이지만, 미녀란 말씀은 몹시 민망하네요."

"몹시 겸손이십니다. 몹시 미녀시고, 여의도 최초 완전 맞으십니다."

"새한국당 의원님들 눈에는 시집 못 간 마귀할멈으로 보일 텐데요, 뭐."

"고요한 밤 거룩한 밤에 계속 그런 수류탄적인 농담을."

"진심이어서 유감입니다."

"와우."

"국민을 기만하는 유사 정치 집단에게는 부드럽지 않아도 되니까요. 아뇨! 부드럽지 않아야 하니까요!"

부스 창 너머, 얼굴이 창백해진 PD가 그만 자르라는 손짓을 연신 해 댄다.

'깊은 밤 음악 편지'의 PD는 겁쟁이였다. 천성을 따질 계제가 아니었다. 첫 아내가 첫 출산에서 첫 딸을 낳았기 때문이다. 닭이 알을 까듯 새끼를 낳던 원시인들은 안 그랬는데 현대인은 자식이 생기면 무조건 겁쟁이가 된다. 자식을 보살피는 것에 한해서만 용감해지고 다른 모든 면에서는 무한대로 겁쟁이가 되는 것이다. 혹시 주변에 재수 없게 용감한 여자가 히도 얼쩡기려서 죽을 만큼 피곤하거들랑 얼른 덮어놓고 임신을 시켜라. 단, 당신이 그 여자와의 생물학적 교배의 장본인이 되어서는 절대 안 된다. 만약 그러면 그 여자는 남편인 당신에게만 무조건 무한대로 용감해질 테니까. '깊은 밤 음악 편지'의 PD가 바로 그러한 경우였다. 노총각계의 고생대 화석 장도준은 동공에 어리는 PD의 실존에 모골이 송연해졌다.

"음, 흠. 그래요, 그래. 언론법 통과 문제로 요즘 여야 간 분위기가 월드컵 한일전이죠? 시국이 시국이니만큼, 솜사탕처럼 부드러운 저 대신, 마그마같이 이글거리는 오 대표께서 심야의 공포 데이트, 작별 인사 주시겠습니다."

가엾은 겁쟁이 PD가 창백을 넘어서 사색이 된다. 값싼 동정보다는 과감한 실험을 추구하는 잔인한 DJ가 CD의 트랙을 맞추고 플레이 버튼을 누른다. 카멜의 「Long Goodbyes」가 잔잔히 깔린다. 오소영이 다시금 두 눈을 감는다. 그녀는 자신의 어둠 속에서 시간의 모습을 본다. 그리고 말한다.

"심리학에는 다음과 같은 연구 결과가 있습니다. 열 명이서 포커를 하는데요, 그중 아홉 명이 작당해 나머지 한 사람을 틀리지 않았는데도 틀렸다고 몰아붙이는 겁니다. 나아가 그 하나가 항의하면 할수록 다른 아홉은 훨씬 강하게 그를 압박합니다. 그럼 어떻게 될까요? 이 어이없는 상황이 하염없이 지속되면 제아무리 심지가 굳은 사람도 결국엔 굴복하고 말죠. 그런데 말이에요, 정말 신기한 사실은, 그때 만약 단 한 사람만 그의 편을 들어 주면, 그는 그 어떤 혹독한 공격이 끝없이 들어온다 한들 결코 꺾이지 않는다고 합니다. 단 한 사람. 이것이 바로 단 한 사람의 위대함입니다. 저는 지금 제 목소리를 듣고 계신 모든 분들이 저에게 그 단 한 사람이 돼 주시기를 간절히 소망합니다. 저도 대한민국, 우리 사회의 정의를 사랑하는 여러분 모두의 마지막 단 한 사람이 되겠습니다. 진보노동당 대표, 국회의원 오소영이었습니다."

DJ 로커 장은 어메이징 게스트에게 부르르 엄지손가락을 추켜세운다. 그리고 선량한 겁쟁이이자 성실한 가장인 PD 역시 감동에 기습당해 눈가가 붉어진 것을 슬쩍 본다. 멋진 얘기였다. 그래. 감동이란 마음이 저기에서 여기로 자리를 옮겼다는 뜻이지. 감동이 곧 정치다. 이 여자 대통령감 맞네. 확 사랑해 버릴까? 오우. 양로원이 낼모렌데 추하다, 추해. 록스피릿도 이 지경이면 뽕짝이지. 장도준은 새삼 제 상태와 처지가 서글퍼졌다. 살아 있어도 죽은 목숨이 따로 없었다. 범법 행위에 준하는 수준으로 손가락질 받을 연애 감정이야 들키지만 않으면 된다고 쳐도 삭곡은커녕 아예 기타를 집지 않은 지가 10여 년이 넘었던 것이다. 울긋불긋한 청춘은 추억마저 유통기한이 지나 오래전에 물거품이 돼 버렸건만 조만간 저승에 접속할 것 같던 이놈의 구차한 인생은 어찌 된 노릇인지 가도 가도 끝이 없어 끔찍했다. 장도준은 한 달에 한 번 적금 붓듯 자살을 매우 진지하게 고려하고 있었다.

「Long Goodbyes」가 점점 커진다.

오소영이 헤드폰을 벗으며 문이 없는 넓은 창 밖 서울의 야경을 내려다본다. 장도준은 생각했다. 이 아름다운 사과나무 여인, 무슨 말 못할 사연이라도 있으신 건가? 왜 언뜻언뜻 전혀 다른 사람처럼 보이지? 파란만장 인생 박사 장도준은 자꾸 본의 아니게 읽히는 오소영의 그늘이 불안했다. 라디오 부스에서 'ON AIR'가 사라진다.

그사이 오소영은 저 먼 아래 한강대교 위를 질주하는 단 한 대의 자동차 불빛을 무심히 응시하고 있었다. 스산해. 말 그대로 깊은 밤이구나. 이 시각에도 잠들지 않고 있는 사람들, 좀 이상해. 아냐. 다 이상한 사람들이야. 그래. 나도 이상한 사람이야. 너무 이상한 여자야, 나는.

4

……저 골동품 괘종시계는 내가 여기 들어온 뒤로 지하 감방에
서 귀신이 애국가 부르는 소리를 두 차례 냈다. 시계에 무슨 죄가
있겠는가. 시계라는 허망한 물건을 고안해 낸 인간이라는 동물이
징그러운 거지. 사람들은 각자의 시계 안에 제 시간을 가둬 정확히
측정하고 있다고 자부하지만 그건 과학적으로도 착각일뿐더러 우
주의 어느 부분에서는 째깍 1초가 100년처럼 늘어지고 또 다른 곳
에서는 100년이 째깍 1초 만에 지나가 버린다고 하지 않는가. 그러
니 시간이란 결국 불가해한 것에 대한 강박이 일으키는 환각 아닐
까? 태어난 자는 반드시 죽고 만물은 반드시 변하며 만난 이들은
반드시 헤어지게 되는 것에 대한 불안…… 아닐까?

최고급 호텔의 룸 바 안에서 현직 국회의원 중 유일한 미혼남인
새힌국당 김수영 의원(그리고 보니 현직 국회의원 중 유일한 미혼녀는
진보노동당 오소영 의원이다. 그 여사님 참 기록도 많다. 현직 유일의 여성

당 대표에, 대한민국 정당 사상 최초의 미녀 국회의원에.)은 친구 아닌 친구들과 포커를 하고 있었다. 한데 아까부터 그는 카드를 손에 쥔 채 괘종시계와 그 맞은편 벽에 걸려 있는 그림 한 점을 번갈아 곁눈질하면서 엉뚱한 상념 속으로 화를 꾹꾹 밀어 넣고 있었다. 왜냐하면 김수영과 비행접시만 한 원탁에 둘러앉아 양주를 마시며 포커를 하고 있는 저 친구 아닌 친구들이 대놓고 작당해 그에게 속임수를 쓰고 있다는 걸 당연히 알아챘기 때문이다. 아슬아슬한 속임수라면 차라리 귀엽기라도 하지. 그건 은근한 왕따이자 명백한 시비였다. 이 친구 아닌 친구들끼리의 해괴한 사교 모임은 비스무리한 배경을 가진 도련님들끼리(공교롭게도 김수영만 학자와 예술가 집안의 자제였다.) 그 유서가 깊은데 얼마 전 총무의 공식적인 청탁을 김수영이 단칼에 거절하는 바람에 분위기가 영 썰렁해졌다. 법정에서 나무망치를 탕탕 내려치던 시절에는 감히 부자님들 이권 봐주고 말고가 없었는데 그놈의 모기 불알 반쪽만 한 금배지를 딸랑 달게 되고 나니까 지인들과 의가 상하는 일들이 드문드문 적지 않았던 것이다. 그만큼 김수영은 겉보기와는 달리 강직했다.

괘종시계와 마주한 액자 속 그림은 잭슨 폴록의 「가을의 리듬」 전시용 도판이었다. 김수영은 잭슨 폴록의 작품보다는 인간 잭슨 폴록을 더 좋아했다.(섬유판 위 석고 바탕의 유화 「서부로 가는 길」은 예외이지만.) 그가 화가 이전에 방황하는 야성의 사나이였던 까닭이다. 분위기가 너무 무겁긴 해도 천방지축 사고뭉치 잭슨 폴록이 김수영은 괜히 혈육 같았다. 지루한 천사보다는 즐거운 악마가, 점잖은 속물의 위선보다는 위험한 도전자의 위악이 세상에 한결 보탬이 되리라는 것이 괴짜 김수영의 신조였다.

잭슨 폴록을 유명하게 한 일련의 추상화들은 찬사와 조롱을 동시에 받았다. 조작된 경우가 아니라면 진정한 천재는 항상 천재와 사기꾼 사이를 오가며 온갖 의심과 오해 속에서 꽃핀다. 누군가 진짜라면 지구의 반 이상은 그의 적인 것이다. 삶의 당파성 없이 칭찬이 자자한 자들은 자세히 들여다보면 거의 다 가짜다. 잭슨 폴록을 유럽 회화를 극복한 미국 미술의 영웅으로 추앙하는 쪽은 그의 작품들이 뿜어내는 장대한 스케일과 늑석인 움직임 그리고 형식과 기법의 혁신에 경의를 감추지 않았다. 반면 잭슨 폴록의 예술 세계를 경멸하는 부류들은 작품 이전에 인간 잭슨 폴록 자체를 쓰레기로 규정했다. 그들에게 잭슨 폴록은 중증 사회 부적응자였고 그의 그림은 탕아의 히스테리에 불과했다.

아널드 뉴먼이 찍은, 담배를 무표정하게 물고 있는 잭슨 폴록의 사진은 그의 대표적인 이미지로 대중에게 각인되었다. 1999년에 발행된 33센트짜리 미국 우표도 추세에 맞춰 담배만 지워져 있을 뿐 그 사진을 그대로 쓰고 있는데 우표 수집에는 조금도 취미가 없는 김수영은 그것을 서너 장 가지고 있었다.

잭슨 폴록을 미워한 것은 그의 적대자들만이 아니었다. 그의 스승 토머스 벤턴은 그를 이렇게 평했다.

— 사교성 없는 골칫덩어리를 제자로 받아 줬더니 아니나 다를까 재능도 없고 앞으로 뭘 하든 문제를 일으킬 것이다.

문제를 많이 일으킨 것은 맞지만 훗날 잭슨 폴록은 유나이티드 오브 아메리카의 아티스트들 가운데 두 번째로 우표에 등장하는 영광을 얻었다. 예술에 있어서 선생은 제자를 결코 가르칠 수 없다. 다만 알아볼 뿐이다. 그러나 그게 가르치는 것보다 한참 어렵다. 잭슨 폴록은 좋은 학생이었지만 토머스 벤턴은 좋은 선생이 아니었나 보다.

아무튼. 잭슨 폴록은 테네시 윌리엄스의 1947년 작 『욕망이라는 이름의 전차』에 나오는 폭력적인 주정꾼 스탠리 코발스키와 흡사한 데 실지로 윌리엄스는 그 3년 전에 폴록을 만난 적이 있으니 그의 어떤 인상이 작품에 반영됐을 개연성은 충분하다. 진위 여부를 떠나 사람들은 코발스키를 연기했던 말런 브랜도와 잭슨 폴록을 자주 비교하곤 했다. 그러나 잭슨 폴록은 말런 브랜도가 오토바이 갱으로 등장하는 영화 「거친 인생」에 대해 어떻게 생각하느냐는 질문에 이렇게 대답했다.

— 걔들이 거친 것을 알겠는가. 거친 건 나지. 내 안에는 야만이 있다.

1956년 폴록이 마흔넷의 나이에 음주 운전으로 사망하자(자살이라는 견해가 지배적이다.) 그의 강렬한 외모와 생전의 과격한 행동들은 더욱 강조되었다. 사고 당시 함께 차에 타고 있던 두 명의 여성 중 한 명도 목숨을 잃었는데 물론 둘 중 어느 쪽도 그의 아내는 아니었다.

잭슨 폴록은 물감을 흘려서 그리는 자신의 추상화가 우연히 만들어지는 엉터리가 아니냐는 어느 비평가의 공격에 거의 100년 만에 예의 바른 소릴 했다.

— 이봐. 나는 우연을 믿지 않아. 따라서 우연을 이용하지도 않

는다.

옆으로 샜다가 되돌아와서 아무튼. 지금 김수영은 아량이 넘치는 우주의 패종시계와 인간 시한폭탄 잭슨 폴록 사이에서 구원을 모색하는 중이다. 엎을까? 아냐. 새끼들은 내가 그래 주길 바라고 있는 거야. 그냥 넘어가자. 아니다. 그 미합중국 우표 속 단호한 야만의 사나이를 본받아 분노에 충실하자…….

이윽고 김수영은 결정했다. 쓴웃음을 씹고는 쥐고 있던 카드들을 탁자 위에 북, 던져 놓으며 사리를 뜬다. 김객은 흥분하지 않는다. 가벼이 싸우지 않음으로써 도리어 이긴다. 현상에 치우치지 않고 상대의 본질을 꿰뚫는다. 김수영은 검도의 고수였다. 은유가 아니라 사실이 그랬다.

그런데 그때 등 뒤에서 약간 당황하는 기운과 더불어 피식, 비웃음 소리가 난다. 욱하고 되돌아가서 싹 다 죽여 버리고 내일 조간신문 1면을 대서특필로 장식할 것이냐. 새한국당 김수영 의원, 친구 아닌 친구 갑부들과 포커 치다가 일동 몰살한 뒤 토막 내 난지도 매립지에 파묻던 중 환경미화원의 신고로 경찰에 체포? 에이. 관두자, 관둬. 김수영은 상상만 해도 아찔해 얼른 호텔 밖으로 빠져나와 홍 기사가 핸들에 이마를 박을까 말까 하며 졸고 있는 BMW의 뒷문을 열고 들어가 앉았다.

카 오디오에서 '깊은 밤 음악 편지'의 끝인사가 흐르고 있다.

"어?"

김수영이 인상을 찌푸린다. 뭐야? 이 재수 없이 용감한 목소리는? 오소영이네? 혁명을 위해서 별짓을 다 하는구만. 김수영은 넥

타이를 풀어 헤친 다음 명함만 한 갈색 플라스틱 통에서 두통약을 두 알 꺼내 물 없이 삼킨다. 그러고 있는 그를 졸린 눈의 홍 기사가 백미러 속에서 눈치 보듯 지켜보고 있다. 김수영은 홍 기사가 마음에 들었다가 안 들었다가를 하루에도 수십 번씩 반복했다. 운전은 제임스 본드 뺨치고 충성심도 굳은 편인데 뭐랄까 반도체에 먼지가 끼어 있는 듯한 인상과 말투가 무시로 조마조마했던 것이다.

"……사방이 포커구만."

"네?"

"아냐. 가자."

"의원님, 라디오 끌까요? 진행하는 놈이 골 때려서 잠 깨느라 틀어 논 건데요."

"놔둬 봐. 뭐라고 연설하나 끝까지 들어 보게."

묵직하게 출발하는 BMW 안에서 김수영이 어쩐지 쓸쓸한 얼굴로 차창 밖을 내다보는 사이 '단 한 사람'에 관한 오소영의 이야기가 마무리된다. 카멜의 「Long Goodbyes」가 도시의 밤하늘에 스민다. 김수영은 무심코 생각한다. 나 역시 우연 따윈 믿지 않는다. 인간에게는 크든 작든 운명만이 있을 뿐이다, 라고. 더불어 와중에도, 새한국당 노총각 국회의원은 진보노동당 노처녀 국회의원의 비장한 자의식이 심히 거슬린다.

"……단 한 사람? 닭살이야, 처절한 닭살."

"왜요, 듣기 좋은데요."

"듣기 좋아? 안전 운전 하시고 날 밝는 대로 이비인후과 꼭 가 봐."

"당은 다르지만 말은 옳은 거 같아서……."

"홍 기사님."

"네? 네, 의원님."

"너 휴머니스트야?"

"네?"

"나는 너의 그 도저한 낭만주의가 고통스럽다."

"……."

"저 여잔 여기가 덴마그인 줄 알아요. 국민 성금 모아서 정신감정 받게 해야 돼. 이상한 여자야. 이상한 여자."

"데, 데, 덴마크. 복지의 천국 아닙니까?"

"……네에, 데, 데, 덴마크. 맞습니다, 천국. 저 집 앞에 내려 주시고 곧바로 이민 가세요. 천국으로."

"……."

김수영의 BMW는 한강대교 위를 단 하나의 불빛이 되어 질주한다. 그것을 저 멀리 높이 솟은 방송국 건물의 넓은 창 안에서 이상한 사과나무 한 그루가 물끄러미 내려다보고 있다.

5

이른 아침 진보노동당 오소영 대표는 눅진한 검은 비닐봉지를 아파트 단지 쓰레기 분리수거대로 가져가 음식물 쓰레기를 버렸다. 오늘도 힘찬 하루! 역사는 공짜가 없다! 우리가 노력하고 희생한 만큼 진보한다! 인간의 피에서는 강철의 냄새가 나니까! 강철은 불과 땀방울로 단련되니까! 좌우명을 가슴속으로 외친 그녀는 여덟 살 조카 보리를 으쌰 들어 안아 구형 아반떼 뒷좌석에 집어넣는다. 보리가 줄곧 양손으로 펴 쥐고 있는 책은 『삼국지』다. 극도로 몰입해서 도원결의 부분을 읽고 있는데 이제 처음이 아니라 벌써 여덟 번 완독 후 아홉 번째로 접어든 터다. 이목구비가 이지적이긴 하나 결코 미녀로는 분류될 수 없는 정윤희 보좌관은 오소영이 조수석에 앉아 화장을 시작하자 먼지투성이 아반떼를 무슨 페라리 몰듯 발진시킨다. 그리고 가슴속으로 외친다. 오늘은 잊지 말자, 공짜 쿠폰으로 세차!

보리는 가히 『삼국지』 마니아로서 특히 중국사 최고의 전략가 와룡 선생 제갈량의 광팬이었다. 제갈공명이 나오는 장면들은 골백 번 따로 들춰 보기가 다반사였는데 거기에는 사뭇 고독한 연유가 있어 보리와 와룡 선생은 둘 다 난세의 천재라는 비극적 실존을 지니고 태어났던 것이다. 이 오동통한 너구리 꼬마 숙녀는 일단 IQ가 171이어서 수차례 정부 산하 교육 연구 기관으로부터 영재 프로그램을 제안받았으나 법적·실질적 보호자인 이모 오소영이 극구 반대해 그냥 일반 초등학교에 설렁설렁 입학했다. 그것이 참교육의 꿋꿋한 길이라 여긴 진노당 당수는 자신을 초롱초롱 올려다보는 어린 조카에게 모든 인간은 권리가 동등하니만큼 저만 잘나 봐야 다 거기서 거기이며 함께 어울려 선함을 이룩해야 한다고 설교했지만 기실 오소영에게는 모든 인간이 동등한 권리를 누리는 세상을 이룩하라고 하나님이 파견하신 저만 잘난 인간이 아주 가끔 명백히 존재한다는 것을 절감케 한 경우가 있었으니 다름 아닌 제 언니이자 보리의 죽은 엄마 오문영이었다. 아무리 공평한 이성을 장착한 위인일지라도 스스로를 아리게 속이고 있는 구석이 하나쯤은 있기 마련이다. 오소영은 오문영이라는 희귀병을 앓고 있었다. 아반떼는 교차로를 벗어났다.

오소영이 콤팩트를 탁, 닫더니 소리친다.

"보리! 흔들리는 데서 책 보면 눈 버린다고 그랬지!"

하지만 보리는 전혀 개의치 않는다. 시방 황건적이 성난 벌 떼처럼 난리를 쳐 대 패도는 천지에 사무쳐 백성은 살이 베이고 뼈가 무너지는 도탄에 허덕이고 있다. 이에 모택동도 못 말릴 오지랖에 불타는 유비, 관우, 장비, 세 폼생폼사 건달이 꽃잎 흩날리는 복숭아밭에서 검은 소와 흰 말의 피를 섞어 나눠 마신 뒤 향을 사르며 형제의 의와 연을 가관으로 맺는 참인 것이다. 대한민국 아반떼가 만민이 평등한 초등학교 정문 앞 건널목에 스르륵 멈춘다.

"의원님. 보리 쟤 삼국지 읽는 거 김정일이 전쟁을 일으켜도 못 말려요. 그럴 여유 있음 댐 공사 관련 환경 보고서나 좀 읽어 보심이?"

정 보좌관의 말이 끝나기 직전 보리가 공짜 쿠폰 세차를 몇 시간 앞둔 아반떼에서 쿨하게 내린다.

"보, 보리! 오보리! 길에서 책 보면 위험해!"

계모 여왕 카리스마 이모의 피맺힌 절규도 아랑곳없이 숲 속의 요정 보리는 강호의 검인정 교과서 『삼국지』에 얼굴을 파묻고 교문 안으로 총총 사라진다.

"졌다, 졌어. 무슨 애가. 누구 딸 아니랄까 봐……."

오소영은 지끈거리는 이마를 짚는다. 청렴의 상징 중고 아반떼는 다시금 페라리처럼 출발하고 정윤희 보좌관의 미소는 이내 무표정이 된다. 바야흐로 여의도는 준전시 상황인 것이다.

"의원님."

"읽고 있잖아요. 댐."

"그거 말고. 더 큰 거."

"뭐?"

"더 센 거."

"……언론법?"

"고지전(高地戰) 말고 다른 수는 없을까요?"

"없어요. 괜한 희망 가지지 맙시다."

"……암만 용을 써도 결국 그 꼴을 못 벗어나네요, 우리는."

"이 세계가 그래요. 우리가 속한 이 세계가……."

"너무 거창하다. 이 바닥이 그런 거겠죠."

"이 바닥도 그렇고. 이 세계도 그렇고, 뭐, 나라가 그런 거지. 이 나라가."

"남이 참 내 맘 같지 않다, 대한민국 정치의 유일한 철학이죠."

"새한국당 종자들, 외계인 같아. 말이 안 통하는."

"ET도 의사소통은 돼요. 손가락 끝으로. 서로 마주 대면 백열등 빛이 맺히죠."

"아, 우울하다. 파란색 우주 괴물들."

그 시각. 사람과는 도저히 의사소통이 안 되는 파란색 우주 괴물들 중 한 마리인 김수영은 여의도 정가의 준전시 상황에 관한 하등의 각성도 없이 고급 호텔 사우나 한증막 안에서 ET마냥 홀딱 벗은 채 숙취에 시달리고 있었다. 하, 이제 보니 여기도 저 허망한 물건이 달려 있네?

희뿌연 수증기 너머 유리 막 속 벽시계는 디지털이었다.

방습 처리가 잘돼 있나 봐. 시간에 물이 스미는 걸 막는다? 재밌네, 재밌어. 실제로는 존재하지도 않는 시간의 모습을 숫자의 가면에 기대어 인지한다는 점이 김수영은 가증스러웠다. 불가해한 것에 대한 강박인 시간이 환각이니만큼 그 시간의 일관된 흐름인 역사도 당연히 환각이다. 시간은 없다. 지금 이 순간순간만이 있을 뿐이다. 한 순간이 종적을 감추면 다른 한 순간이 찾아오고 그 한 순간이 또 사라지면 또 다른 순간이 맺혔다 증발할 뿐인 것이다. 역사는 없다. 역사는 순간이 시간이라는 썰을 풀다가 블랙홀처럼 튀어나와 버린 거대한 뻥의 만다라다. 따라서 역사는 진보하지 않는다. 이리저리 마구 빨아들이고 변할 따름이다. 역사가 통 큰 고집쟁이들의 정교한 재배열을 통해 쉽사리 조작되는 이유는 그래서다. 그리하여 순간순간을 제대로 경험하고 일해 내면 그만인 이 세계는 삐걱삐걱 근근이 굴러가다가 장담하건대 갑자기 한꺼번에 훅, 촛불 꺼지듯 지워져 버릴 것이다, 라고 생각하는 김수영은 독실한 허무주의자이자 진지한 쾌락주의자였다. 그는 영혼이니 신비니 하는 것들을 블라디미르 레닌 동지 이상으로 깔끔하게 부정했다.

육신을 채우고 있는 원자의 구성이 풀어져 대기 속으로 흩어지면 그게 삶이자 죽음의 완결인 거야. 절대적인 진리란 내가 이 순간을 이렇게 호흡하고 있다는 것과 언젠가 어떤 식으로든 어쩌지 못해 죽게 된다는 사실, 두 가지밖에는 없다. 신? 믿지 않던 신이 만일 눈앞에 버젓이 나타난다면 정중히 예의를 갖출 뿐 그래도 그 신을 의지하지는 않을 것이다. 사후 세계? 그 빌어먹을 사후 세계로 온갖 사기 행각이 가능한 것은 그곳을 알게 되고 나서 되돌아온 자가 아무도 없기 때문이다. 해서 김수영은 담대하게 살다 담백하게 죽음을 맞이하는 무도(武道)에 천착한 것이다. 물론 누구에게는 말 안 통하는 한 마리 발가벗은 파란색 우주 괴물에 불과하겠지만.

하여간 얼굴 없는 시간은 잘도 흘러가는구나. 자뻑이 아니라 아직도 청바지 입으면 30대 초반으로 보는데 이놈의 빌어먹을 국회의원인가 지랄인가를 하고 나서 스타일 엄청 구려졌단 말이야. 판사가 곤혹스럽고 지겨웠지만 이 지경까진 아니었다. 길거리 행인들이 알아보진 않았으니깐. 아버지 말씀이 맞다. 나 같은 날라리가 국회의원이라니 금붕어가 원양어선 선장인 격이다. 그래, 계획대로 미련 없이 때려치우는 거야. 짧은 인생 이렇게 낭비할 필요가 뭐 있어? 크리스마스가 열한 번만 더 왔다 가면 으악, 오십이야. 그땐 노인증까 보릴까 봐 징밀 어디 가시 맘대로 술도 못 마셔. 김수영은 국회의원이 쓰레기다 쓰레기다 그러기에 대강 그렇고 그런 쓰레기인 줄로만 알았지 좌건 우건 진짜 이렇게 다 좌절한 박테리아 직전의 음식물 쓰레기인 줄은 몰랐다. 그리고 어느덧 그 자신도 그 한강 변 재난 선포 지역 쓰레기장의 명백한 내용이 돼 있었던 것이다. 그래, 일도결단(一刀決斷)이야. 더 이상 좌절한 박테리아 직전의 음식물 쓰레기일 순 없다!

완곡한 독신주의자에 가까운 김수영은 3형제 중 둘째인데 저명한 국사학자인 부친은 62세 당시 63세인 서양화가 아내에게 이혼을 당했다. 현재 71세인 김수영의 모친은 핸섬한 55세의 바리톤과 재혼해 고즈넉하지만 촘촘한 대나무 숲 곁에서 전통찻집을 경영하고 있다. 형은 온화한 외과 의사고 아우는 과격한 신부인 김수영에게 가족은 아름답지도 추하지도 않은 추상화였다. 우연을 믿지 않는 잭슨 폴록이 흘려 그린 그림처럼.

어느 날 바람 부는 내숲 한가운데를 단둘이 나란히 걷던 중 어머니가 김수영에게 선선히 물었다. 너는 이 바람을 번역할 수 있니?

너에게 인생은 의역이니 직역이니? 바람이 대숲과 그 안에서 마주선 모자를 훑고 지나갔다. 김수영이 멍하니 침묵하자 어머니는 환하게 미소하였다. ……어른이 된 뒤에도 3형제가 회의를 한 적이 있었다. 참 이해하기 힘든 어머니라고. 김수영은 문득 어머니가 한 그루의 사과나무 같다는 생각을 했다. 해사한 사과나무. 바람 부는 대숲 속에서 홀로 툭, 툭, 팝콘 터지듯 꽃피는 사과나무.

김수영은 비록 그날 그 질문에 대답하진 않았지만 인생이란 적절한 의역이어야 하는데 괴상하게 직역돼 있는, 언젠가 묵었던 파푸아뉴기니의 한 5성급 호텔에서 본 한글이 부기된 메뉴판이 아닐까 싶었다.

BOWL OF CEREAL 곡물의 사발
BAKER'S BASKET 빵 굽는 사람의 바구니
CUPCAKES 컵은 굳힌다.
"VEGETARIAN" FRIED NOODLE 채식주의자는 국수를 튀겼다.

인생이 왜 저것들과 비슷하냐면, 일단 어이가 없어서 웃기고, 어떻게 참고 한참 들여다보면 모더니즘 계통의 난해한 전위 시 같기도 하기 때문이다.

누군가 인간 김수영이란 메뉴를 직역하면 아마도 이렇지 않을까? 나쁘지 않은 죽 같은 새로운 수프? 의역하면? 그건 무한대다. 다른 모든 인간들이 그러하듯이.

아무튼. 김수영은 스스로에게 재차 단단히 못 박는다. 다음 달, 의원직 전격 사퇴! 나는 검객이다. 한 번 뺀 칼은 용가리 꼬리라도 베어야 칼집으로 되돌아온다.

그때 불현듯. 한증막 나무 문이 뻐걱, 열리더니 한 사내가 희뿌연 수증기를 뚫고 쑥쑥 걸어 들어온다. 킬러의 포스다. 바지 주머니에서 칼을 꺼내려는 것 같다. 게슴츠레하던 김수영은 화들짝 놀라 덜컹, 한다. 심드렁한 은발의 신사가 내민 오른손. 칼이 아니라 술 깨는 드링크제를 쥐고 있다. 재작년 여름에 환갑을 치렀던 맹주호 보좌관이다.

뭐, 킬러? 내 참, 별 상상을. 오소영 그 여자만 이상한 게 아냐. 나야말로 국민 성금으로 정신감정을 받아야 할까 보다. 고자누룩해진 파란색 나체 우주 괴물은 약병의 뚜껑을 돌려 따며 새하얀 깃털 날개가 커다란 제 수호천사 맹주호 보좌관을 멀거니 쳐다본다.

영검관(靈劍館)은 제 운명만큼이나 어두침침했다. 다만 천장 구석 스테인드글라스에서 바닥으로 비스듬히 내려꽂히는 한 줄기 햇살이 검도장 마루 위에 늘어선 짚단과 대나무 들을 가로지르고 있었다. 검도복을 입은 19세 전태양 군은 칼집에서 날이 시퍼런 도검을 깨끗이 빼내 허공에 바르게 세웠다.

서늘한 공간 가득 살기가 퍼져 흰 숨이 먹먹하다. 벽에 걸려 있는 대형 패널 사진 — 검도복 차림에 호구를 착용한 김수영과 전태양과 안동림 사범이 각자의 머리 호구를 겨드랑이에 낀 채 죽도를 들고 나란히 근엄하게 서 있는 — 이 도검의 절선(切先)과 인문(刃紋)에서 반사된 빛으로 파랗게 어른거린다.

멈칫, 발목을 지치며 뒤돌아선 전태양이, 짚단과 대나무 사이를, 무언가를 아주 잊고 싶은 듯 달려간다. 돌연, 살기는 단면이 매끈한 공학이 된다. 짚단과 대나무 들이 왼편과 오른편으로 줄줄이 베여

가지런히 쌓인다. 소리가 없다.

4년 전 전태양은 불우했고 불행했다. 엄마를 매일 때리는 알코올 중독자 아버지의 허벅지에 과도를 꽂고 극빈자 임대 아파트를 뛰쳐나와 거리를 떠도는 녀석들 속으로 들어갔다. 소위 무서운 청소년들이 저지른다는 온갖 짓들은 기본이었고 묻지 마 방화에 떼를 지어 편의점도 털어 봤다.

기가 넘치려는 찰나, 몸이 멈춘다. 전태양은 검도장 중앙에 모셔신 안동림 사범의 영정 앞에서 도검을 갈집에 고요히 집어넣고는 긴 호흡을 가다듬는다. 굵은 땀방울이 사나운 짐승의 피처럼 뚝뚝 떨어진다. 지난 4년 동안 전태양은 난생처음으로 행복했다. 그리고 지금은 오직 슬프다. 슬픔이 이토록 혹독한 감정이라는 것을 뼈가 시리게 체험하는 중이다. 운명 같은 추억에 가슴이 미어진다는 것. 4년 전 어느 여름밤 전태양이 속한 패거리는 술에 취해 어깨동무를 하고 걷고 있는 두 남자에게 퍽치기를 시도했더랬다. 아, 고작 껌 뱉는 것 같던 그 일이 아이도 아니고 어른도 아닌 그 악당들을 졸지에 혼란의 도가니 속으로 밀어 넣을 줄이야.

가령 이런 웃지도 울지도 못할 사례가 있다. 한 성실한 강도가 어딘지 분위기가 야릇한 봉고차에 단발머리 뚱보 아가씨들만 타고 있길래 순수한 호기심 반 직업상의 의무감 반으로 칼을 쥐고 쑥 들어갔다. 그런데 그 어딘지 분위기가 야릇한 봉고차에 타고 있던 단발머리 뚱보 아가씨들은 바로 국가 대표 여자 유도 선수들이었다. 이후 장면은 너무 잔인해 심의에 저촉됨으로 자동 삭제.

전태양의 미래를 송두리째 뒤바꿔 버린 그 비극 아닌 비극도 도

출된 결과만 약간 다를 뿐 분위기와 구조는 동일하다. 전태양과 그의 또라이 의형제들은 대한민국 교회 숫자보다 많은 인간들 가운데 하필 검도 8단에 이런저런 다른 단들을 합치면 물경 25단이 초과하는 안동림 사범과 검도 5단에 고교 권투 선수 출신인 김수영 수원지법 판사를 공격했던 것이다. 삶은 아름답지가 않다.

아홉 명 중 두 명만 간신히 도망을 쳤고 다섯 명은 기절했으며 나머지 두 명은 의식이 있었으나 반병신에 가까웠는데 그중 하나가 전태양 군이었다. 전태양은 윙크를 날리며 자기를 내려다보고 있는 그 냉소형의 호남이 전 세계에서 제일 싸움을 잘하는 현직 판사이자 이듬해 총선 여당 지역구 국회의원 당선자일 거라는 사실은 상상조차 할 수가 없었다.

끌끌 혀를 차는 안동림 사범은 일일이 패잔병들의 맥을 짚으며 허리춤에 차고 있던 침통에서 꺼낸 침을 여기저기 놓아 막힌 혈을 뚫어 어루만져 줬다. 불쌍한 어둠의 자식들은 에로틱한 신음을 해수 기침처럼 내뱉으며 속속 이승으로 귀환하고 있었다. 그 사건 이후 그들은 강도질은커녕 대인 기피증에 걸릴 지경이었다. 3인은 자진 입대. 2인은 연락 두절 종적 묘연. 3인은 검정고시 학원으로. 그런 식으로 나름 절도 있게 뿔뿔이 흩어졌는데 공부 쪽으로 새 길을 잡은 3인은 김수영의 노상 연설과 훈계에 전율한 영혼들이었다. 김수영은 그만큼 말을 잘했고 거기에는 타인의 심금을 울리는 묘한 매혹이 있었다. 성령 입은 그 3인은 심지어 울기까지 했으니까. 모르지. 또 때릴까 봐 울었는지도.

아무튼. 무자비한 폭력의 소크라테스 김수영 선생이 전한 진리의 말씀이란 대강 이런 것이었다.

　―사나이는 치사하게 살기 위해서가 아니라 멋지게 죽기 위해서 태어난 것이다. 그런 신념을 가진 대장부만이 많은 여자들과 잘 지낼 수 있다. 여자는 그 정도로 골칫덩어리인 것이다.

　전태양은 혹시라도 그 개과천선학파 3인을 해후하게 된다면 꼭 묻고 싶은 것이 있다. 형들은 그때 그 이상한 아저씨의 연설에 정말 감동받아 거듭난 것이냐 아니면 한국말인데도 전혀 알아먹을 수가 없음에 설방해서 꽁부를 시작한 것이냐.

　그러다 일전에 더는 궁금해 도저히 참을 수가 없기에 전태양은 김수영에게 대뜸 대놓고 물었다. 그러자 김수영은 양미간을 움푹 찌푸리며. 내가 애들한테 뭔 얘길 했어? 기억이 없는데? 가만? 그랬던 것 같기도 하고, 아닌 것 같기도 하고? 에이, 아무렴 어때. 너무 취했던 거겠지. 전태양은 그제야 비로소 김수영이 어떤 위인인지를 알았다. 신과 천사의 중간에 사람이 존재한다면 김수영은 생물과 무생물의 사이 어디쯤을 배회하는 맛이 간 악마였다.

　옆으로 샜다가 되돌아와서 아무튼. 집도 절도 없는 전태양을 안동림 사범은 영검관으로 데려가 치료해 주고 재워 주었다. 그렇게 속세의 범인이 아닌 것 같은 안동림 사범과 밤만 되면 수리부엉이처럼 날아드는 괴기스러운 김수영을 지켜보던 어느 날 전태양은 안동림 사범 앞에 무릎을 꿇고 제자로 삼아 주기를 간청하는 자신을 발견하게 된다. 좌우지간 그로부터 어언 꼬박 4년이 흘렀다. 전태양이 오직 뼈가 녹아 버리듯 슬픈 까닭은 하늘을 잃어서였다. 안동림 사범이 석 달 전 교통사고로 유명을 달리한 것이다. 일시 문을 닫은

검도장은 앞날이 모호하고 사형인 김수영은 국정 활동에 여념이 없
으셔서 얼굴 본 지가 한 달도 더 됐는데 어제는 요상한 — 감색 양
복에 빨간 행커치프를 차려입고 백구두까지 신은 — 건물주 영감님
이 찾아와 내주까지 검도장을 비우라는 통고를 툭, 던지고 갔다.

전태양은 안동림 사범의 영정 앞에, 제자로 받아 주기를 간청했
던 그날처럼, 무릎을 꿇고 향을 피워 올린다. 그리고 요동하는 단전
을 가라앉히기 위해 사부의 가르침들을 주문처럼 되새겨 본다. 평
상심으로 싸움에 임하라. 현상에 치우치지 말고 상대의 본질을 꿰
뚫어라. 계획에 의한 성공과 우연에 의한 성공을 구별하라. 형식
에 얽매이지 마라. 교착 상태에서 벗어나라. 궁지에서는 적의 급소
를 노려라. 과감하게 방향을 전환하라. 대세를 잊지 마라. 몸과 마
음을 따로 두지 마라. 적의 입장에서 생각하라. 가지고 있는 무기에
신경 쓰지 마라. 적이 무너지는 순간을 놓치지 마라. 공격의 리듬을
타라. 뿌리째 뽑아 버려라. 항상 새로워라. 바위처럼 강해져라…….
그러나 그 모든 말씀들은 이내 뜨거운 슬픔에 흐느적거리다 모래
먼지가 돼 버린다. 전태양은 아무도 원망할 수 없는 비통함을 차마
억누를 길이 없다. 죽음은 꽃잎같이 가볍고 청춘은 기차처럼 무거
웠다. 삶은 아름답지가 않다.

7

프리드리히 니체는 『인간적인, 너무나 인간적인』에 이렇게 썼다.

— 인간에게서 생명을 빼앗을 권리는 존재한다. 그러나 인간에게서 죽음을 빼앗을 권리 같은 것은 없다.

창백한 꽃미남은 오늘도 하얀 백합꽃 바구니를 포장하면서 이 경구를 각성했다. 죽어야 할 인간에게서 죽음을 빼앗을 권리는 아무에게도 없다는 저 고독한 천재의 황홀한 선언을.

백합의 꽃말은 순결이다. 그러나 만물의 이면에는 언제나 제2의 이면이 도사리고 있다. 백합 향기는 적을 쫓는 데 사용된다. 백합 수백 송이를 방 안에 두고 잠들면 자칫 생명을 잃을 수 있다. 사랑하는 것은 미워해서이고 미워하는 것은 사랑해서이지만 그렇다고 미워서만 사랑하는 것은 아니며 사랑해서만 미워하는 것도 아닌 것이다. 완벽한 미움은 환멸이고 환멸은 사랑의 완벽한 변절이다. 미움은 그리움의 다른 얼굴이지만 환멸하게 되면 그리움의 그림자인 미움으로부터도 영원히 해방될 수 있다. 환멸엔 환멸밖에는 없다. 환멸은 환멸로만 치닫는다. 옛날 옛적 유럽의 어느 포악한 성주가 평민의 아름다운 딸 아리스를 겁탈하려고 하기에 아리스의 어머니는 아리스를 데리고 산속으로 도망쳐 숨었다. 그러나 그마저 성주에게 발각되자 제발 이 위기를 벗어나게 해 달라고 어머니가 신께 기도드린 순간 아리스는 백합으로 변해 버렸다. 화사한 백합에는 미움의 금강석, 환멸이 맺혀 있다. 인간의 고통에 대한 신의 환멸. 신의 구원에 대한 인간의 환멸. 그것이 혁명이고 그것이 예술이다. 여기 환멸의 봉오리가 터져 극단의 꽃, 백합이 됐다. 꽃미남은 살인자가 아니라 예술가였다. 그것이 그가 보고 있는 그였다. 벽면에 오려 붙여 놓은 신문 조각, 신림동의 한 5층짜리 신축 건물에서 일어난 의문의 가스폭발 사고에 관한 기사였다. 꽃미남이 그 현장에 있었다는 사실을 아는 이는 꽃미남 말고는 없다. 그것은 신과 꽃미남 둘만의 비밀이었으니까. 야훼가 이방의 우상과 백성 들을 무참히 도륙했던 것처럼 조만간 피의 제의를 치러야 하니까. 꽃미남은 대한민국을 환멸했다.

석 달 전. 꽃미남은 검은 기술자들과 새로운 폭탄을 제작하고 있었다. 꽃미남은 그들이 메스꺼웠다. 그는 혁명의 과정으로 돈이나 벌려는 그런 똥 덩어리 속물, 잠재적 배신자들과는 상종도 하고 싶지가 않았다. 휴식 시간에 간식을 먹고들 있는데 문득 꽃미남의 내면에서 어서 그곳을 떠나라는 목소리가 들려왔다. 그 음성은 마치 곁에서 귓속말을 해 주는 것 같았기에 꽃미남은 재 왜 저러느냐는 놀림을 받으면서도 그냥 그곳에서 몽유병자처럼 흘러나왔다. 50미터쯤 더 걸어갔을 때 갑자기 등 뒤에서 엄청난 폭음과 함께 건물이 삽시간에 화염에 휩싸였다. 날아가 떨어졌던 꽃미남은 섬광이 간헐적으로 터지는 생지옥 앞에 우두커니 서서 향후 자신이 개척해야 할 역사와 민족의 길에 관해 숙고하고 있었다.

꽃미남은 흐뭇한 미소를 띠며 백합꽃을 매만졌다. 가여운 아리스. 기껏해야 꽃으로 변하다니. 모든 인간은 아름답게 죽어야 한다. 정의로운 국가가 진정 해야 할 일이 바로 그것이다. 구차하게 더러운 목숨을 연명하기보다 기꺼이 용감하고 가치 있는 죽음을 결정하게 하는 것, 그것이야말로 신성하고 영명한 지도자의 절대의무이자 지상명령인 것이다. 하여 혁명의 빛나는 열매를 갉아먹는 버러지들은 제거돼야만 한다. 그렇다. 백합의 진짜 꽃말은 순결이 아니라 환멸이다.

꽃미남은 오늘 붉은 수염을 만나 타진해야 할 사안들을 상기했다. 붉은 수염은 대단히 사악하고 용의주도했다. 하지만 꽃미남은 붉은 수염과 단둘이 있으면 전신이 노곤해졌다. 자신이 그보다 훨씬 사악하고 용의주도하다고 자부했기 때문이다. 자만이 아니었다. 악마가 악인 앞에서 자만한다는 것은 난센스인 것이다. 꽃미남을 순진하게 보고 있는 붉은 수염의 그 순진함이 꽃미남은 너무나 즐거웠다.

꽃미남이 믿기에 남북한을 통틀어 자신 말고 인간의 죽음을 맘대로 주관할 수 있는 이는 감히 없었다. 그 권리는 신과 인류의 무의식이 선택하는 것이고 민중과 세계에 제약 없이 행사되어야 한다. 볼셰비키나 적군파 정도로는 약하다. 알카에다의 과감한 파괴력이야 나쁘지 않은 편이지만 사상과 분노의 체계성이 사뭇 촌스럽다. 혁명은 냉혹을 넘어서 감정 자체를 제거해야 한다. 일찍이 세르게이 네차예프는 자신의 『혁명가 문답』을 경전 삼아 동지들을 총살했다. 혁명을 위해 불가피하다면 부모 형제도 거리낌 없이 죽여야 한다. 정의와 법은 천재 한 사람의 외로움이 정하고 집행하는 것이다. 둘도 필요 없다.

꽃미남은 가방 안에 히틀러의 『나의 투쟁』 양장본 독일어 원서와 단재 신채호의 『조선혁명선언』을 챙겨 넣었다. 목적은 수단을 철저히 지배한다. 『나의 투쟁』과 『조선혁명선언』 사이의 괴리가 꽃미남에게는 조금도 없었다. 그는 자신이 염원하는 혁명의 요구에 따라 역사와 신학과 정신 병리와 과학과 철학 들을 아무런 가책과 개념의 충돌 없이 수사학으로만 채택해 하이브리드 했다. 전체의 맥락과 의의는 안중에 있을 리가 없다. 외부는 내부가 되고 내부는 외부인 동시에 그 외부를 태연히 훌쩍 벗어난다. 아무도 전염병에게 진실의 근거를 제시하라고 항의하지 않는 것과 같다. 전염병은 분석하기 전에 앓는 것이니까. 앓고 죽는 것이니까. 중요한 것은 빛보다 강렬한 어둠이요 권력과 그것이 장악하는 세계의 현실뿐이다. 단재 신채호는 일갈했다. 혁명의 길은 파괴부터 개척할지니라. 폭력은 혁명의 유일 무기이다, 라고. 꽃미남은 유대인의 편을 드는 것도 아랍인 편을 드는 것도 아니다. 그들이 전부 똑같은 놈들이라고 폄하하는 것도 아니다. 힘이 없으면 2차 대전 당시의 유대인이 되거나 지금의 아랍인이 되고 만다는 말을 하고 싶은 것이다. 그리고 무엇보다 이 나라는 쓰레기라는 것과 이대로 그냥 두면 쓰나미처럼 밀어닥칠 통일 뒤에는 불타는 쓰레기가 되어 소멸해 버릴 거라는 얘기 하고 싶은 것이다. 너무 과격하다고? 천만에. 패도의 시대에 중도는 야합이고 타락일 뿐이다. 항일 독립투사들은 온건한 합리주의자의 탈을 쓴 일제 앞잡이들을 으슥한 곳에서 총으로 심판한 것이 아니라 백주 대낮의 거리에서 칼로 죽이는 것을 자랑으로 여겼다.

꽃미남은 심장이 달아올랐다. 붉은 수염이 그러하듯 누구라도 사악하고 용의주도해질 수는 있다. 그러나 신의 가호 아래 민족과 조국의 미래를 홀로 양어깨에 짊어지는 것은 아무에게나 주어지는 불꽃이 아니다. 푸시킨은 「나의 기념비」에서 노래했다. 나는 언제까지나 민중에게 사랑받을 것이다. 왜냐. 암흑의 시대에 자유를 드높게 노래했기 때문이다. 그리고 자유를 위해 쓰러져 간 많은 사람들을 위해 애도의 눈물을 흘렸기 때문이다. 꽃미남은 아내를 탐하는 프랑스 망명 귀족과 불법 결투를 벌이다가 죽은 저 러시아의 시인이 누구를 미리 찬양했는지 잘 알고 있다. 곧 카오스적 대변동이 한반도에 도래할 것이고 그것은 독일 제3제국이 히틀러에게 그러했던 것처럼 꽃미남의 '나의 기념비'가 될 터였다.

꽃미남은 각기 다른 택배 회사 이니셜이 박힌 여러 벌의 웃옷들 중 하나를 골라 입더니 하얀 백합꽃 바구니를 들고서 오피스텔을 나간다. 세계사적 혁명과 위대한 통일국가의 탄생에는 선결 과제가 산재해 있고 또 그에 어울리는 치밀한 포석이 필요하다. 순결은 환멸이다. 누구도 죽음을 빼앗을 권리는 없는 것이다. 하불며 신소자노.

8

홍 기사가 운전하는 BMW 뒷좌석에서 김수영은 맹 보좌관이 꼼꼼하게 챙겨 주는 정세와 일정 등을 무척 신중하고 유능하게 숙지하고 있다. 김수영은 전구였다. 버튼을 눌러 똑딱, 불을 밝히면 판사이기도 하고 무사(武士)이기도 하고 국회의원이기도 한데 버튼을 다시 눌러 똑딱, 불빛이 사라지면 이게 누군가 싶게 천진한 어린아이로 돌변했다. 처음에 사람들은 그런 김수영을 좀 신기해하였으나 금방 대다수가 매우 좋아했다. 매력? 저절로 펼쳐지는 김수영의 마술이었다.

같은 시각. 송 보좌관은 예의 그 소심하고 우울한 관상으로 새한국당 소속 문봉식 국회의원 사무실 문 앞에 청초하게 서서 망을 보는 중이었다. 기억하는 한 그는 늘 이런 식으로 54년간을 아슬아슬 끈질기게 버텨 왔다. 그것이 전혀 부끄럽지 않았다고는 차마 말 못하겠으나 자괴와 자포자기 속에서 냉철히 위로받은 바로는 다른

사람들이라고 해서 뭐 그닥 뾰족하게 올바로 살지는 않는 게 확실
했다. 어떠한 악조건 속에서도 간 없고 쓸개 없는 처세로 가늘고 길
게 가는 것이 이른바 송 보좌관의 거룩한 생명 사상인 것이다. 어느
덧 그는 누가 자신더러 비겁한 새끼라고 혀가 튀어나오도록 비난할
때 잠깐 찌릿하기는 해도 더는 가슴에 담아 두지 않을 수 있는 일
체유심조의 화엄 경지에는 도달했다. 타인을 비난할 만큼 정의롭다
고 자처하는 그자는 기실 스스로를 가증스럽게 속이고 있거나 아
직 인생의 쓴맛을 된통 못 봐서일 테니까. 설혹 그가 정말로 정의의
사도라면 그건 그의 고유한 늠름함이라든가 피나는 노력 때문이 아
니라 고작 운이 좋아서였을 뿐인 것이다. 그러니 더럽게 돈 많은 집
안에 태어나 역겹게 잘난 부모 밑에서 악랄하게 높은 교육을 받았
음에도 절대로 정의롭지 못한, 지금 식은땀이 줄줄 흐르는 야윈 등
뒤 닫힌 사무실 문짝 너머에서 솜털이 보송보송한 인턴 여직원에
게 강력하고 은밀한 말초적 소통을 마냥 밀어붙이고 있는, 정적 모
함과 고소에 고명한 따발총 저격수 국회의원 나리께서는 그 얼마나
찬란하고 위대한 개새끼인가. 송 보좌관은 불쑥 주제넘게 울화가
치밀었지만, 대책 없는 세상의 막나가는 파도를 쓸데없이 거슬러서
는 안 된다, 아무도 내게 체질에도 안 맞는 용기를 억지로 쥐어짜내
보라는 등의 장기 매매와 다를 바 없는 미친 훈계를 할 자격은 없
다, 고 살포시 두 손 모아 입술을 지그시 깨물었다.

　김수영과 동갑인 문봉식은 김수영을 증오했다. 동갑이라서가 아
니라, 김수영이 문봉식을 혐오했기 때문이나. 증오와 혐오의 차이는
뭘까? 열등감이 있는 자는 증오하고 우월한 자는 혐오한다. 일단 기

본은 그거다. 문봉식과 동갑인 김수영은 문봉식과 동갑인 것마저 재수 없어 했다.

그저께 오후에도 국회의사당 복도에서 문봉식이 내미는 손을 김수영은 일부러 세게 잡으면서 가짜 안부를 이냥저냥 묻고는 쌩 가 버렸다. 이 운동 저 운동 안 한 게 없다더니 악력의 힘이 굉장하구나. 문봉식은 아픈 손을 쩔쩔 털어 내며 김수영의 단단한 등판을 씨발씨발 노려볼 수밖에 없었다. 그만큼 그 둘은 앙숙이라고 하기에도 피곤한 앙숙이었다. 김수영은 법만 없다면 같은 새한국당 의원이고 마을 이장이고를 떠나 문봉식 같은 악질 간신배는 맨손으로 때려죽일 스타일이었다. 그걸 직감하고 통감한 문봉식은 김수영이 말 그대로 끔찍했다. 어쩌다 저런 꼴통 괴물이 대한민국 정치판에 굴러들어 왔지? 문봉식은 꼴통의 알 수 없는 정신세계보다 괴물의 그 막강한 동물성이 훨씬 무서웠다. 여우는 호랑이의 혼이 무서운 게 아니라 육박해 오는 호랑이의 존재 전체가 무서운 법이다. 그게 여우의 한계이자 인간의 한계다. 인간은 인간 이전에 짐승이고 인간 이후로도 짐승이다. 다만 짐승으로서 받아들인 것들을 교묘히 인간의 것들인 양 전시할 뿐인 것이다. 여우는 호랑이를 물 먹일 꾀를 수소문 중이었다.

아무튼. 전 세계 모든 여성들로부터 공히 느끼하다는 시청 소감을 불러일으키는 문봉식 의원은 꽃다운 스물다섯 살 이여진 양의 치마 속 다리를 매만지기 시작했다. 이여진은 죽지 못해 안절부절 못하고 있지만 뭐가 겁나서인지 별다른 저항을 하지는 않았다. 두 눈을 질끈 감고 찡그린 그녀에게 문봉식은 마치 시아버지가 사랑을 속삭이듯 이런 대사를 쳤다.

"너 아나운서 되려면 다 쥐야 된다. 내가, 공중파 간부들 꽉 잡고 있어요."

그사이, 김수영 팀과 오소영 팀은 국회 주차장에 각자의 차를 주차하고 의사당으로 접근하고 있었다. 흔해 빠진 그 바닥 아침 풍경이었다. 그런데 김수영 팀과 오소영 팀이 중앙 계단의 초입에서 마주칠 즈음 다른 국회의원 팀들이 확 쳐들어와 마구 뒤섞인다.

미혼인 정윤희 보좌관은 와중에도 김수영을 몰래 애틋한 눈으로 바라봤다. 그녀는 김수영과 같은 대학교 같은 학번이었다. 한 친구는 진보노동당 소속 국회의원이자 당 대표의 보좌관이고 한 친구는 새한국당 소속 국회의원이고, 뭐 이런 식의 엇갈림 아닌 엇갈림 역시 흔해 빠진 그 바닥 풍경일 수 있다. 하지만 정윤희가 김수영을 몰래 바라보는 그 마음은 결코 흔해 빠진 게 아니었다. 그때, 저기서 다가온 진보노동당 소속 44세 이혼녀 국회의원 고동숙이 오소영과 힘없이 하이파이브 한다. 오소영은 진한 화장으로도 가려지지 않은 고동숙의 판다 뺨치는 다크서클을 만감이 교차하는 눈으로 본다.

고 의원의 33세 총각 보좌관 손윤기는 정윤희에게 가벼운 목례를 한다. 그것도 모르고 정윤희는 국회의원들 속으로 파묻혀 사라진 김수영의 뒷모습을 두리번두리번 찾고 있다.

오소영과 정윤희는 탁자 위에 놓인 하얀 백합꽃 바구니를 골똘하게 쳐다보고 있고 그러는 두 사람을 고동숙과 손윤기는 이상하게 쳐다보고 있었다. 여당의 언론법 강행 대책 회의 때문이기도 했지만 평소부터 고동숙과 손윤기는 자기들 방보다 오소영 의원 방에 와 있는 경우가 더 많았다.

오소영이 혼잣말처럼 웅얼거렸다.

"……백합의 꽃말이 뭐였더라? 순수? 순결이었나?"

정윤희 보좌관도 혼잣말처럼 말했다.

"순정…… 아닌가요?"

"흰 백합. 우리 언니가 좋아하던 꽃인데."

"그분 대통령 후보 시절에 심벌이었잖아요."

오소영은 오문영의 대선 후보 시절 흰 백합꽃을 들고 거리를 누볐다. 오문영은 남편과 함께 타고 있던 차가 국도의 가드레일을 들이받고 절벽으로 떨어져 사망했다. 경찰은 자동차 브레이크에 문제가 있었을 거라고 발표했지만 왜 그런 결함이 발생하게 됐는가는 설명해 주지 못했다. 그것은 엄밀히 말해서 의문사였다. 만약 오문영이 살아 있다면 요즘처럼 야당들이 전면적 수세에 몰리지 않고 대연합해 수구 보수 여당과 당차게 대적했으리란 것이 중론이었다. 아무튼, 신동 보리는 그렇게 해서 부모를 잃고 하나밖에 없는 이모의 슬하로 들어오게 된 것이다. 오소영은 보리를 자기 호적에 올렸다.

그러한 오소영이고 그러한 흰 백합꽃이니만큼 오소영은 인제 어디서건 흰 백합꽃만 보게 되면 마음이 아프고 예민해질 수밖에 없었다. 게다가 절대 타인에게는 드러내지 못할, 언니에 대한 자신의 어둡고 괴로운 비밀은 때론 아득한 현기증까지 일으키곤 했다.

여전히 흰 백합꽃에게 눈길을 주며 오소영이 정윤희에게 물었다.

"저런 거 비싸죠?"

정윤희가 서류철을 뒤적이며 대답했다.

"뭐 그냥, 비과세 적금 깨야 할 정도?"

"후원금이나 보탤 일이지. 대체 누가 계속 보내는 거야?"

"국정원에 수사 의뢰할 거 아니면 그냥 즐기시죠? ……아, 역시 이 댐, 이거 문제가 많아."

고동숙이 끼어들었다.

"자긴 좋겠다. 노처녀라도 예쁘면 통하나 봐."

오소영은 빈정이 상했다.

"존경히는 고동숙 의원님. 노처녀라도?"

고동숙이 현실과 이상의 괴리를 또박또박 강의했다.

"자기야, 사회과학적 용어에 짜증 낼 필요 없어. 미스코리아도 마흔이면 아파트 부녀회장이랑 동급인 거야. 만물은 변한다. 전부 시든다. 본 의원이 날치기 통과시킨 법안이 아니야. 부처님이 그랬어. 2500년 전에."

전직 치과 의사였던 고동숙은 본시 영혼이 5차원이긴 하였으나 2년 전 일방적인 이혼을 당한 후로 점점 상태가 인류 4대 성인(聖人)의 반대 방향으로만 심오해져 갔다. 그러한 마당에 현직 치과 의사인 전 남편이 열세 살 연하의 전직 미스코리아 선이자 현직 일일 연속극 주인공과 지난달 재혼을 한 것이다. 초혼인 전직 미스코리아 선이자 현직 일일 연속극 주인공은 이미 임신 4개월째였고 결혼 생활 내내 불임에 시달렸던 고 의원은 미장원 열기구 아래서 머리를 달달 볶으며 여성 잡지를 들척이다가 전 사위의 경악할 경사를 알고 전하게 된 친정 엄마의 불타는 전화 한 방에 그만 돌아 버렸다. 대충 돌다가 만 게 아니라 휙휙, 몇 바퀴 완전 돌아 버려서 서너 시간 가까이서 차분히 관찰하기 전에는 그 돌아 버린 양상을 잘 모르겠는 지경으로 말이다. 삶은 아름답지가 않다.

오소영이 발끈했다.

"내가 왜 마흔이야?"

"쏘리. 자기 한 2년 남았지? 1년 반? 내가 이혼한 주제에 양심상 결혼하란 소린 못 하겠고, 어디 유전자 괜찮은 남자 있으면 살살 협박해서 애나 하나 얼른 낳아. 마흔부턴 스캔들이 아니라 치정이야 치정. 아우, 불결해."

고동숙이 연이어 정 보좌관을 직시했다. 그리고 직언했다.

"미안해. 자긴 1년 남았지? 자기는 작전 같은 거 소용없어, 맘대로 살아. 어우, 여기 여자들 정말 왜 이런 거니?"

오소영은 대화의 국면을 얼른 전환하고 싶었다.

"진보노동당에 꽃을 보낸다는 게 뭔가 뼈가 있다 싶은 거지. 다른 의원도 아니고 하필 당 대표인 나한테."

고동숙이 어이가 없다는 표정을 지었다.

"자기 요즘 많이 피곤하구나?"

"……."

오소영이 자기를 빤히 보는 고동숙을 빤히 봤다.

"우리 당 국회의원, 자기하고 나하고 단둘이야."

"……."

"본 의원에게 망치가 배달돼야 우리 대표님 맘이 편하시겠어요? 왜 사서 고민을 하지? 뭐, 그것도 재능이라면 재능이지."

노처녀, 이혼녀, 단둘뿐인 의석수, 이 모두가 진보노동당의 사기와 대한민국의 민주주의를 위해 극구 피해야 할 의제라고 정윤희 보좌관은 아무런 사심 없이 오직 공적으로 판단 내렸다.

"자랑스러운 일당백의 진노당 의원님들. 본회의장 점거는 어떻게 하시겠습니까?"

오소영이 기쁘게 말했다.

"당연히 가는 거죠. 그거 날치기 처리되면 다시 5공 시절 되는 거예요."

손윤기는 자신의 존재감을 주변에 환기시키고 싶었다.

"여당이 제2, 제3의 장소를 물색 중이라는 쪽지가 나돕니다."

고동숙이 슬프게 말했다.

"어떡해. 새한국당 아줌마 부대 장난이 아닌데. 그 아줌마들 강남 아줌마들 맞아? 전투 근육들이 장난이 아니야."

부정할 수 없는 사실 앞에서 다들 숙연해졌다.

고동숙 의원이 손 보좌관에게 엄중히 말했다.

"후방 지원 잘하고. 자긴 신병이라 고지전 처음이지?"

"드디어 제가 공중파로만 구경하던 그 우울한 역사의 현장 한복판에 굳건히 서게 되는군요. 기대됩니다."

오소영이 역설했다.

"적이 똥을 묻히고 덤비는데 어떻게 해? 일단 때려눕히고 나서 닦아야지. 우리가 안 그러면 국민들이 똥밭에서 뒹굴게 되는 거야."

고동숙이 지원 사격했다.

"맞아. 똥이 그렇게 무서운 거야. 총보다 강한 게 똥이야."

정윤희 보좌관이 참으로 오랜만에 화합하는 당의 모습에 환해지며 말했다.

"폭풍 전야에 희소식이 있습니다."

오소영은 역사의 참호 속에서 귀를 의심했다.

"희소식? 여당 대표의 치질이 악화됐나요?"

언론엔 그냥 신병 치료라고 호도되었지만 새한국당 노대관 대표의 지병이 악성 치질이라는 것은 정가에 널리 알려진 바였다.

"축하드립니다. 국회 출입 기자 선정 우수 국회의원 2위에 오르셨어요."

고동숙은 조마조마했다.

"나는? 나는 몇 위야?"

정윤희 보좌관은 이럴 때 자신의 직업이 원망스러웠다.

"죄송합니다. 순위 자체가……."

고동숙은 분노했다.

"정치부 기자 속물 새끼들. 외모 지상주의는 룸살롱에서나 추구할 것이지. 정이 없어. 정이. 개새끼들."

오소영이 가짜로 위로했다.

"존경하는 고 의원님. 기자들 평가에 연연하고 그러세요? 고 의원님의 훌륭한 의정 활동은 이미 국민들이 다 알고 계세요. 그걸로 된 겁니다. 공자님이 그러셨잖아요. 나를 알아주지 않아도 의연한 자가 군자라고요."

고동숙이 진짜로 위로받았나?

"……자기야. ……고마워. 그렇게. 나 쓰러지지 않을 거야. 내가 왜? 누구 좋으라고!"

오소영이 하얀 백합꽃 바구니를 만지는 척하다가 정 보좌관을 슬쩍 보며 군자처럼 물었다.

"1위는 누군데요?"

맹 보좌관이 조간신문 정치면을 반듯이 접으며 김수영에게 말
했다.

"국회 출입 기자 선정 우수 국회의원 1위. 축하드립니다."

김수영은 듣는 둥 마는 둥 하면서 여닫이창 밖 멀리 한강을 바
라볼 뿐이었다. 국회의원이 되고 나서 유일하게 즐겨 하는 짓은 사
무실 창가 모서리에 걸터앉아 하릴없이 상념에 잠기는 거였다. 그
놈의 저주받을 인기 때문에 떠밀리고 떠밀려 금배지까지 달았다.
무슨 과업이든 일단 맡으면 씩씩하고 정확하게 처리해 냈다. 그러
나 그것은 유전자와 승부욕이 만들어 낸 것이지 무슨 대단한 포부
나 진지함 때문은 아니었다. 그런데 판사까지는 나만 잘나면 된다
고 치더라도 국회의원은 막상 되고 나니 양상이 전혀 달랐다. 칭찬
을 받아도 내심 세상을 속이고 있는 것만 같아 기분이 영 더러웠던
것이다. 호기심과 실무 능력만으로 선택할 직업이 아니었다. 소명이

있어야 했다. 소명이.

김수영이 혼잣말 아닌 혼잣말을 내뱉었다.

"……그래서 대한민국에서 좋다는 건 싹 다 의심해 봐야 된다니까."

우수 국회의원 1위를 의심해 봐야 한다는 것일까, 대한민국의 국회의원 자체를 의심해야 한다는 것일까, 아니면 둘 다일까. 눈치 9단 맹 보좌관은 김수영의 우울을 금방 알아봤다.

"왜요? 방황기가 있긴 해도 일 하니는 삐릿삐릿하게 해, 잘생겼다, 검도 5단! 서른아홉 살 노총각 국회의원 사무라이! 귀신 잡는 해병대답게 처녀 귀신 좀 잡아 오시죠?"

"의열단 단원의 손자에게 사무라이라니."

"사무라이가 아님 뭡니까?"

"무사."

"뭐가 다를까? 가라테나 공수도나."

김수영이 양복 윗도리 안주머니에서 명함만 한 갈색 플라스틱 통을 꺼내 살살 흔들어 보였다.

"이게 뭡니까? 두통약을 달고 산다니까. 예정대로 다음 달에 의원직 사퇴합니다. 기자회견장에서 내세울 핑곗거리나 구해 놓으시구요."

맹 보좌관은 잠잠히 고개를 끄덕였다. 사실은 김수영과 짝이 되기 직전에 보좌관 놀음을 그만두고 개인 사업을 준비하던 참이었으나 주변의 긴곡한 부탁에 그래 속는 셈 치고 어디 한번 들이나 보자고 했던 것인데 그만 한눈에 이 젊은이에게 매료되고 말았던 것이다. 모르는 사람들은 국회의원 보좌관을 국회의원이 되려는 징검다리 인생들이라고 오해하는 경우가 많은데 정작 국회의원과 보좌관의 관계는 가수와 매니저의 관계와 얼추 비슷하다. 물론 맹주호의 경우는 좀 특이한 케이스긴 하다. 그는 30년 전 국회의원을 꿈꿔 이 바닥에 들어왔다가 아예 전문 보좌관으로 주저앉아 버렸다. 맹주호는 우연을 믿었다. 인생에 운명처럼 거창한 것은 없는 것 같았다. 모두가 자잘한 우연들에 휘둘려 제멋대로 흘러갈 뿐인 것이다. 맹주호는 세상을 가볍게 여기고 싶었다. 그래야 괴로움이 덜하다는 것을 아는 나이가 된 까닭이다.

"변호사 개업하면 우리 매일 놀러나 다녀요. 내가 월급도 드릴게."

"그만둘 땐 그만두시더라도, 동원령 떨어졌습니다."

"안 갑니다. 21세기가 썩어 가는 마당에 아직도 국회에서 미식축구를 해? 그거 하면 나도 텔레비전에 나올 거 아냐? 직업에 귀천 없다더니 순 뻥이야. 국회의원, 천한 직업이야."

맹 보좌관은 김 의원에게서 조율이 잘된 불협화음 같은 히스테리를 보곤 했다. 잘 생각했어. 어차피 그만둘 거면 하루라도 빨리 그만둬라. 맹주호는 김수영의 결정을 애써 말리고 싶진 않았다. 저 멋진 친구도 계속 이 야바위판에 있다 보면 얼굴에는 짜증과 탐욕이 서리고 언어는 위선과 허풍으로 느물거릴 것이다. 지금의 김수영으로서는 상상키 힘든 모습일지라도 그렇게 될 확률이 그렇게 되지 않을 확률보다 훨씬 높다는 것을 맹 보좌관은 경험상 감히 부정할 수가 없었다. 인간은 혁명의 동물이기 이전에 환경의 동물이니까. 맹 보좌관은 보좌관이고 뭐고를 다 떠나서 인간 김수영이 그렇게 되는 것을 멀쩡히 두고 보기가 싫었다. 그는 그만큼 김수영을 아꼈고 언뜻언뜻 소년 같으면서도 유능한 지식인인 그가 자랑스러웠다. 이 세상 여자들은 전부 눈이 삐었나? 저런 놈을 왜 안 잡아먹는 거야? 그래, 좋아. 코끝이 찡한 자진 사퇴 보도 자료 뿌려 줄 테니까 네 말대로 변호사 하면서 얼른 장가나 가라. 허황된 미스코리아 말고 참한 아가씨 만나서. 제발 좀.

맹 보좌관은 반야심경이 흘러나오는 핸드폰의 폴더를 열고 볼에 갖다 댄다.

"맹입니다. 어디요? ……그런데요?"

맹 보좌관이 핸드폰의 마이크 부분을 손바닥으로 가리며 김수영에게 묻는다.

"영감님. 또 무슨, 사고 치셨습니까?"

"네?"

"어디서 또 몰래 영화 한 편 찍으셨냐고. 액션? 에로?"

"목사님처럼 살고 있는 사람한테 왜 그러세요?"

"뭐가 다를까? 목사나 국회의원이나."

"누구 전환데 그래요? 술집 여자야?"

"우리도 남 보란 듯이 정치자금 같은 걸로 검찰 협박 좀 받아 봅시다. 내가 다른 방 보좌관들한테 쪽팔려서 얼굴을 들고 다닐 수가 없어."

"뭐냐니까?"

"경찰에서 영감님을 찾아. 몹시 정중하게."

“경찰?”

“민중의 지팡이가 공공의 적인 국회의원에 집착하는 게 아주 이해 안 가는 바는 아닙니다만.”

“……친구들끼리 술 내기 포커 좀 친 것도 문제가 되나?”

“그게 다일까? 적어도 나한텐 가슴을 활짝 펼쳐 놓으셔야 수습이 가능하지 않을까?”

“……가만. 이거 씨발. 청와대에서 날 사찰하고 있는 거 아냐?”

맹 보좌관은 설마 반 정말 왜 이러실까 반으로 김수영을 쳐다봤다.

　인간들은 한심하다, 경찰서 벽시계는 오늘도 그리고 앞으로도 영원히 변할 리 없는 그 진리를 되새겼다. 이 지름 45센티미터의 원반형 아날로그시계는 경찰서 벽의 한 지점에 붙어 근 20년을 지내 오면서 인간들의 온갖 추태와 범죄의 면모들을 낱낱이 구경해 온 터였다. 그것은 남대문 시장에서 그리 옮겨진 이후로 단 한 번도 세수해 본 기억이 없다는 야만적인 사실보다 약간 더 괴로운 일이었다. 미워해 주기도 아까운 인간들, 저러한 저질 생명체들이 감히 시간이라는 우주의 혼과 맥박을 지배한다고 착각하면서 그 본색과 가치를 더럽히고 있다니. 경찰서 벽시계는 언제부터인가 곁에서 사라진 대머리 대통령 사진이 그리울 정도로 고독했다.

　지의든 티의든 경찰서에 처음 가 본 사람은 이 말에 즉시 공감하겠지만, 경찰서 벽시계는 아직도 강력반 형사들과 조폭들을 인상

착의만으로는 잘 구별하지 못하였다. 잡는 자와 쫓기는 자는 후천적 혈연관계인가? 참으로 얄궂은 이치가 아닐 수 없어서, 신참 형사가 강력반에서 나이를 먹어 가면 갈수록 얼굴이 서서히 범죄형으로 변해 가니 말이다. 우리는 동지와 적 가운데 진정 누구와 더 친한가? 프리드리히 니체는 다음과 같이 갈파했다.

—괴물과 싸우는 사람은 그 싸움 속에서 스스로도 괴물이 되지 않도록 조심해야 한다. 우리가 괴물의 심연을 들여다봤다면, 그 심연 또한 우리를 들여다볼 테니까.

이토록 지적인 경찰서 벽시계가 또한 곤혹스러운 바는 인간들이 자신을 쳐다볼 때의 그 불건전한 얼굴을 매번 마주 보아야 한다는 점이었다. 인간들은 멍한 얼굴과 낭패한 얼굴일 때만 주로 벽시계를 올려다보는 것이다. 게다가 벽시계 자신 안에는 있지도 않은 시간을 인간들이 보려 한다는 게 벽시계는 너무너무 싫었다. 시간은 시계 속이 아니라 그것을 바라보는 인간의 마음 안에 들어 있기 때문이다. 경찰서 벽시계는 교도소 면회실의 벽시계 다음으로 자신이 가장 기구한 벽시계일 거라고 한탄했다.

그때. 잔잔한 시간의 수면에 파문이 일었다. 전태양이 숙이고 있던 고개를 갑자기 들어 경찰서 벽시계를 노려보았던 것이다. 아이고, 깜짝이야. 분침이 덜컥하고 시침이 움찔한 벽시계는 요즘 들어 가뜩이나 안 좋아진 심장이 걱정됐다.

조폭처럼 생겨 먹은 형사는 독수리 타법으로 노트북의 자판을 두들기면서 전태양에게 드문드문 어눌어눌 열 번 들어도 뻔한 상황을 지겹게 묻고 되묻는 중이었다. 그 옆으로는 머리, 손목, 어깨에 붕대를 칭칭 감은 형사처럼 생겨 먹은 조폭들이 본인들도 어이가 없는지 줄줄이 앉아 앞을 향해 멍을 때리고 있었다.

만사와 관상을 꿰뚫어 보는 경찰서 벽시계는 전태양이 안쓰러웠다. 이를 악다문 채 분노에 얼어붙은 그의 표정은 기실 누군가에게 간절히 기대고파 하고 있었던 것이다. 이어 벽시계는 거기서 왼편에 조금 떨어져 서 있는 김수영을 훑어보고는 이런 생각을 한다. 저 또라이는 뭐지? 왜 읽기가 힘들지? 거참, 희한하네. 안 읽히네. 이상해. 이상한 놈이야.

저기 철창 쪽에서 맹 보좌관이 형사과장의 어깨에 손을 얹고 무언가 다정히 속삭이고 있다. 제아무리 시대가 변했다지만 보수 여당 국회의원실의 위세가 경찰서에서 통하지 않는 것은 아니다. 더구나 이러한 국지적 급변 사태의 뒤처리야 한반도 정치 9단 맹 보좌관이 전 세계의 겉과 속을 매뉴얼 없이 마구 조작하는 CIA보다 몇 수는 위 아니던가.

고독한 벽시계의 맞은편 아래서 김수영에게 오 형사가 말했다.

"아가씨가 추행당하는 걸 막다가 붙은 모양이에요."

"아가씨? 아가씨가 어디 있습니까?"

"골치 아파질까 봐 중간에 사라진 모양입니다."

"사라져? ……하여간. 아가씨인 건 맞아? 아줌마가 밥하러 간 거 아냐?"

"맞습니다, 아가씨. CCTV에 다 찍혔는데요. 엄청 야하게 생겼던데요."

"……그렇지. 쟤들도 눈이 있는데. 이모 같고 엄마 같았으면 찝쩍

댔을 리가 없지."

전태양이 구해 준 엄청 야한 아가씨가 자취를 감춰 버렸다는 소리에 김수영은 환멸을 느꼈다. 남자와 여자의 구분이 부질없다. 물에 빠진 걸 목숨 바쳐 건져 줬더니 간첩으로 몰아 죽이고 애국자 행세를 한다. 그것이 인간인 것이다.

"쟤들이 길바닥에 쫙 다 뻗어 있었다니까요. 저 친구 혼자서 저걸로 그랬다는 겁니다. 저걸로."

저걸로—저거. 오 형사가 오른손 검지로 가리키고 있는 저거. 인상이 조폭 같은 형사의 책상 위에는 본 사건의 가장 중요한 증거물로 대걸레 자루가 떡하니 올라와 있었다.

CCTV가 목격한 마카로니 웨스턴은 이렇다. 불과 서너 시간 전 전태양은 클린트 이스트우드가 되어 멕시코 접경 황야의 녹아내리는 태양 아래 버젓이 서 있다. 휘파람 소리의 전조를 뒤쫓아 엔니오 모리코네의 음악이 흐르고 도박과 매춘을 일삼는 악당들이 술집 아가씨를 금화 몇 닢에 팔아 버리려고 한다. 전태양은 헨리 폰다와 리 반 클리프를 닮은 두 놈이 특히 거슬려 양미간을 최대한 주름이 많이 지게 찌푸린다. 바로크적 영상미 속에 붉은 흙바람이 한 차례 작은 회오리를 일으키며 지나간다. 전태양은 쌍둥이 선인장 옆에 장총처럼 기대어 있는 흔하디흔한 구멍가게 대걸레 자루를 조용히 집어 든다. 그리고 인간 말종들에게로 저벅저벅 걸어간다. 컷! 암전.

잠시 뒤. 다시 태양에 전원이 들어오고 일동 아스팔트에 마른 오징어 자세로 널브러져 있는 조직 폭력배들과 금이 간 경광등에 사이렌을 울리며 막 도착하는 경찰차. 그 틈에 슬그머니 자리를 피하는 엄청 야한 나쁜 년. 컷. 오케이.

맹 보좌관이 김수영에게 온다. 천사의 하얀 깃털 날개가 귀엽게 파득이는 걸 보니 일이 잘 풀린 것 같다. 아니나 다를까.

"다행입니다. 저놈들 수배 중이랍니다."

향후 나무젓가락만 봐도 오금이 저려 직장 생활에 지장이 많을 그 불쌍한 조폭들은 이미 다른 죄목으로 쫓기고 있는 처지라는 의미였나. 김수영은 안도의 한숨을 내쉬면서 진태양의 얼굴을 쳐다보았다. 전태양은 김수영의 시선을 피하며 또 벽시계를 올려다봤다. 벽시계로서는 저놈도 어지간히 이상하다, 라는 감상을 지울 수가 없었다. 저 표정은 미안함일까 원망일까? 이상해. 저 두 녀석 다 정상이 아니야.

김수영은 맹 보좌관과 함께 전태양을 인계받아 경찰서의 두꺼운 유리문을 열고 밖으로 나왔다. 형사과장은 보수 여당 국회의원과 연줄이 생겼다고 생각했는지 기쁜 낯빛을 숨기지 않은 채 따라 나와 허리 굽혀 인사를 했다. 그러나 김수영은 뜻밖의 아름다운 인연을 받아들일 만큼 마음이 여유롭지가 못했다. 전태양이 왜 저러는지 모르는 바가 아니었으며 그도 역시 비통해 숨이 막히긴 마찬가지였던 것이다. 김수영과 동갑이었던 안동림 사범은 전태양에게 그러한 것처럼 김수영에게도 스승이었고 전태양이 같이했던 것의 세 배 가까운 시간을 함께한 둘도 없는 벗이었나. 누가 누구의 슬픔을 저울에 달아 다른 사람의 것과 비교할 수 있으랴마는 슬픔을 내색하지 않고 담대히 지내는 것이 안동림 사범의 유지라는 것을 깨닫지 못했다면 필경 김수영은 제자리에 두 발로 서 있지도 못했을 것이다.

맹 보좌관은 민망해하는 형사과장에게 명함을 건네면서 언제 술이나 한잔하자고 한다. 김수영은 주변의 아무것도 의식하지 못한 채 파란 하늘만 올려다보고 있다. 전태양은 태양 아래서 고개를 들지 못한다. 부끄러워서가 아니었다. 태양이 싫었다. 자신의 슬픔 앞에 저렇게 밝고 명랑한 것들이 다 싫었다. 김수영은 쏟아지는 햇살에 눈매가 가늘어진다. 태양 때문에 아랍인을 권총으로 쐈다고 누가 그랬지? 뫼르소지? 맞아. 알베르 카뮈의 『이방인』, 뫼르소. 엄마가 오늘 죽었는지 어제 죽었는지도 혼란스러워하던 뫼르소. 그래, 삶이란 확실한 게 하나도 없고 불행은 난데없이 들이닥치는데 태양은 아랑곳없이 이글거린다. 순간, 김수영은 뫼르소가 희미하게나마 이해되었다. 뫼르소는 이 모호한 세계의 중심 앞에서 방황하는 인간의 전형이었던 것이다. 김수영은 사형 집행을 앞둔 뫼르소가 신부의 멱살을 잡고 악을 쓰던 것과 뫼르소의 어머니가 양로원에서 애인을 두었던 것을 기억했다. 그리고, 맹 보좌관은 팔순 노모가 산책 중에 넘어져 왼쪽 발목이 골절됐다는 연락을 받는다. 모호한 이 세계의 살인을 부르는 태양 아래 김수영과 전태양이 나란히 서 있다. 어느새 둘 다 태양을 외면하고 있었다.

12

그 시각. 나당 연합군이 아닌 야당 연합군은 비장한 결전을 예열
하고 있었다. 오소영은 일당백의 민주 투사 2인으로 구성된(그중 하
나는 상태가 마리화나를 즐기는 히피 아주머니에 더 가깝긴 하지만) 진
보노동당의 대표답게 확성기 마이크를 입술에 딱 붙인 채 일신의
안위를 오장육부 속에 꼭꼭 감춘 오합지졸들을 불세출의 기백으
로 영도하고 있었다. 고동숙의 표현대로라면 외모 지상주의자들인
정치부 속물 기자들은 오소영이 구호를 당차게 선창하면 목에 핏
대를 세우며 따라 외치는 야당 연합군을 사진 찍어 대며 곧 다가
올 대서특필을 준비했다. 외모 지상주의. 사실 고동숙의 주장이 아
주 틀린 것은 아니었다. 세상은 변했다. 사회주의의 씨가 말라 버린
이 신자유주의 밀레니엄에는 어떠한 아름다운 내용이든지 일단 아
름다운 외부를 담보하고 있어야 했다. 그래야만이 일단 거론과 도
론의 대상이 될 수 있는 것이다. 극소수 좌파 야당이지만 여성 당수

로서 오소영의 스타성은 예쁜 여자가 과감한 결정과 과격한 투쟁을 서슴지 않는다는 데 있었다. 그것이 전부는 아닐지언정 오소영을 스타로 급부상하게 한 중요한 요인이었음을 부인하기는 힘들었다. 아무리 옳은 소리를 하고 옳은 행동을 해도 인상적이지 않고 매력이 없다면 곧바로 상품 가치를 상실하게 되고 마는 것이고 그건 곧바로 무의미였다. 그 어떤 의인도 시대의 지각변동을 이길 순 없다. 그때. 오소영의 핸드폰이 뼈아프게 진동한다.

오소영은 슬그머니 자리를 뜨며 핸드폰을 받는다. 받지 않으면 안 되는 전화이고 지은 죄가 막대하기 때문이다. 지금 호텔 커피숍에서는 한 수수한 중년 신사와 오소영의 기품 있는 이모가 약속 펑크 전화도 깜빡 까먹은 오소영을 기다리고 있었다. 오소영은 손목시계를 한 번 보고 국회 복도의 벽시계를 한 번 더 보았다. 손목시계와 국회 복도의 벽시계는 오소영이 한심했다. 오소영은 깊이 심호흡을 했다. 그리고 통화 버튼을 누르고 먼저 말했다.

"이모, 진짜 미안해, 내가, 지금 비상사태야."

"……."

"……이모?"

"……비상사태?"

"……응."

"내가 이 자리를 어떻게 만든 건 줄 알아? 네가 잔 다르크야? 유관순 언니야? 왜 시집도 안 가면서 나라를 구하려고 지랄이야, 미친년아!"

저쪽에 혼자 앉아 커피를 마시고 있는 맞선남은 서정시인이자 국문과 전임 교수였다. 그는 오소영의 이모가 떠드는 쌍소리를 얼핏 듣고는 화들짝 놀라 뜨거운 커피에 혀를 뎄다.

"미안해 이모."

오소영의 이모는 아차 싶어서 섬섬옥수로 수화기에 챙을 대고 개미 목소리로 외쳤다.

"정신 나갔어요? 국회의원이나 됐으면 약속을 지켜야 될 거 아녜요?"

"미안해 이모."

"미안한 줄 아시면 당장 오세요."

"안 돼. 언론법 막아야 돼."

"……언론법?"

"응. 언론법."

"남 걱정 그만하고 니 팔자 똥값 되는 것부터 막아. 미친년."

안절부절못하고 있는 오소영에게 고동숙 의원이 엄마 찾듯 찾아왔다.

"자기야 — 데모하다 말고 뭐해?"

오소영은 수화기 저편 지옥 속에서 불타고 있는 이모에게 위급하게 말했다.

"명쾌하시네요. 그래요. 나 미친년이에요."

오소영이 핸드폰의 전원을 끄자, 고동숙이 면도날 씹는 표정으로 내뱉었다.

"새한국낭 쪽 선화야? 어느 새끼가 자기디리 미친년이래? 개새끼들! 죽여 버려, 자기야."

그때. 잔 다르크의 애인 같은 손윤기 보좌관이 유관순 언니의 오빠처럼 달려와 대한 독립 만세인 양 외친다.

"새한국당이 장소를 옮겼다! 날치기다!"

야당 연합군은 역사의 댐이 무너진 듯 일시에 함성을 내지르며 복도로 홍수처럼 쏟아져 나간다.

영정 속 안동림 사범이 폐업 같은 휴업 중인 검도장 한복판에 우두커니 마주 서 있는 김수영과 전태양을 담담히 지켜보고 있다.

베여 흩어져 있는 짚단들로 마루가 엉망이다. 김수영은 벽에 걸린 커다란 패널 사진 — 검도복 차림에 호구를 착용한 김수영과 전태양과 안동림 사범이 각자의 머리 호구를 겨드랑이에 낀 채 죽도를 들고 나란히 근엄하게 서 있는 — 을 올려다보며 눈시울이 촉촉해진다.

"배가 고프다고 쥐약을 처먹는 놈아. 무사가 함부로 칼을 들어?"

"칼이 아니라 대걸레 자룬데요."

"이 새끼가 지금."

"공장이나 계속 다닐 걸 그랬어요. 기술도 배우고. 괜히 사범님이랑 형을 만나서 이렇게 된 거예요."

"네가 어떻게 됐는데?"

"……."

김수영은 목검을 쥐고 타격대를 툭, 툭, 탁, 탁, 건드리듯 때려 본다.

"무사가 죽음 앞에서 초연해야지. 막 나가고 잘하는 짓이다."

"미안합니다. 앞으로는 대한민국 국회의원들만큼 뻔뻔해지기 위해 노력하겠습니다."

"하, 너 정말 계속 그렇게 정신병자처럼 굴 거야?"

"당장 같이 정신병원에 가서 진찰 받아 보죠. 누가 더 정신병잔지."

"이거야, 참."

"왜요, 그렇죠? 자신 없죠? 사범님도 형 그렇다고 저한테 그랬습니다."

"저, 저 양반이 그랬다고? 내가 정신적으로 문제가 있다고 했단 말이지?"

"아뇨."

"……그래. 저 양반이 내 험담을 했을 리가 있나."

"정신적으로 문제가 있는 정도가 아니라, 미쳤다고 그랬습니다."

"뭐, 뭐야?"

"사람은 좋고 똑똑한데 미쳤다고 그랬습니다. 그러니까 형이 하는 말 곧이곧대로 듣지 말라고요. 뭐든 따라 하면 안 된다고요."

"……너 구라가 많이 늘었구나. 말싸움 이기겠다고 돌아가신 스승을 멋대로 이용해? 야, 이 새끼 완전히 망가졌네. 도저히 인간이 아니네. 악마네. 악마."

"건물 주인이 검도장 비우래요."

“……”

“……”

“……태양아.”

“……”

“……내가 그렇게 이상한 사람이냐? 정말 미친 것 같으냐?”

“정신과 의사가 아니라서 단정 짓긴 뭐하지만 정상이라고 보기는 힘들 거 같습니다.”

“그래. 내가 좀 그렇지. 그래. 인정. 어렸을 적부터 우리 엄마도 나더러 만날 미친놈이라고 그랬어. 인정. 인정! 나 미쳤다! 야! 미쳤다! 아싸, 신난다! 그래 나는 미친놈이다! 으아아— 으히히, 미쳤다, 미쳤어!”

“왜, 왜 그래요? 무섭습니다.”

“아이고, 눈물 난다. 으하하. 미치니까 웃겨서.”

“형. 무서워요, 그만하십시오.”

“……내가 인수한다, 검도장.”

“네?”

“내가 영검관 운영한다고.”

“……”

“……”

“……바쁘잖아요.”

“국회의원 때려치운다. 변호사 개업해 정직하게 사기 치면서 돈 벌 거야. 그럼 사범 하나 두고 내가 바시 판장 힐 수 있어.”

“정말 그만둘 거예요?”

"이 새끼가 배고프다고 쥐약을 처먹더니 귀가 멀었나?"

"……."

"머리야!"

김수영은 목검으로 전태양의 머리를 내려치다가 정수리에 닿기 직전에서 목검을 딱 정지시킨다. 전태양은 미동도 없이 김수영의 눈을 똑바로 들여다보고 있다. 그 모양 그대로 검도장 전체가 적막에 휩싸인다.

"사범은 너다."

"네?"

"지금부터 네가 이 검도장 사범이라고. 미친 나는 바지 관장이고. 웃어, 새끼야. 웃음이 없는 검도는 폭력을 부르는 법."

김수영은 목검을 거두고 옷깃을 여민 뒤 안동림 사범님의 영정을 향해 큰 절을 올리며 부처의 임종을 기록한 『대반열반경』을 떠올린다. 세존께서 울고 있는 제자에게 말씀하셨다. 슬퍼 마라. 탄식하지 마라. 내가 항상 이르지 않았더냐. 아무리 사랑하고 마음에 맞는 사람일지라도 언젠가는 반드시 이별하게 되는 것이라고. 그것을 어찌 피할 수 있겠느냐? 태어났고 존재했고 형성된 모든 것들은 예외 없이 무너지고 부서지고 사라지기 마련인 것을, 그런 것들을 두고 그러지 말라고 바라는 것은 절대로 있을 수 없는 일이다. ……
이제 김수영은 마음으로 스승에게 답한다. 이것으로서 다 되었습니다. 다시 시작입니다. 당신과 나는 아름다운 여인의 미소 속에서도 애틋한 이별을 음미하고 피어나는 붉은 꽃 속에서도 죽음의 충고를 듣고 태산같이 둘러싼 적들 앞에서도 죽기 전에는 절대 죽지 않는 무사(武士)이기에, 죽은 이는 그리움마저 베어 버리고 죽은 이의 길로, 아직 살아 있는 우리는 날숨과 들숨이 함께하듯 헤어지지 않고 우리의 길을 가는 것입니다.

꿇은 무릎을 풀고 일어난 김수영은 이번엔 전태양 사범님께 정중히 예를 갖춰 인사드린다. 어리둥절한 전태양은 어떤 알 수 없는 손길이 다가와 가슴에 얹히는 느낌에 뜨거운 눈물이 맺힌다.

그때. 바로 그때. 영검관의 문을 와락 열어젖히며, 1980년대 대학가 경찰 프락치 같은 홍 기사가 상해임시징부의 문지기처럼 달려와 일본군의 진주만 공습이라도 전하는 양 외친다.

"의원님! 전쟁 났답니다!"

14

장도준은 서너 시간 뒹굴며 잡고 있던 소설책을 뚜껑 없는 쓰레기통 안으로 던져 넣는다. 사기다. 취향이 필요 없는 사기야. 저걸 쓴 유식하고 진지한 척하는 놈 혼자만의 사기가 아니라 저걸 책으로 만들어서 해설하고 칭찬하고 소개하고 광고해서 내 손까지 오게 한 그 과정에 연루돼 있는 모든 자들의 지저분한 총체적 사기다. 한두 번도 아니고 지쳤다 지쳤어. 무식한 거야 무서운 게 없는 거야? 나같이 평범한 독자 눈에도 빤히 보이는 못된 짓들을 정말 나중에 어떻게 되려고 막 저지르는 거야? 병신 새끼들. 만연된 고질이야. 소설책이니 망정이지 만약 저게 나라였다면 벌써 망해서 다른 나라의 비참한 노예로 전락했을 것이다. 대한민국이 그렇지 뭐. 정치판만 그런 게 아니구나. 작곡은커녕 아예 기타를 잡은 지 10여 년이 넘은 마약 전과 2범 퇴물 대중음악가 장도준 옹은 신성한 얼음물 정수기 냉장고 앞에서 그렇게 생각했다.

대낮인데도 암막 커튼이 쳐진 거실은 캄캄하다. 냉장고 문이 열린다. 귤빛 조명이 온갖 술병들을 환히 비춘다. 장도준은 냉장고 문을 열 때마다 냉장고가 관처럼 여겨졌다. 종합병원에서 사람이 죽으면 입관 전까지 시체실 냉장고 속에 보관한다. 냉장고에 코끼리를 넣는 법. 장도준이 유일무이하게 믿는 철학은 이것뿐이다. 냉장고 문을 연다. 코끼리를 냉장고 안에 넣는다. 냉장고 문을 닫는다. 이 3단계 말고 더 청명한 진리를 장도준은 알지 못한다. 냉장고에 코끼리를 넣는 법 안에 공자, 부처, 예수, 미호메트가 다 들어 있는 것이다. 냉장고 문을 연다. 삶이 있다. 냉장고 문을 닫는다. 삶이 사라진다.

장도준은 냉장고 문을 열 적마다 자신의 죽음을 상상하게 돼 피곤했다. 그렇다고 냉장고를 사용 안 할 수도 없는 노릇이고. 장도준은 냉장고 문을 닫는다. 그가 그 냉장고 안에 지금 어떤 마음을 집어 넣었는지는 아무도 모른다. 그러나 그의 오른손이 쥐고 있는 것은 차가운 맥주 캔이다. 이것이 인생이다. 대체 코끼리는 어디 있는 것일까?

15

오소영 장군이 이끄는 야당 연합군이 서슬이 퍼레 법사위로 몰려오고 있다.

같은 시각. 법사위 후문이 빼꼼 열리더니 김수영이 쭈뼛쭈뼛 들어온다. 썰렁하다. 아무도 없다.

"뭐야 이거? 다들 어디 갔어? ……홍 기사 네가 하는 일이 그렇지. 장소가…….”

김수영은 야릇한 불길함에 젖으며 핸드폰의 폴더를 연다. 운전은 제임스 본드 뺨치고 충성심도 굳은 편인데 뭐랄까 반도체에 먼지가 끼어 있는 듯한 인상과 말투가 무시로 조마조마한 홍 기사……. 김수영은 발신 버튼을 누른다.

오소영 장군의 야당 연합군이 드디어 법사위 정문 앞에 섰다.

김수영은 우글거리는 소리에 정문으로 다가간다. 밖에서 문이 안 열린다고 난리다. 어? 그래? 잠겼어? 열게. 열면 되잖아. 김수영이 순순히 문을 열어 주려는데 문고리가 꼼짝도 안 한다. 고장이다.

김수영은 급한 마음에 그만 핸드폰을 떨어뜨린다. 퉁 팅, 핸드폰이 바닥에 팅기면서 배터리가 이탈해 저쪽으로 대굴대굴 굴러가 버린다.

"에이, 씨발."

오소영과 김수영은 막힌 문을 사이에 두고 피차 딴소리를 해 대고 있다.

"좋은 말로 할 때 문 열어!"

"고장이야! 고장! 안 열려!"

"문 열어!"

"안 열린다니까! 소리 지르지 마! 씨."

김수영은 바지 주머니에서 자동차 열쇠를 꺼내 그거로라도 어떻게든 열쇠 구멍을 쑤셔 문을 따 보려고 한다.

"뭐? 뭐야? 뭐라 그러는 거야? 에이. 기다리라니까! 왜들 이렇게 인내심이 없어! 홍 기사 이 새끼 죽었어. 장소를 제대로 가르쳐 줘야지. 씨발, 내가 국회의원을 또 하면 김정일이다. 김정일."

그사이 국회 본회의장에서 의장봉을 내려치며 언론법을 날치기 통과시키는 국회의장. 만세를 부르는 새한국당 의원들. 그중 가장 열렬한 문봉식. 흐뭇하게 웃고 있는 새한국당 대표 노대관.

나쁜 새끼들, 그러면서 복도 모서리에 비치돼 있는 소화기를 집어 든 오소영. 좌우로 홍해 갈라지듯 비켜서는 야당 연합군과 기자들. 법시위원회실 문고리를 소화기로 마구 내려치는 오소영. 순간 어리둥절해하는 김수영, 어? 이건 뭐지? 뭐하자는 거…… 훅. 부서진 문짝과 소화기가 날아와 김수영을 가격한다. 지구가 자전을 멈춘다. 뒤로 넘어가 대자로 뻗는 새한국당 국회의원 김수영. 순간 팡 — 팡 — 팡 — 터지는 수많은 사진기 섬광들. 태양의 흑점이 폭발한다.

씩씩거리며 인상을 잔뜩 구기는 오소영. 한발 늦게 도착한 맹 보좌관, 황당무계한 사태를 왕창 속독하고는 맥이 팍 풀려 버린다. 너무 놀라 양손으로 작은 입을 가린 정 보좌관. 고개를 절레절레 흔들고 가슴에 성호를 그리는 고동숙 의원. 턱이 왼편으로 넘어가면서 흰자위가 들려진 채 꼴까닥, 졸도하는 김수영. 그 장면이 곧바로 각종 언론들 1면에 대서특필된다. 지구가 서서히 자전을 재가동한다.

전 세계 의정 사상 초유의 정치인 성 대결 KO.

새한국당 김수영 의원, 진보노동당 대표 오소영 의원에게 구타당해 실신 입원. 뇌에 이상 있을 수도 있어 정밀 검사 받아 봐야.

내비게이션 필요한 국회? 길눈 어두운 국회의원 풀잎처럼 눕다.

새한국당, 무주공산 본회의장에서 언론법 날치기 통과.

야당들, 원천 무효 주장 법적 대응.

새한국당, 야당의 이성적 판단과 자제 촉구. 국회의장, 민생 위해 국회 빠른 시일 내 정상화돼야.

야당들, 등원 거부 장외투쟁 선언.

오소영 의원에게 폭행당한 김수영 의원은 누구인가? 항일 독립 운동가 김갑재 선생의 손자이자 원로 국사학자 김중건 전 서울대학교 교수의 3남 중 차남으로서 해병대 제대 후 사법 고시 합격, 판사 생활 3년 만에 국회에 신출한 노블리스 오블리제 기린아 노총각. 정치부 기자 선정 우수 국회의원 1위. 대한검도회 홍보 이사.

김수영 의원을 폭행한 오소영 의원은 누구인가? 정치부 기자 선정 우수 국회의원 2위. 8년 전 의문의 교통사고로 작고한 노동계 통합 대통령 후보 오문영 씨와 자매 사이. 언니의 뒤를 이어 노동계에서 정치권으로 입문, 최연소 야당 대표로 유명세를 타고 있는 미모의 깡다구 노처녀.

검도 5단의 여당 노총각 국회의원, 진보 야당 대표 노처녀 국회의원의 소화기 한 방에 훅 가다!

해외 토픽 도배. 국격 추락. 다행히 국가신용등급엔 큰 지장 없어.

진보 단체들, 여당 언론법 날치기 봉과 일제히 규탄. 민주주의 사망 선언.

보수 단체들, 오소영 진노당 대표의 국회의원직 자진 사퇴 요구.

대통령, 국회 폭력 사태 유감 표명과 함께 비서실장 통해 김수영 의원 병실에 위로 화환 전달.

'나라를 걱정하는 노인 연합', 북한의 테러 사주 가능성 주장. 여간첩 오소영에게 국가보안법을 적용, 즉각 구속 수사할 것을 촉구하고자 대검찰청 앞에서 뻥튀기 리어카 시위.

'나라를 고치는 젊은이 연합', 언론법 날치기 통과 비난 여론에 소독약을 풀기 위한 여당의 함정 유인 조작극 주장. 독재 정권의 원톱 주연배우 김수영이 연말 모든 공중파 방송국들에서 '최우수 TV 뉴스 남자 연기상'을 차떼기로 싹쓸이 예약한 것을 축하하는 꼭두각시 헌정 콘서트 '나는 엄살이다'를 여의도 광장에서 개최.

충격에 빠진 검도계 침통. 해병 전우회 입장 표명 유보.

고속버스터미널 대합실 대형 TV에 나오는 뉴스를 보며 손가락질하는 시민들.

혼절한 김수영의 사진이 캡처돼 인터넷 공간을 가득 메우다.

트위터 세상에서 김수영과 오소영 대박 스타 등극.

인터넷 검색어 순위 1위 — 김수영. 2위 — 김수영 개망신 종결자. 3위 — 김수영 뇌진탕. 4위 — 김수영 해병대. 5위 — 오소영 사과 거부. 6위 — 오소영 폭풍 소화기.

새한당 지도부 김수영 의원 폭행죄로 오소영 진노당 대표 고소 예정.

지구는 멀쩡하다. 태양도 별문제 없다. 하지만 더 먼 곳에서 블랙홀 하나가 부글부글 끓어오르고 있다.

삼경에 닥친 횡액이라. 곤장 멘 채 매 맞으러 가고 성난 곰을 피하니 주린 범이 다가오는 형국이구나. 살찐 닭은 아무리 정성껏 그 수를 헤아려 놓아도 그림자 없는 여우가 소리 없이 죄다 물고 가거늘 천년을 참아 승천하던 이무기가 구름 봉우리에 미끄러져 땅꾼이 발 씻고 있는 개울에 수염부터 처박힌다. 그날그날의 정해진 불운은 장독 속에 꼭꼭 숨어 업장이 간장에 절여진다 한들 염라대왕도 피해 갈 수 없는 것. 이보게, 인생이란 본시 마른하늘에 날벼락이로세.

김수영에게 그 사고는 우연이었을까, 운명이었을까? 우연을 믿지 않는 김수영의 소신대로라면 운명이어야 한다는 얘긴데, 그렇다면 김수영은 당장 소신을 바꿔 우연만 인정하면서 살아가지 않을까?

818호 병실 문에는 '환자명 — 김수영. 절대안정'이라는 팻말이 아름답게 붙어 있다.

대학 부속 종합병원 긴 복도에 전 세계의 기자들이 다 모여 있다. 잡담도 없이 쭈그려 앉아 졸거나 웅크리고 있는 모양이 하나같다. 직업은 대체로 감동이 없다. 그냥 기계적으로 움직일 뿐이다. 사건이 터지면 기자는 간다. 똥이 있는 곳에 파리가 간다. 가끔은, 어쩌면 자주, 똥이 없어도 파리는 갔다 와서 배부르다고 한다. 양손을 싹싹 비벼 대며.

818호 병실 안에서 쌍꺼풀이 부자연스러운 간호사 언니가 김수영이 맞고 있는 링거에 정신 되돌이오는 주사를 주입하고 나갈 때 잠깐 열린 문틈으로 방금까지 그렇게 맥없이 늘어져 있던 기자들이 밤길 아가씨에게 달려드는 좀비 떼처럼 우악스럽게 비집고 들어오려 한다. 이에 맹 보좌관과 홍 기사와 전태양이 합동으로 억지로, 정말 있는 힘을 다해 억지로 문을 밀어 꽉 잠근다.

이윽고 김수영은 동화 속 백설공주처럼 깊은 잠에서 깨어난다. ……동그랗고 희뿌연 화면 안에 맹 보좌관과 홍 기사와 전태양이 보인다. ……김수영은 뇌진탕 냄새가 물씬 풍기는 미소를 짓다가 문득 이거 꿈이 아니라는 끔찍한 자각에 얼굴이 차츰 일그러지더니 부활의 일성을 실연당한 시인의 소심한 시 낭송처럼 내뱉는다.

"……어? 뭐……야? 여기, 어디……야?"

어이할꼬. 상괘는 곤괘고 하괘는 리괘니 지화명이(地火明夷), 암흑기다. 기다리고 기다려도 바람난 임은 영영 안 오시고 기름 동냥해 밝힌 등불은 손이 떨려 땅에 홀랑 떨어져 꺼지네. 바닷속 헤엄치던 거북이가 하얗게 일어붙어 돌이 돼 가라앉고 하늘의 새는 이지럽다며 아무 데나 내려앉아 날개를 축 늘어뜨리니 길을 가는 동안 내내

굶다가 어디서 하룻밤 잠을 청해도 개돼지 같은 주인에게 욕만 실컷 얻어먹네. 가여워라 김수영. 장차 이 고난의 골고다 언덕을 어찌 오르며 이 사바 번뇌의 검고 광활한 강을 어찌 건널까. 다만 인생은 길고 현재와 미래가 서로 멀리 떨어져 있어 고통이 고통만이 아니고 기쁨이 기쁨만이 아닌 것을 명심하길 바랄 뿐이네.

818호 병실 벽시계가 한심하게 내려다보는 가운데 냉혹한 상황 파악의 시간이 질식에 가까운 침묵 속에서 지나고, 흰 침대 턱 위에 금치산자처럼 걸터앉아 있는 김수영은 포커스가 나간 눈으로 다시금 제 주위를 천천히 휘둘러본다.

빠른 쾌유를 기원하는 대통령의 화환, '천배 만배 피의 보복!'이라는 붉은 문구가 이글거리는 해병 전우회의 화환, 바닥에 어질러진 각종 신문과 보도 자료 들이 푸른 물속의 풍경처럼 어른거린다.

유구무언도 통할 때가 따로 있기에, 홍 기사는 일단 어떤 말이든 해야 했다. 그런데 하필 그게 이런…….

"여, 영감님, 나, 나라를 위해 크, 큰일을 하신 겁니다."

김수영은 홍 기사를 확 후려갈기려다가 덜커덕, 허리가 결려 멈춘다. 오늘의 재앙은 어쩌면 말보다 주먹이 먼저 나갔던 그 유장한 악업에서 비롯된 참극인지도 모른다. 김수영은 아직도 골이 띵해, 만장굴 천장에 거꾸로 붙어 박쥐들이랑 토론을 하고 있는 기분이었다. 그래서 그렇게 잘하던 한국어도 아프리카 원주민이 염불하는 소리처럼 흘러나왔다.

"……거, 거기가, ……거기, 거기라며? 거, 거기, 모여 있다며, 새, 새끼야."

"축하드립니다. 대통령보다 인지도가 높은 국회의원이 되셨어요."

맹 보좌관은 유머 아닌 유머로 위로를 해 보려다 에고, 아차 싶다. 진담 같은 실언을 하다니 그도 김수영만큼이나 절망스러운 것이다. 그러나 그럴수록 맹주호는 정신을 똑바로 차리고 시급히 대책을 마련해야 한다. 호랑이 굴에서 호랑이 새끼를 안고 무사히 빠져나오는 신묘한 대책을. 직업은 대체로 감동이 없다. 그냥 기계적으로 움직일 뿐이다. 영감님이 똥을 싸면 파리들이 양손을 싹싹 비버대며 귀신같이 나타나 쩝쩝 입맛 다시기 전에 보좌관이 두 눈 질끈 감고 날름 먹어 치운다. 안 되면 대신 덮어쓰고 감옥에라도 간다. 대한민국 헌법 전서가 워낙 두껍고 한문이 깨알 같아서 그렇지 어느 갈피엔 분명히 그렇게 쓰여 있다.

아무튼. 무릎이 깨지도록 쾅 꿇은 홍 기사는 마치 사무라이가 쇼군 앞에서 할복하듯 사죄한다.

"영감님. 죽여 주십시오. 흐흑."

극한의 분노와 처절한 고통은 사막에 홀로 서 있는 것에 비견하는 공허를 부르는 법, 우리는 그것을 편의상 낙담이라 칭하며 종종 참회의 포로가 되기도 한다.

"……내가, 후우, 판사 시절에, 살인범들 심정을 너무 몰라줬던 것 같다."

전태양은 이 모든 어처구니들이 진짜 웃기지도 않는다. 명색이 사회 지도층이린 분들이 이 무슨 개망신이린 말인가. 김수영은 원래 그렇다 치고 빨갛고 묵직한 소화기로 김수영을 저렇게 완전히 찌그러뜨려 놓은 그 여자는 대체 뭐란 말인가. 와중에 창밖이 몹시 소란스러워지자, 전태양은 커튼을 살짝 젖히고 병원 앞을 내려다본다.

닭 털 빠진 날개를 접은 수호천사는 오체투지로 엎드려 흐느끼는 홍 기사와 동공에 김이 서린 김수영 사이에 처연히 서서 대낮이 짜증 나는 태양 전태양에게 묻는다.

"여기보다 재미난 구경거리가 있는 건가? 그럴 리가 있나."

그럴 리가 있다. 거기보다 재미난 구경거리가 있다. '친북 좌파 폭력 혁명의 괴수 오소영을 구속 수사하라!' 등의 문구가 적힌 피켓들이 들썩이고 있다. 성난 마구니 같은 노인네들, 굶주린 피라니아 떼 같은 아저씨와 아주머니 들이 적의의 피가 뚝뚝 떨어지는 구호를 외치고 있다. 그리고 그들 사이에 홀로 샤방샤방 빛나는 한 청년이 서 있으니 일반명사로서가 아니라 고유명사로서의 꽃미남이었다. 그가 8층 김수영의 병실을 서늘하게 올려다보고 있다.

눈썰미가 매운 검도 사범 전태양은 저 먼 아래서도 강한 존재감을 쏘아 대는 꽃미남이 거슬린다. 소속 집단과는 어울리지 않는 외모도 외모려니와 왠지 아슬아슬한 분위기가 솜이불 속에 들어 있는 뱀처럼 꺼림칙했던 것이다. 하지만 전태양이 흔하고 평퍼짐한 작업복 차림에 선이 가녀린 꽃미남을 주목하는 것도 딱 거기까지다. 잡초 더미 속에 흰 백합꽃 한 송이가 꽂혀 있다고 해서 그 이상 상관할 여지가, 더구나 이 마당에 어디 있겠는가.

꽃미남은 생각했다. 붉은 수염의 요청으로 여기까지 와 있긴 하지만 나는 이 노린내 풍기는 열등 종자들을 인간으로도 인정하지 않는다. 이런 것들도 애국자라고 설쳐 대니 이 나라의 정치 수준이 이 모양인 것이다. 대한민국의 우파들은 모조리 병신 쪼다 같다. 태반이 고집쟁이 늙은이들뿐인 데다가 몇 안 되는 젊은이들이라 봤자 전부 무뇌충이다. 아무런 내용과 미학 없이 허구한 날 밥그릇 뺏긴 거지 떼마냥 화만 내니 어미 아비가 족제비와 여우인 좌파 것들에게 하루도 빠짐없이 조롱이나 당하지. 쯔쯧.

히틀러는 니체의 초인을 염두에 두고 이렇게 말했다. 대중은 이해력이 부족하고 잘 잊어버린다. 지배자를 기다릴 뿐 자유를 주어도 어찌할 바를 모른다, 리고. 꽃미남은 해석한다. 대중은 지배자 없으면 상상이라도 하는데 그것을 현실로 만들어 주는 것이 바로 고통이다. 고통이 고통에 위로를 구하면 죄의식이 해체된다. 히틀러의 민족주의는 프랑스의 작가 조제프 아르튀르 드 고비노에게서 싹텄다. 고비노는 고대 로마인이 셈족과의 혼혈로 인해 나약해졌던 거라며 순수한 혈통만이 문화의 몰락을 거부한다고 역설했다. 불안이다. 그 불안을 바탕으로 히틀러는 유대인을 게르만족과 기독교를 더럽히는 기생충으로 규정하고 6백여만 명이나 학살했다. 고통이다. 저 불안과 고통 사이에는 히틀러라는 유일신이 있었다. 꽃미남은 도둑처럼 갑자기 들이닥칠 통일 이후의 한반도를 기대한다. 그때는 신학적 전체주의 우상화 교육을 받고 자란 이북의 청년들이 대한민국 야만 자본주의의 희망 없는 최하층 불가촉천민으로 전락해 진정한 폭력 혁명의 터보 엔진이 돼 줄 것이다. 통일 대한민국의 셈족이자 유대인인 국내 거주 외국인 노동자들을 동양인이건 서양인이선 안 가리고 그들이 한국인들과의 사이에서 생신한 혼혈들과 미찬가지로 무참히 대학살할 것이다. 히틀러가 1차 세계대전에 참전했던 독일의 제대군인들로 나치당의 초석을 삼았듯이 꽃미남은 멸망한 조선민주주의인민공화국의 독기 오르고 전투력 왕성한 장정들을 규합해 한국적 나치당의 뜨거운 전위로 드높일 것이었다. 그러기 위해 꽃미남은 미리미리 처리해 둬야 할 일들이 많았다. 붉은 수염의 조직을 서서히 접수해 나가는 것과 오소영의 진보노동당 같은 빨갱이들을 섬멸하는 것 등등이 그랬다.

영웅은 시대를 잘 만나야 한다. 꽃미남은 자신의 시대를 믿어 의심치 않았다. 16세기 영국에서는 양모값이 폭등하자 귀족들이 밀밭을 전부 양 목장으로 변경해 울타리를 쳐 버렸다. 이를 인클로저 운동이라고 하며 이로 인해 농민들은 하루아침에 삶의 터전을 잃고 비참하게 죽어 갔다. 이때 토머스 모어는 『유토피아』에서 이렇게 말한다. 사람들이 도둑질을 하게 되는 요인은 따로 있다. 바로 양이다. 유순했던 양들이 괴물로 돌변해 사람들을 먹어 치우고 있다, 고. 이제 꽃미남은 이렇게 말한다. 대기업의 피자가 인간들을 먹어 치우고 있다, 고. 로마는 왜 사라졌는가? 계층 간의 차별이 심화될 적에 국가는 반드시 무너진다고 역사는 가르친다. 꽃미남은 가슴이 벅차오른다. 혁명가에게 이보다 더 훌륭한 운명의 조건이 또 어디 있겠는가. 마키아벨리는 말했다. 세상에서 가장 무서운 것은 가난도 아니고 근심도 아니고 병도 아니다. 그것은 생에 대한 권태이다. 꽃미남은 말한다. 대한민국은 가난이고 근심이고 병인 데다가 권태다. 쑨원은 말했다. 애인이 자유를 지나치게 가지면 안 되지만 국가는 완전한 자유를 가지지 않으면 안 된다. 국가가 자유로워야 마침내 강국이 될 수 있다. 그러기 위해 국민은 자유를 기꺼이 희생해야 한다, 고. 꽃미남은 당연히 그러한 국가를 원한다. 단재 신채호는 말했다. 역사는 아(我)와 비아(非我)의 투쟁의 기록이다. 꽃미남은 이 전쟁에 목숨을 바칠 것이다. 그리고 말한다. 나는 신의 아들이 아니다. 나는 과학자도 아니다. 그러나 앞날을 낱낱이 정확하게 예견할 수 있다. 철학적이지만 군인이고 시인이지만 또한 과학적이기 때문이다. 나는 지배자다. 나는 신의 아들이 아니다. 나는 유일신이다.

피곤한 수호천사가 공황 속에서 히우적거리고 있는 두 인간 사이에서 다시 묻는다.

"여기보다 뭐가 더 재미있냐니까?"

창에 커튼을 치며 전태양이 대답한다.

"아녜요. 아무것도."

오소영의 아파트에 오소영의 이모와 보리의 이모와 보리의 유사 이모인 정 보좌관 이렇게 세 명의 이모님들이 오보리 어린이와 함께 있다. 오소영의 이모와 보리의 이모와 보리의 유사 이모는 심각하게 둘러앉아 있고 보리는 소파에 푹 눌러앉아 열한 번째 읽는 『삼국지』를 아끼는 장면과 장면 따라 듬성듬성 넘긴다. 목욕재계하고 머리를 풀어 헤친 제갈량이 남병산 제단 위에서 동남풍을 빌고 있다. 조조의 100척 대선단을 화공키 위해.

국회의원 오소영의 고상하고 단아한 이모님은 결코 욕을 하지 않으신다. 다만 조카에 대한 애틋한 사랑을 좀 색다르게 표현할 뿐이다.

"미친년. 낼모레 마흔이야, 부모 없는 어린 조카 호적에 올려놨어, 공산당 당수까지 하고 있네? 어이구 골이야, 너는 신랑감 구하기가 성철 스님 장가보내기보다 더 어려워. 네 사정 다 이해해 주는 총각 교수 선 자리가 또 날 줄 알아?"

"애쓰지 마 이모. 나 결혼 안 해. 보리랑 둘이서 살 거야."

"……그래. 그래라. 그러세요. 의원님. ……미친년."

그렇다. 애틋한 사랑의 색다른 표현은 다소간 난해하다. 오 대표의 교양이 풍부한 이모님은 핸드백을 챙겨 아파트를 휑— 나가 버리고 만다. 미친년, 이라는 사랑의 해독 불가능한 암호만을 남기고. 벙쩌 버린 오소영과 정 보좌관은 서로를 본다. 보리는 소파 위에서 적벽대전의 하이라이트, 조조의 150만 대군이 불타는 것을 바라보고 있다.

오소영이 노처녀계의 현역 선배에게 묻는다.

"보좌관님도 집에서 이래요?"

정 보좌관은 알고 있다. 조금만 더 버티면 해탈의 길이 활짝 열릴 것임을. 욕심은 수많은 고통을 부르는 나팔이다. 스스로를 놓아주고 주변을 놓아주면 그것이 다름 아닌 석가여래의 길이려니.

"나는 묵언 중인 성자다, 그런 각오로 내년까지만 더 버티세요. 그럼 그 이후엔 아무도 말 안 붙여."

"보리. 오보리."

오소영이 보리에게 이리 오라고 손짓한다. 한강에서 뺨 맞고 종로 가서 화풀이한다던가. 오소영은 조조가 관우에게 목숨을 구걸하는 걸 지켜보고 있는 보리에게 다가가 『삼국지』를 확 뺏어 버린다.

"이런 책 읽지 말라고 그랬지? 이모 말이 안 무서워?"

보리는 '나쁜 이모'가 밉다. 유치하다. 보리는 오소영 손에서 『삼국지』를 낚아채 '좋은 이모' 정윤희를 지나쳐 후다닥 자기 방으로 들어가 버린다.

시집도 못 간 오소영은 마치 부부 싸움이라도 하듯 화가 난다.

"저게 진짜."

좋은 이모는 나쁜 이모의 『삼국지』 알레르기가 궁금하다.

"삼국지는 왜 못 읽게 하시는 거예요?"

오소영은 이상한 여자가 아니다.

"이상한 나라야. 애들한테 삼국지나 읽히고. 그러니 커 가면서 잔머리에 권모술수만 늘지. 아이들에게는 시를 읽혀야지. 미친 나라야."

정 보좌관은 오소영의 그 강직한 교육관을 지지한다. 그러나 단 한 가지.

"차근차근 부드럽게 설명해 줄 수 있잖아요."

오소영은 만감이 교차한다. 처녀로서 부모 없는 조카를 호적에 올려놓고 키운다는 것이 절대 만만한 노릇은 아니다. 더구나 오소영은 보리를 보면 오문영이 생각나고 그러면 혹여 자신이 죄책감과 콤플렉스 때문에 보리를 심하게 대하는 것은 아닌지 늘 신경이 쓰이고 괴로운 것이다. 오소영은 이상한 여자다.

"……보리 엄마한테 미안해."

"……."

정 보좌관은 오소영이 보리에게 짜증을 잘 내는 것도 이상하지만 가끔씩 그 뒤끝에 저런 혼잣말을 웅얼거리는 것이 더 이상하다. 아무튼. 그건 그거고, 성철 스님 장가보내는 것보다 더 힘들게 마련한 선 자리가 펑크 난 것보다 더 큰 문제가 터졌다. 여당 국회의원

을 소화기로 폭행해 세상이 발칵 뒤집혔다. 게다가 정 보좌관에게
는 각별한 것이, 상대가 김수영 아닌가. 정신을 똑바로 차리고 대책
을 마련해야 한다, 대책을. 호랑이 굴에 새끼 호랑이를 고이 되돌려
놓고 줄행랑칠 신묘한 대책을.

"……저어, 김수영 의원 말이에요, 유감 표명이라도 하는 게……."

"고소하면 대법원까지 갑시다. 평생 쪽팔리라지 뭐. 대학교 동기
라면서요? 그 인간 원래 똘끼가 그렇게 다분해요?"

성 보좌관은 김수영과의 별것 없는 과거에 젖는다. 그냥 바라보
기만 했었다. 그 이상하지만 사랑스러운 남자를.

"그런 면이 없진 않았죠. 하지만 괜찮았어요. 멋있고. 남자답고."

"친했나 보네?"

정윤희의 얼굴이 붉어진다. 그러나 오소영은 그것이 정말로 무엇
인지를 차마 상상할 수 없다. 그것이 오소영의 한계다. 괜히 연애를
못하는 게 아닌 것이다.

정 보좌관은 호랑이 굴 앞에서 호랑이 새끼를 보듬어 안고 다시
정신을 차린다. 공은 공이고 사는 사다. 그리고 그 사적인 것도 혼
자만의 사적인 것이니 사실상 아무런 실효성이 없다. 수호천사는
김수영에게만 있는 것이 아니다. 파란 물방울무늬 원피스 잠옷의
수호천사는 하얀 깃털 날개 사이에서 뾰로롱, 요술 봉을 꺼내 든다.

"그래요. 만사가 기 싸움이야. 의원님. 반박 성명서 준비하시죠."

18

반박 성명서는 반박 성명서고 일단 사회 지도층인 나쁜 이모는
어린 영재 조카에게 사랑의 악다구니에 대한 뒷수습을 해야 한다.
차근차근 부드럽게 설명해 줄 수 있잖아요. 좋은 이모의 그 말, 좋
은 얘기다. 쩝. 누가 그걸 모르나. 나쁜 이모는 현실에서 고대 중국
대륙으로 도피해 살고 있는 조카의 방문을 살짝 열고는 몰래 들어
가는 것처럼 들어간다.

갓난아기 보리를 안고 미소 짓는 엄마 오문영의 사진이 작은 액
자에 담겨 있다. 오소영은 오문영과 마주 보면서, 책상다리를 하고
앉은 채 두 눈을 감고 있는 보리의 등을 꼬옥 끌어안는다.

"이모가 미안해."

보리가 그 모습 그대로 설한다.

"큰일 하는 사람이 짜증 내고 그러면 못써. 이모할머니가 이모
괴롭히려고 그러는 거 아니잖아. 잘되라고 그러는 거지."

"……이모는 보리가 엄마처럼 너무 똑똑해서, 그게 겁나나 봐."

"그게 왜 겁나? 똑똑한 게 나빠?"

"모르겠어. ……평범하지 않으면 불행해지기 쉬운 거 같아……."

"에휴, 병이야. 병."

오소영은 보리의 양쪽 볼에 뽀뽀를 쪽, 쪽, 해 댄다.

"우리 보리 다 컸네. 시집보내도 되겠네."

보리가 두 눈을 뜨며 왕 찡그린다.

"어휴, 이모나 일른 시집가셔."

"보리랑 단둘이 살아야지 어딜 가, 가기는."

문득. 어색한 정적이 흐른다. 보리가 작은 액자를 보고 있다.

"……이모, 엄마는 어떤 사람이었어?"

"……천재였어. 그리고……."

"그리고?"

"용감한 사람이었어. 세상을 구하려던 사람이었어."

"용감하게 세상을 구하려는 사람은 죽어?"

"……사람은 누구나 언제 죽든 죽어. 그럼 다른 많은 선량한 사
람들이랑 이모랑 보리가 엄마의 뜻을 이어받아 대신 싸워 주는 거
야."

"나는 어른들 싸움에 끼기 싫네요. 삼국지처럼 재밌게 싸우지도
못하면서."

"……."

"이모한테 심하게 맞은 아저씨가 이모 고소힐지도 모른데. 인터
넷이 난리야."

"신경 안 써도 돼."

"안 찔려?"

"안 찔려. 악당은 물리치라고 있는 거야. 악당 편드는 것들은 더 악질이고. 정의는 항상 막판까지 외로운 거야. 막판에 가면, 다 괜찮아져. 정의는 승리하니깐."

"이 사람아, 모든 문제를 폭력으로 풀려고 하지 마. 민주주의 하자. 민주주의."

오소영은 보리를 더욱 꼭 끌어안으며 작은 액자 속 오문영을 다시 본다. 언니. 내가 왜 이럴까. 내 마음이 왜 이럴까. 도와줘. 보리를 위해서라도. 날 도와줘. 아니라고 말해 줘. 아닌 걸 알아. 머리로는 알아. 그런데도 몸이 따라 주질 않아. 내가 나를 믿어 주질 않아. ……언니 사랑해.

19

　김수영의 부친 김중건 전 서울대학교 국사학과 교수는 고구려 삼족오 연구에 평생을 바친 민족주의자다. 그는 세 아들과 제자 들에게 이렇게 가르쳤다. 우리의 과거와 현실이 아무리 비루하다 할지라도 절대 대충 넘어가지 않고 정의의 심판을 바로 내려야 하는 것은 전 세계에서 유래를 찾아볼 수 없이 강력하고 끈질긴 독립운동사가 있는 까닭이며 그것을 후손의 영원한 존립을 위해 타협 없는 기준과 위대한 자랑으로 물려줘야 하기 때문이다. 청년들아, 그것이 진정한 우파의 길이다, 라고.

　박정희 대통령이 중앙정보부장 김재규의 총탄에 피살됐던 1979년 10월 26일의 궁정동 안가를 연상시키는 저택이다. 누가 사쿠라 아니랄까 봐 노대관은 정원도 제 이목구비마냥 오밀조밀 답답한 일본식으로 꾸며 놓았나. 항일 독립투사 김갑재 선생의 손자 김수영은 이 음침한 집도 재수 없고 저 노회한 치질이 장기 집권 중인 주인장은 더더욱 불쾌하다. 김수영은 언젠가 술자리에서 노대관이 만약 우리가 일제시대 — 일제강점기가 아니라 — 를 거치지 않았다면 대한민국 관공서에는 여태 제대로 된 지도 한 장이 없었을 거라고 떠들어 댔을 때 차마 제 잘생기고 성능이 뛰어난 귀를 의심하지 않을 수 없었다. 그리고 지금 노대관 옆에 비비고 서서 김수영의 거즈 붙은 이마를 일부러 집중해 측은하게 보고 있는 문봉식은 친일파 고관대작 거부의 종손이기도 했다. 김수영은 태양이 눈부신 뫼르소 못지않게 혼란스러웠으나 아쉽게도 권총이 없었다.

노대관은 안락의자에 앉아 회심의 미소를 짓고 있다. 오소영이 김수영을 소화기로 후려친 사건이 막대한 정치적 이득을 불러왔기 때문이다. 구국의 결단으로 통과된 언론법은 세종대왕이 부활해 국회 정문 앞에서 1인 시위를 벌인다 해도 일사부재리에 따라 결코 물릴 수가 없다. 어차피 제풀에 사그라질 야당 찌끄러기들과 일부 무지한 국민들의 비난이야 늘 그래 왔듯 당당하게 무시할 참이었는데 웬걸, 평소 당론에 그닥 협조적이지도 않던 저 주파수 안 잡히는 꼴통이 난데없이 복덩이로 변해 살신성인의 전과를 올린 것이다. 그러니 기분이 째질 수밖에.

안락의자에 앉아 있는 노대관의 니글거리는 미소를 보면서 김수영은 생각했다. 홍 기사 그 염산으로 세탁해 버릴 자식 말대로 나라를 위해 큰일을 한 것 정도는 아니어도 저 한국 현대 정치사의 모든 악덕들이 켜켜이 집약된 노인네를 위해서는 확실히 이 한 몸 불쏘시개로 내던진 셈이다, 씨발. 이제 김수영에게는 별다른 방도가 없었다. 가능한 한 조용히 미장을 끝낸 뒤 꽃무늬 벽지까지 깨끗하게 바르고 토껴야 한다. 그런데 문제는 그 유일무이한 해결책마저 자못 위태롭기가 그지없어서, 제아무리 살살 넘어가려 해도 이미묘 망측한 상황에서 뜻대로 국회의원직을 사퇴했다가는 자칫 더 애먼 소리를 들을 게 뻔했다. 노대관의 왼편, 그러니까 문봉식의 오른편에 자리한 이태리제 콘솔 위에 놓인 14K 금박 아날로그 탁상시계는 김수영이 너무너무 불쌍한 나머지 초침을 멈췄다.

김수영은 소문과는 달리 멀쩡하게 안락의자에 앉아 있는 노대관 대표님께 충심에 불타는 안부 인사를 올렸다.

"치질 수술 받으신 건 어떻게, 경과가 좋으십니까?"

"흠. 자네가 지금 내 걱정해 줄 처진가? 더 누워 있지 않고 왜 돌아다녀?"

가만있을 문봉식이 아니었다.

"그래. 고소장이나 접수시키고 푹 쉬어 김 의원. 오소영 그년은 당이 알아서 감방에 처넣을 테니까."

"문봉식 의원님. 너는 좀 가만있지?"

대강 맞받아친 김수영은 살의를 잠재우려 아랫입술을 꽉 깨물었다. 저 마귀 할아범과 털 없는 쥐새끼의 방패막이가 될지도 모른다. 우선 김수영은 그것만이라도 목숨을 걸고 막아야 했다. 오소영에 대한 개인적인 복수는 그다음이었다.

"고소는 아무래도……."

"고소하도록 해. 오소영은 이 기회에 반드시 손을 봐야 할 물건이야."

"아니요, 대표님. 제 생각에는 그럴 게 아니라, 어?"

그때. 김수영은 끔찍한 목소리에 뒤돌아보았다. YTN에서 진보 노동당 대표 오소영 의원의 긴급 기자회견 속보가 나오고 있었던 것이다.

초대형 HD 디지털 TV 브라운관 안에서 거진 실물 크기의 오소영이 마치 상이라도 당한 양 검은 정장 차림으로 까랑까랑 또박또박 기자들에게 말하고 있었다.

"국민 여러분 지난 며칠간 얼마나 참담하십니까. 새한국당은 헌정을 유린하고 반민주 친재벌 반민생 언론 탄압 악법을 교활한 술수로 날치기 통과시켰습니다. 진보노동당은 국정을 파괴하고 역사의 도도한 흐름을 역류시킨 군부독재의 사생아들을 국민 여러분과 함께 반드시 단죄할 것입니다. 언론법은 당연히 무효입니다. 또한 마찬가지로 당연히 저는 김수영 의원에게 일절 사과하지 않을 것입니다."

한 기자가 질문했다.

"김수영 의원이 고소하면 어떡하시겠습니까?"

오소영이 대답했다.

"해병대 출신이다, 검도 고수다, 선거 때는 동네방네 스피커로 떠들어 대면서, 이렇게 연약한 여성 의원이 정의의 문을 활짝 열기 위해 살짝 휘두른 소화기 하나도 센스 있게 못 피합니까? 허위 경력이 아닌지 심히 의심스럽습니다."

초대형 HD 디지털 TV 브라운관 속 기자회견장이 삽시간에 웃음바다가 된다.

김수영은 안면이 꽁 얼어붙었다가 즉시 후끈 달아오르더니 대폭발한다.

"저, 저, 미, 미친, 아, 악마 같은 녀, 년이! 으악! 맹 보좌관! 오소영한테 전화 넣어욧!"

수호천사는 애초에 함께 오질 않았다. 없는 사람을 찾을 정도로 김수영은 제정신이 아닌 것이다.

그러나 노대관은 저러는 오소영도 예쁘고 이러는 김수영도 귀엽다. 개가 돼지를 잡든 돼지가 개를 잡든 자신은 고기를 저울에 달아 시장에 내다 팔기만 하면 되니까. 노내관은 경륜이 묻어나는 격려를 날린다.

"그렇지. 통보하고 고소하는 게 젠틀하지."

불에 덴 곳을 용접하듯 문봉식이 결정적 깐족을 보탠다.

"쯔쯧. 평소에 얼마나 얕보였으면."

더 이상 화내고 말고의 3차원 세계를 떠나 김수영은 후루룩, 거대한 블랙홀 안으로 동글동글 빨려 들어가 버린다. 이태리제 콘솔 위에 놓인 14K 금박 아날로그 탁상시계의 초침이 다시 째깍째깍 움직인다.

일본의 영화배우 기타노 다케시를 닮은, 감색 양복에 빨간 행커치프를 차려입고 백구두까지 신은 건물주 영감님은 미국의 영화배우 숀 코넬리를 닮은, 후줄근한 태극무늬 개량 한복을 축구장 붉은 악마 태극기 두르듯 입고 있는 공인중개사 영감님과 친구 사이였다.

전태양은 공인중개사 영감님이 가리키는 대로 검도장 임대차계약서 갈피갈피에 김수영의 인감도장을 꾹꾹 눌러 찍었다. 저물어가던 영검관이야 이렇게 되살리고 있지만 신임 관장님이 저 지경이 돼 버리신 마당에 신임 사범님의 심경이 쨍쨍할 리 만무했다.

전태양에게 어른들의 가장 그들다운 세계인 정치판은 어이없이 우스꽝스러운 만큼이나 새삼 과연 무서운 동네였다. 안동림 사범은 언젠가 텔레비전에 나와 무슨 발표인가를 하던 김수영을 보면서 이렇게 혼잣말을 했더랬다. 놀라워. 잘 버티네? 역시. 참나무를 봐야 도토리를 아는 거야. 저 친구, 내 오만보다 훨씬 굉장한 사람이었어.

그때 바로 곁에 서 있었던 전태양은 그게 무슨 뜻인지 아리송했고 그건 지금도 마찬가지지만 어쨌든 김수영이 어서 안정을 되찾아 무사히 국회의원을 그만뒀으면 했다. 변호사로 잘나가면서 참한 색시 만나 장가가면 그보다 더 양호한 팔자가 어디 있겠는가.

공인중개사 영감님이 매우 흡족한 표정으로 말했다.

"오케이. 다 됐습니다."

그런데. 임대차계약서의 마지막 페이지를 재차 확인하던 건물주 영감님이, 잔잔한 호수에 할 일 없이 짱돌 던지듯 무서운 밀을 획 내질렀다.

"김수영? 이름이 낯이 익은데?"

전태양은 가슴이 철렁, 내려앉았다가 이내 콩닥콩닥 뛰기 시작했다. 잔잔한 호수 위에서 멍하니 헤엄치던 개구리는 불의의 짱돌에 마빡을 정통으로 맞아 기절했다. 그 개구리는 이미 국회의사당에서 한 번 대차게 기절한 바 있는 김수영 영감님이기도 하고 작금 공인중개사 사무실에서 두 낯선 영감님 앞에 처연히 앉아 있는 전태양 사범이기도 했다.

개량 한복 영감님이 말했다.

"거, 진노당 여자 대표한테 맞아서 병원 실려 간 녀석도 김수영이잖아. 새한국당, 김수영이."

행커치프 영감님이 전태양에게 따뜻한 눈빛을 보내며 말했다.

"사범님이 모시고 계신 관장님이 그 유명한 양반과 동명이인이시구만."

전태양은 혀에 가시가 돋았고, 그 쩔쩔매는 침묵을 떠받치며 개량 한복 영감님이 말했다.

"그 인생 쪽팔려서 앞으로 어떡할 거야? 박통 시절이면 국회의사당 앞마당에서 총살당할 일이다, 총살당할 일이야."

스무 살이 채 안 된 전태양은 박정희 대통령이 과거 이 나라의 경제를 부흥시킨 독재자였다는 정도의 사실만 대충 알 뿐 그가 얼마나 파란만장한 사람이며 그가 지배한 시대가 얼마나 살벌했는지를 전혀 가늠할 수 없었다.

표현이 좀 심했다고 생각했는지 개량 한복 영감님이 인도주의적으로 덧붙였다.

"아직 젊은 놈이니 이민을 가든지 지가 알아서 하겠지."

행커치프 영감님이 글로벌하게 받아쳤다.

"그게 무슨 흠이라고. 요즘 여자한테 맞고 사는 남자들 많아."

공인중개사 영감님이 깜짝 놀라며 건물주 영감님에게 말했다.

"걔들이 부부야?"

"아녜요!"

전태양은 악을 쓰듯 외친 장본인이 자신인 줄도 모를 만큼 당황하고 있었다.

후줄근한 태극무늬 개량 한복 숀 코넬리와 백구두 감색 정장 빨간 행커치프 기타노 다케시는 부르튼 입술을 금붕어처럼 오므리고 있는 전태양을 뻘쭘하게 쳐다보았다.

숀 코넬리가 007처럼 물었다.

"뭐가?"

전태양이 부스럭거리며 말했다.

“아, 아니라고요. 부부 사이.”

기타노 다케시가 조폭처럼 말했다.

“알아. 그럴 리가 있겠어? 아니야. 부부 사이.”

숀 코넬리가 기타노 다케시에게 말했다.

“어린 친구가 정치에 관심이 많네.”

기타노 다케시가 숀 코넬리에게 말했다.

“그러게. 희한해.”

선태양은 그 자리에서 그대로 가시나무가 되었디.

21

진이 다 빠져 공인중개사 사무실을 빠져나온 전태양은 정말 보통 일이 아니라며 고개를 절레절레 흔들었다. 야, 이거 어떡하지? 형 어떡하지? 그 자존심 센 양반이 속이 속이 아닐 텐데. 혹 간 김에 무슨 사고나 치지 않을까 걱정이네.

전태양은 사무용품점에 주문해 났던 관원 모집 스티커를 찾아 여기저기 붙이며 한참을 돌아다녔다. 태양이 이글거려 사방이 어질어질했다. 카뮈 자체를 모르는 전태양은 뫼르소 따윈 당연히 알지 못하였다. 다만 텅 빈 작은 사거리의 모서리를 돌다가 다급히 걸어가는 어떤 이방인과 휘청, 맞부딪혔다. 누군가? 해변의 아랍인인가?

전태양과 이방인은 각자 들고 있던 것들을 놓친다. 땅바닥에 떨어져 있는 관원 모집 스티커들과 검도장 임대차계약서, 그리고 하얀 백합꽃 바구니와 해골이 그려진 양철 박스. 그곳은 알제 교외의 해변이 아니고 전태양과 추돌한 이방인은 기름때에 전 화부복을 입

은 아랍인도 아니었다. 그는 흰 와이셔츠 청바지 차림의 꽃미남이
었다.

　이글거리는 태양 아래 이 어질어질한 세계의 작은 사거리에서 마
주 선 전태양과 꽃미남은 상대방의 눈동자 속에 어려 있는 자신의
얼굴을 응시했다.

　전태양이 꽃미남에게 말했다.

　“……미안합니다, 라고 안 합니까?”

　꽃미남이 해골이 그려진 양철 박스와 하얀 백합꽃 바구니를 챙
겨 들며 대답했다.

　“……안. 해.”

　“이봐요, 아저씨.”

　꽃미남은 따지려는 전태양을 공기 대하듯 스쳐 지나갔다.

　일순 화가 치밀어 오른 전태양은 김수영이 저 지경인 마당에 자
기까지 활극을 벌이면 안 된다는 기특한 자각에 김수영이 일러 준
금언을 염불 외는 식으로 웅얼거렸다.

　“씨—. 배고프다고 쥐약을 처먹진 말자. 배고프다고 쥐약을 처
먹진 말자. 배고프다고 쥐약을 처먹진 말자. 배고프다고…… 에이,
이상한 새끼잖아? 어? 가만. 어디서 봤지?”

　전태양은 가까운 주상 복합 건물 안으로 사라지는 꽃미남과 하얀
백합꽃 바구니와 해골이 그려진 양철 박스를 유심히 바라보았다.

　“저 새끼, 뭐지…….”

　관원 모집 스티키들과 검도장 임대치계약서를 주워 든 전태양은
바라보고 있던 곳을 향해 홀린 듯 천천히 걸어갔다.

오소영은 지역구 사무실의 창밖을 내다보고 있었다. 계절은 화창하고 바람은 부드럽다. 이열 횡대로 전경들이 늘어서 있다. 그 앞에 시뻘건 글씨가 쓰인 패널들이 무성영화 속의 파도처럼 일렁이고 있다. 가령, '김정일의 첩 오소영을 처단하라!'와 같은 시적인 표현들. 하늘로 치솟는 프로판가스통 불길과 검은 연기. 우익 단체 회원들이 오소영의 실물 크기 인형을 화형에 처하고 있다. 활활 사그라지는 허수아비 오소영. 그녀도 사람인지라 어쩔 수 없이 가슴 한 켠이 아파 온다. 그 아픔은 스스로를 보호하기 위해 누구에게도 내색해서는 안 되는 아픔이었다. 오소영은 쓸쓸하게 내뱉는다.

"……역사는 공짜가 없다. 우리가 노력하고 희생한 만큼 진보한다. 인간은 함께 어울려 선함을 이룩해야 한다.……아, 내가 이런 말 하면 지는 건데, 이 나라가 부끄럽다."

고독해 보이는 오소영에게 하얀 백합꽃 바구니를 전하며 애써 미소를 머금는 정 보좌관. 오소영은 블라인드를 내린다. 불타는 허수아비 오소영이 가려진다.

23

암막 커튼이 드리운 캄캄한 거실에서 대낮부터 만취한 장도준이 커다란 맥주잔에 맥주와 위스키를 반반씩 섞어 마시면서 커다란 TV 브라운관 속 오소영의 YTN 기자회견을 지켜보고 있다. 헤헤. 과연. 내가 사람 하나는 제대로 봤어. 새한국당 놈들은 소화기가 아니라 가로등으로 두들겨 패야 돼. 잘한 거야, 아가씨. 좋아. 아주 좋아.

어으, 목구멍이 포도청. 방송국 가서 DJ질해야 되는데. 이거 아침부터 심했네. 딱 서너 병만 더 빨아야지. 장도준은 명백한 알코올 중독 말기였다. 그리고 오늘은 그가 한 달에 한 번 적금 붓듯 자살을 매우 진지하게 고려하는 바로 그날이었다. 씨발. 인생이 너무 길어. 오래 사니까 자꾸 수모를 당하게 되는 거야. 스물일곱 살에 죽었어야 했는데. 지미 헨드릭스처럼. 그게 딱 좋은데. 꺼억. 사는 거자체가 오방 치욕이야. 존나 구린 치욕. 작곡은커녕 아예 기타를 잡은 지 10여 년이 넘은 마약 전과 2범 퇴물 대중음악가 장도준 옹은 신성한 얼음물 정수기 냉장고 앞에서 그렇게 생각했다.

장도준이 유일무이하게 믿는 철학. 코끼리를 냉장고 안에 넣는 법. 냉장고 문을 연다. 코끼리를 냉장고 안에 넣는다. 냉장고 문을 닫는다. ……냉장고 문을 연다. 내 인생을 냉장고 안에 넣는다. 냉장고 문을 닫는다. 그래, 나도 곧 죽어서 병원 시체실 냉장고 안으로 들어가겠지. 그때만큼은 모범생마냥 똑바로 누워서.

장도준은 두려운 마음으로 냉장고 문을 열었다. …… 에이, 씨발. 대체 코끼리 그 개새끼는 어디 있는 거야? ……어? ……순간 냉장고 안은 황홀한 빛으로 가득 차올랐다. 어두웠던 장도준의 얼굴에 소리 없는 웃음이 새겨졌다. 야채 칸살 위에 사과나무 한 그루가 서 있었던 것이다. ……유일한 친구를 묻어 주려다가 만났던 사과나무. 폐허가 된 과수원에서 유일하게 살아남은 나무인 것도 모자라 매끈한 가지마다 붉은 사과들을 주렁주렁 매달고 있던 사과나무. 죽은 개를 꼭 품은 나를 어떤 알 수 없는 힘에 휩싸여 그 자리에서 옴짝달싹 못하게 했던 사과나무. 현실과는 다른 차원으로부터 나타나 가장 빛나는 무엇이었던 사과나무. 너무 아름다운 것을 한꺼번에 다 보여 줘 나를 냉소적인 인간으로 만들어 버린 사과나무. 그 사과나무. ……그녀. 사과나무 여인.

……장도준은 잠시나마 행복했다. 그런데 그의 소리 없는 웃음에는 쓰디쓴 눈물이 담뿍 배어 있었다.

24

이상한 인간 이상(李箱)은 비밀이라는 것에 관해 자신이 죽은 1937년 《삼사문학(三四文學)》에 발표한 「19세기식」이란 산문에서 다음과 같이 표현했다.

— 비밀이 없다는 것은 재산 없는 것처럼 가난할 뿐만 아니라 더 불쌍하다. 정치(情痴) 세계의 비밀 — 내가 남에게 간음한 비밀, 남을 내게 간음시킨 비밀, 즉 불의의 양면 — 이것을 나는 만금과 오히려 바꾸리라. 주머니에 푼전이 없을망정 나는 천하를 놀려 먹을 수 있는 실력을 가진 큰 부자일 수 있다.

이상한 여자 오소영에게 있어 비밀이란 뭘까. 치정의 비밀이 없다는 것은 재산이 없는 것처럼 가난하다는 이 막말 같은 명제를 위악의 천재 이상은 단편소설 「실화(失花)」에서도 반복한다. 사람이 비밀이 없다는 것은 재산 없는 것처럼 가난하고 허전한 일이다, 라고. 실화(失花), 꽃을 잃다. 의미심장하다. 심령이 가난한 자에게는 복이 있나니 천국이 저희의 것인가? 마음이 병든 자는 복이 있나니 꽃을 잃을 것이다?

오소영은 자신이 짊어진 그 무거운 비밀을 어떻게 표현하고 싶을까? 1937년 도쿄 경찰서 유치장의 27세 불령선인(不逞鮮人)이 찬양했던 치정이야 검은 연인들끼리 아슬아슬 위험천만 짜릿한 맛이라도 있겠지만 오소영이 죽은 자에 대해 저 혼자 앓고 있는 그 비밀은 아무 재미 없이 오로지 답답하고 고달팠다. 오늘도 오소영은 두 시간이 넘도록 그녀 앞에서 계속 엉뚱한 소리들만 늘어놓았을 뿐 차마 속 시원히 핵심을 털어놓지 못하였다. 그녀는 오소영에게 말했다. 우리가 만난 지 벌써 1년이 다 돼 가요. 오 의원님은 아직도 용기를 내지 못하고 있어요. 나는 남이 아니에요. 나는 오 의원님의 마음을 치유하는 의사예요. 내게도 솔직하지 못하면 나는 어떤 도움도 드릴 수가 없어요. 그녀는 오소영에게 간곡히 난감한 표정을 지었다.

오소영은 아파트 주차장에 청렴의 상징 구형 아반떼를 주차시키고 운전석에서 내린다. 쓰라린 심정을 달래느라 드라이브를 한 탓에 저녁은 밤이 된 지 오래고 캄캄한 꽃밭 안쪽에서 꽃미남은 새하얀 치아를 드러내며 조용히 서 있었다. 그는 생각했다. 예수가 십자가에 못 박히기 전날 밤 겟세마네 동산을 걷고 있을 때 모든 꽃들은 동정과 슬픔에 젖어 머리를 숙였으나 백합만은 어둠 속에서 흰 빛을 뿜어내며 나는 예쁜 꽃이니 나를 보고 내 향기를 맡으며 위안을 얻으라는 듯 활짝 피어 있었나. 예수가 흰 백합을 쳐다보자 깊은 동굴 같았던 달이 환해졌다. 흰 백합은 그제야 다른 꽃들은 전부 시들어 있음을 깨닫고는 얼굴을 붉히며 고개를 떨구었고 그렇게 해서 붉은 백합이 탄생하게 되었다고 한다. 신의 아들과 달빛의 권위 아래서 하얀 백합이 붉은 백합으로 변한 것이다. 꽃을 잃어야 꽃을 얻는다. 피의 백합을. 꽃미남은 새삼 달을 올려다보며 그리스도로서의 사명감에 전율했다.

오소영은 놀이터 곁 나무 아래 어둠 속에서 무언가 비밀처럼 어른거리는 것을 발견한다. ……사람. 사람이다. 흠칫, 으스스하다. 국민들은 모를 것이다. 대통령과도 맞짱을 뜨는 진보노동당 대표께서 실은 엄청 겁쟁이라는 것을. 그녀가 어려서부터 그걸 감추기 위해 악으로 깡으로 짱돌을 들고 이를 악물었다는 것을.

어둠 속에서 남자 목소리가 물었다.

"왜 전화 안 받아?"

얼굴이 보이지 않으면 알고 있는 목소리도 낯선 법이다. 때로 홀로 눈을 감고 듣는 자신의 목소리가 낯선 것도 그와 별반 다르지 않다. 뭐지? 겁내지 말자. 일단 내가 겁을 내면 적은 그게 누구건 내게로 사정없이 쳐들어온다. 순간 오소영은 흔들리는 것들로 바람의 모습을 읽으려 한다. 얼마 전 방송국 라디오 부스 안에서 음악으로 시간의 모습을 보았던 것처럼. 저것은 무엇인가. 바람도 아니고 바람에 흔들리는 깃발도 아니다. 지금 여기에는 바람이 불지 않고 깃발도 없다. 그저 불안한 내 마음만이 있을 뿐이다. 오소영은 그림자로 다가오는 사내에게 자동차 키를 송곳 삼아 꼭 쥐며 되물었다.

"……누구?"

초췌한 김수영이 가로등 불빛에 드러났다.

"살고 싶으냐? 그럼 사과해."

"……."

"……."

"어머. 김 의원님. 여긴 어쩐 일이세요?"

"점잖은 척하지 마, 재수 없어."

"그래. 여긴 왜 왔니?"

"내일 당장 기자회견 다시 해. 김수영 의원님께 정중히 사과드린다고. 그럼 다 끝나는 거야."

"못해. 내가 사과하면 민주주의에 똥칠하는 거야. 안 해."

김수영은 정말 살인이 날 것만 같아 정성을 다해 심호흡을 했다.

"새한국당이고 지랄이고 나랑은 상관없어. 그날 거기 있고 싶어서 있었던 것도 아니고. 언론법? 개나 주라 그래. 나는 말이야, 씨, 지금 여기서 너 같은 불여우랑 이러고 있는 거 자체가 쪽팔려. 내가 왜 인간도 아닌 요물을 고소해야 돼? 백번 양보해서 너를 사람이라고 치자. 여자랑은 놀았으면 놀았지 절대 안 싸우는 게 우리 집 가훈이야."

오소영은 자동차 키를 핸드백 안에 넣었다. 돌아가는 꼴을 보아하니 무기는 필요 없겠다 싶은 것이다.

"고소하라니까. 나는 죽어도 너희 군사독재의 똘마니들이랑은 타협 안 해. 왜놈 때렸다고 이순신 장군이 사과하는 거 봤어?"

"요망한 깃이 어딜 감히 장군님 존함을 들먹여. 넌 넘자였음 59초 전에 내 손에 죽었어. 개소리 삼키고 시키는 대로 해. 확 옥수수 포대에 넣어서 북송시켜 버리기 전에."

"내가 너 여자가 아니라 남자라서 아예 포기하고 계속 동물처럼 굴게 내버려 두는 거야. 대충 꺼져라. 응? 억울해하지 마. 어릴 땐 원래 맞고 크는 거야."

김수영은 분을 참지 못하고 주차된 자동차들 사이를 들락날락거리며 길길이 날뛴다. 그러거나 말거나 오소영은 계속 조근조근 깐족댄다. 그때. 손전등 불빛이 저쪽에서 김수영과 오소영을 번갈아 비춘다.

"워워. 그만 진정하고 찌그러지시지. 너 이 불빛이 뭔지 알아? 정의의 불빛이야. 너 저기 저 경비원 아저씨한테 잡히면 내일 신문에 또 대문짝만하게 나와. 나한테 와서 까불다가 안 통하니깐 깽판 쳤다고. 그럴래? 우리 동 경비 아저씨 경찰과 합동 작전 검거율 100퍼센트야. 100퍼센트."

오소영의 그 말은 구라가 아니었다. 그 경비원 아저씨는 자칭 명문대 운동권 주사파 출신 386 민주 투사였다. 1987년 6월 항쟁 당시 광화문 한복판에서 전경 부대와 시위 군중 간의 소강 대치 국면에서 자신이 웃통을 벗고 태극기를 두른 채 달려 나간 것이 도화선이 돼 전두환 5공 정권이 와르르 무너졌다고 아무런 근거도 없이 주장하는 분으로서 IMF 때 사업이 망하지만 않았어도 지금쯤 전라도 어디 민통당 지역구 의원으로서 오소영과 함께 여의도에서 새한국당을 조지고 있었을 거라고 굳게 믿는 그런 타입이었다.

신문? TV? ……김수영은 순식간에 질려 버렸다.

"미, 미친년."

"왜, 미친놈아."

"너 나중에 봐. 죽었어."

"넌 이미 옛날에 매장당했어, 등신아. 미라 주제에 누굴 죽인다
는 거냐?"

"윽."

밤하늘에 울려 퍼지는 호루라기 소리에 김수영은 혈압이 터지려
는 뒷골을 부여잡으며 아파트 후문으로 날다람쥐처럼 줄행랑을 친
다. 오소영은 썩은 웃음을 찡그리며 지워 버리고, 께이 있는 시대정
신 경비원 아저씨는 체력만큼은 깨어 있지 않은 탓에 날다람쥐 추
격을 포기한다.

"오 의원님. 무, 무슨 일입니까? 저건 뭡니까?"

"모르겠어요. 극우 단체에서 보낸 정신병자인가 봐요."

"그래요, 대한민국이 이렇습니다. 하, 이게 대한민국입니다. 여운
형 선생, 김구 선생, 장준하 선생, 다 이런 식으로 당한 거 아닙니
까. 제가 우선 파출소 동생들에게 연락하고 자체적으로다가 순찰을
더 강화하겠습니다. 그 애들은 새한국당과 정부의 지시를 따르지
않는 의식 있는 순경들입니다. 이런 말씀 드리기는 좀 그렇지만, 저
의 은밀한 사조직이라고 해도 크게 틀리진 않을 겁니다."

캄캄한 꽃밭 안쪽에서 새하얀 치아를 드러내며 조용히 서 있던
꽃미남은 흰 백합을 잃고 붉은 백합은 포기한 채 빈손으로 돌아
선다.

25

와인 바 바텐 안에서 보기에 왼쪽부터 손윤기 보좌관, 맹주호 보좌관, 정윤희 보좌관, 이런 순서로 나란히 앉아 있다. 손 보좌관은 일찍 술에 곯아떨어져 제 오른편으로 안면을 돌려 볼을 처박고 있다.

보통 사람들은 여당 국회의원과 야당 국회의원이 오소영과 김수영처럼 철천지원수지간이라고 오해하기 쉬운데 그 둘은 정말 괴상한 경우고 으르렁거리는 신문과 TV의 뒤편에서는 다들 친한 동업자 관계라고 보면 얼추 맞다. 프로야구 선수들끼리 야구장에서 게임을 하는 거지 진짜 전쟁을 하고 있는 게 아닌 이치와 같다. 하물며 스태프인 보좌관들끼리야. 더구나 맹 보좌관과 정 보좌관은 인간적으로 서로를 각별히 존경해 마지않는 따뜻한 선후배 사이인 것을.

"우리 영감은 고소하고 싶어 하지 않아. 알잖아, 마초라서 체면이 문젠 거지."

"오 대표가 꽉 막힌 측면이 없진 않지만 이 상황에서 대뜸 사과를 하면 정치적 입장이 모호해지잖아요."

따질 수도 없고 그렇다고 계산이 똑 떨어지지도 않는 사안을 두고 두 제갈공명은 공히 갑갑했다. 누가 머리를 풀어 헤치고 남병산 제단에 올라 동남풍을 빌 것인가.

"내 실수야. 노모가 산책 중에 발목이 골절되셨다고 응급실에서 연락이 와 잠시 자리를 비운 사이에 그렇게 됐어. 김 의원 안됐어. 다음 달에 의원직 사퇴하고 변호사 개업하려고 했는데 일이 이렇게 꼬여 버렸으니."

"그, 그만둔대요?"

"그 사람 빈말 안 하는 거 알잖아. 명분에 죽고 사는 사람인데. 애 같고. 이젠 그만두지도 못하게 됐다니까. 그만두면 오 의원이 휘두른 소화기에 맞아 뇌에 금이 가 저런다고 사람들이 또 놀릴 거 아냐."

"심각하다."

손 보좌관은 여전히 그대로 엎어져 있다. 정 보좌관과 맹 보좌관도 술이 많이 올랐다. 와인 바의 벽시계도 알딸딸해져 초침이 비틀거리고 있었다.

"정말 결혼 안 할 거야?"

"혜, 신기하다. 아직도 나한테 그런 걸 물어보는 사람이 있네."

"정윤희 보좌관. 피 한 방울 안 나올 것 같다가도 이럴 때 가만 보면 소녀 같단 말이야. 당신 아지도 우리 영감 짝사랑하지?"

"보면 두근두근대. 이거 병이죠?"

와인 바 벽시계는 인간들이 한심했다. 우주의 은하수에 비하면 바닷가 모래사장의 모래 한 알보다도 작은 지구 안에서 아등바등 살고 있는 주제에 서로 옳다고 싸우고 죽이고 그러면서 또 한편으로는 사랑한답시고 괴로워하는 그 모든 꼴들이 얼마나 허망한 짓들인지 저들은 몰랐다. 집착하니까 사랑하게 되고 사랑하니까 고통이 생기는 것이다. 첫눈에 반한다? 얼마나 이기적이면 첫눈에 반하겠는가. 사랑이 환각인 까닭은 그것이 조만간 부패해 가장 혹독한 미움이 되기 때문이다. 아무것도 사랑하지 않고 제자리에 제 모양 그대로 놔두면, 하여 마음이 빛으로도 어둠으로도 치우치지 않으면 그것이 비로소 평화의 다른 이름인 사랑이라고 와인 바 여래 벽시계는 필름이 끊기기 전에 설법하고 싶었다.

"병이지. 병. 남녀가 사랑을 할 땐 정신의학상 미쳐 있는 거야. 늙으니까 알겠어. 젊었을 때 내가 미쳐서 그랬다는 걸."

"너무 길게 미쳐 있어요. 혼자. 지긋지긋해. 달콤하면서도. 그게 나를 쓰리게 갉아먹어요. 내 인생을."

"미쳐서 그래. 미쳐서."

"아. 나 미친년이야."

맹 보좌관과 정 보좌관의 오른편으로 안면을 돌려 볼을 처박고 있는 손 보좌관의 눈이 뜨여 있다. 그는 은하수에 비하면 바닷가 모래사장의 모래 한 알보다도 작은 지구 안에서 한 여자를 남몰래 미친 듯 사랑하기에 가슴이 와르르 무너지는 것 같았다.

이른 오후 여의도 한강 공원의 햇살이 눈부시다. 오소영은 벤치에 혼자 앉아 저 멀리서 인라인스케이트를 타고 있는 보리를 바라보며 망중한이다. 이렇게 보리와 단둘이 시간을 내려놓고 있으면 오소영은 진보노동당이니 국회의원이니 하는 것들과 헤어져 비로소 자기 자신으로 돌아온 듯한 기분이 든다. 그리고 그것은 약간의 뿌듯함과 약간의 힘과 약간의 깨달음과 약간의 반성을 주고 마지막에는 반드시 거대한 허무를 동반한다. 그 삭막한 공허 속에서 오소영은 아무도 공인으로서의 자신을 알아보지 못하는 외국 어딘가로 이민을 가서 보리의 엄마로서만 살아가는 장면을 그려 보곤 한다. 그러나 이 요란함이 소통의 탈을 쓰고 맘대로 유통되는 지구상에 아직도 그럴 수 있는 곳이 남아 있을까. 지금도 정신을 차리고 자세히 휘둘러보면 여기저기서 사람들이 데면데면 쳐다보고 있다. 유명 정치인이라고 해도 이 지경까진 아니었는데 그놈의 떨떨한 김수영과 정의의 빨간 소화기 때문에 대한민국의 반에게는 마녀이고 그 나머지 반에게는 잔 다르크가 돼 버린 것이다. 잔 다르크도 나중에는 마녀로 몰려 화형당하긴 했지만.

그때. 새한국당 소속 국회의원 문봉식의 인턴 직원 이여진이 홀연 나타나듯 다가와 수줍게 인사한다. 여고 문예반 후배라길래 매번 마주칠 적마다 반가웠던 예쁜 아가씨. 이 시각에 여기 나와 있는 나도 나지만 얘도 의외네? 국정감사가 코앞이라 일이 산더미 같을 텐데. 아, 문봉식 그 은하계에서 제일 재수 없는 새끼. 얘는 어쩌다가 사회생활을 시작해도 그런 버러지 밑에서 시작한 것일까. 오소영은 요즘 20대들에게 새삼 미안함을 느끼며 이여진의 손을 다정히 잡고 곁에 앉힌다.

보리는 인라인스케이트 탈 때가 대빵 속 편하고 즐겁다. 솔직히 『삼국지』는 좀 골치 아픈 측면이 없지 않았던 것이다. 그럼에도 보리가 『삼국지』에 매료된 것은 그것이 전화번호부 다음으로 등장인물이 많기 때문이다. 훌륭한 책이란 모름지기 그 내용과 형식을 떠나서 등장인물이 밤하늘의 별만큼 많아야 한다고, 적어도 그렇게 되려고 노력한 흔적이 역력해야 한다고, 만약 그렇지 못할 경우엔 아예 단 한 명만 있는 것이 낫다고 천재 소녀 보리는 믿어 의심치 않았던 것이다. 그 한 명이 인간이건, 갈매기를 가장한 인간이건 간에.

아무튼 보리는 인라인스케이트 탈 때가 대빵 속 편하고 즐겁지만 나쁜 이모 덕에 고민이 상당하다. 보리는 나쁜 이모가 좀 가벼워졌으면 좋겠다. 발바닥에 바퀴를 달고 씽씽 달리는 어린이처럼 말이다. 보리는 두려웠다. 한 번도 만난 일이 없는 것 같은, 작은 액자 속 사진에서는 늘 자기를 안아 주고 있는 엄마처럼 이모마저 세상을 구하다가 잘못될까 봐서. 하지만 어쩌겠는가. 언제나 부질없이 비극을 자초하는 게 어른들의 세상인 것을. 못 알아듣는 척하고 그냥 『삼국지』나 읽으면서 지내는 수밖에. 그나마도 천재라는 사실이 전 세계에 널리 알려져서 아무리 못 알아먹은 척해도 멍청한 어른들이 자꾸 와서 이것저것 간을 보고 추궁을 해 대니 그마저도 미칠 노릇이었다.

보리는 너무 깊은 사색 중에 균형을 잃고 뒤뚱대다가 이 사회에 대단한 사고뭉치인 이모 쪽을 우연히 본다. 어? 예쁜 언니가 이모 옆에서 울고 있네? 두 여자 사이에서는 한담을 나누듯 그러나 뭔가 일관된 이야기가 오가고 있다. 이어 보리는 나쁜 이모와 예쁜 언니 뒤쪽 왼편 공원 입구로부터 좋은 이모가 손을 살살 흔드는 것을 발견한다. 그러면 그렇지. 좋은 이모가 땡땡이치는 나쁜 이모를 잡으러 왔구나. 결말이 이럴 줄 알았어. 역사는 반복되는 거니까. 쯔쯧.

정윤희는 보리에게로 걸어가면서 이런 생각을 했다. 어떡하지? 아이를 내 사리사욕에 이용하는 것은 죄인데. 아냐. 이게 무슨 사리사욕이야? 그래. 이건 죄가 아니야. 죄라고 해도 고작 손톱만 한 죄야. 맞아. 괜찮아. 보리는 천사니까. 천사는 나같이 부족한 인간을 도와주러 천국을 버리고 세상으로 내려온 존재가 아닌가. 졸아든 병아리 날개를 접은 수호천사 정윤희 보좌관은 인라인스케이트를 타고 있는 영재 천사에게로 다가갔다.

김수영이 불러내 합석한 전태양은 꼬마 숙녀의 먹성에 놀라고 있었다. 보리는 천사치고는 희귀한 식성이어서 삼겹살이라면 환장을 했다. 정윤희는 정말 오랜만에 김수영과 만나는 자리에 감정적 방패막이가 필요했던 것이다. 법이 그렇다. 켕기는 자는 항상 천사를 대동한다. 그것이 아둔한 인간의 길이고 그것이 아름다운 천사의 길이다. 정윤희는 삼겹살을 허겁지겁 씹어 삼키는 보리를 물끄러미 보면서 대충 그렇게 연옥의 이면을 정리했다.

김수영은 제 앞에 앉아 있는 보리가 오소영의 조카라는 사실을 꿈에도 모르고 있다. 정윤희가 고급 인라인스케이트 세트를 걸고 보리에게 단단히 입막음을 해 두었던 것이다. 김수영은 작은 플라스틱 통에서 두통약을 꺼내 물과 함께 꿀꺽 목구멍으로 넘긴다.

김수영을 힐끔힐끔 보던 정윤희가 물었다. 사랑이란? 사랑하는 이의 모든 것이 궁금한 것.

“약이야? 무슨 약이야?”

김수영이 정직한 악마처럼 말했다.

“마약이다.”

“김 의원. 장난치지 마.”

사랑이란? 사랑하는 이에게 관련된 거라면 뻔히 아닌 줄 알면서도 뭐든지 신경이 쓰이는 것.

“형. 이거요.”

김수영이 소주를 마시라고 강요해도 사이다를 고집하던 전태양이 김수영에게 검도장 임대차계약서를 건네지만 김수영은 건성으로도 보지 않는다. 김수영은 땡글땡글한 보리가 극단적으로 예뻐서 오소영의 소화기에 맞아 일부 파손됐던 뇌세포가 완전히 망가져 버릴 지경이다. 남들보다 늦게라도 장가갔으면 족히 저만한 딸이 있었을 텐데. 그러나 그 예쁜 아이가 오소영의 조카이자 법적 딸이라는 것을 알았다면 김수영은 그 자리에서 당장 기절했을 것이다.

“보리? 이름이 얼굴만큼 예쁘네.”

“겨울에 꾹꾹 밟아도 쑥쑥 일어나는 보리처럼 강하게 살라는 뜻이에요.”

“이런 조카가 다 있었어?”

정 보좌관은 억지로 미소 짓는다. 현재 상황에서 보리의 진짜 이모는 나쁜 이모 오소영이 아니라 착한 이모 정윤희인 것이다.

김수영은 눈물겹다. 개망신의 도정에서 오랜만에 대학교 동창과 그녀의 조카와 아끼는 아우와 갖는 이런 지리기 너무니 띠뜻히다. 김수영이 보리에게 말했다.

"보리는 매우 똑똑하구나."

보리가 삼겹살을 꿀꺽 삼킨 다음 말했다.

"나 영재예요. 그래서 이모가 걱정해요."

김수영은 정 보좌관을 가리키며 말한다.

"이모가?"

"착한 이모 말고 나쁜 이모 있어요."

"나쁜 이모? 으음, 이모가 또 있구나. 나쁜 이모가 왜 걱정하시는데?"

"평범하지 않으면 불행해진다나 뭐라나."

"겸손한 분이시네. 보리야, 그 이모 나쁜 이모 아니다. 훌륭한 분이야."

정 보좌관은 심장이 요동친다. 김수영은 보리에게 타이르는 눈빛을 정성껏 접어 날린다. 그러나 아까부터 보리의 관심은 반이 삼겹살에 반은 잘생긴 오빠에게 가 있다. 삶은 아름다운 것인가?

정 보좌관은 보리에게 눈치를 주고는 대화를 딴 방향으로 돌린다.

"이름은 나도 끝내주잖아. 정윤희. 우리 아빠가 여배우 중에 정윤희를 제일 좋아했거든."

가짜 여배우의 구세주는 전태양이었다.

"왜 아버지들은 다 그렇게 유치하죠? 우리 아버지는 광부였거든요? 캄캄한 갱도가 지겨워서 내 이름을 태양이라고 지었잖아요. 전태양. 저는 태양입니다."

전태양의 아버지는 강원도 영월의 탄광이 폐쇄되자 가족을 이끌고 서울로 와서 폐인이 되었던 것이다.

정윤희는 후광이 동그랗게 빛나고 있는 전태양에게 말했다.

"반가워, 찬란한 총각."

김수영이 맥주잔에 반쯤 채워진 소주를 한꺼번에 마시자마자 말했다.

"유치찬란하다. 유치찬란해."

그때. 김수영은 천장에 붙은 TV 모니터에 오소영이 등장하자 이맛살을 잔뜩 찌푸린다. 다른 자리에 앉아 있는 사람들이 김수영을 알아보고는 키득키득 속닥거린다. 김수영은 얼굴을 외투 깃으로 가리며 정윤희에게 묻는다.

"쟤 미혼모라며?"

보리가 말했다.

"미혼모 아닌데."

정 보좌관은 가게의 두꺼비집을 내려 버리고 싶었다.

보리가 친절하게 덧붙였다.

"고아가 된 조카를 키우는 거죠. 처녀야. 노처녀. 성격에 문제가 있는."

좋은 이모가 식겁했다.

"보리. 어린이가 그런 소리 하면 못써."

김수영이 정윤희를 직시하며 말했다.

"이거 봐. 이거. 무섭다. 무서워."

정윤희가 보리의 정체를 들켰다는 절망감에 정신을 잃으려는 찰나, 김수영이 오른손 검지를 흔들며 말했다.

"이래서 민심이 무서운 거야. 우리 정치하는 사람들 바짝 긴장해

야 돼. 저 마녀가 마녀들 중에서도 성격 파탄 개왕따라는 걸 지옥
에 관심 없는 초등학생도 알잖아."

보리가 조잡한 정치판을 외면하며 전태양에게 물었다. 사랑은 누
구에게나 어디서나 가능하다. 사랑이 전쟁과 비슷한 것은 바로 그
무자비함 때문인 것이다.

"오빠 애인 있어요?"

전태양은 방금 그 질문이 자신에게 온 것인지 의심스러웠다.

"뭐, 뭐?"

"애인 있냐고."

"치, 친구는 있지."

"남녀 사이에 친구가 어디 있어. 남이거나 애인이지."

원래 개와 태양은 땀을 흘리지 않는다. 그런데 전태양은 식은땀
을 뻘뻘 흘리고 있다. 김수영은 더 이상 참을 수가 없어 웃음보를
크게 터뜨린다. 여러모로 난감한 정윤희는 손으로 이마를 짚는다.
고깃집 안의 사람들이 김수영에게 대놓고 수군댄다. 사랑에 빠진
천재 소녀 천사 오보리는 안절부절못하는 전태양 사범이 비친 맑은
눈망울을 옹알옹알거린다. 삶은 아름답다.

착각일까. 아주 먼 어디선가 긴 휘파람 소리가 조마조마한 선을
그으며 사라졌다. 오소영은 늪에 빠져 허우적거리는 이야기를 멈추
고 숨마저 멈추었다. 넓은 창 밖 도시의 밤은 조명에 비친 두 여인
의 모습에 가려 지워져 있었다. 오소영의 손목시계가, 뛰어가는 초
침을 따라 미세하게 시침을 움직였다. 검은 창 속 두 여인은 아무것
도 없는 무늬가 되어 고요했다. 죽은 사람 같던 오소영이 숨을 내쉬
며 다시 말하기 시작했다.

"……언니는 어려서부터 늘 용감했어요. 공부야 나도 잘했죠. 지
지 않으려고 죽을힘을 다했으니까. 그런데 용기란 건 뭐랄까, 아, 내
가 적당히 표현할 방법이 없어서, 위엄이랄까, 어떤 내면의 강건함
이랄까, 그런 게, 어, 언니에게는 빛을 발하는 그 무엇이 내게는 아
예 없었어요. ……사랑하는 사람에 열등감을 느끼고 그것이 나
중엔 사랑보다 더 커져서 괴로웠던 적이 있나요? 나는 아무리 노력

을 해도 저 사람의 조촐한 오마주일 뿐이라는 생각. ……아니요, 내가 누군가의 가짜 같다는 생각. 더 무서운 건, 언니는 지금 이 세상에 없는데도 난 마찬가지라는 사실이에요.”

오소영의 어둠을 경청하고 있는 정신과 의사는 오소영보다 일곱 살이 많고 2년 전 이혼을 했으며 하나밖에 없는 아들을 소아암으로 잃었다. 공교롭게도 그녀와 오소영이 알고 지낸 것은 그즈음부터였다. 인간이 겪을 수 있는 가장 혹독한 상처를 받은 그녀에게 오소영은 한없이 믿음이 갔다. 그리고 언젠가 그녀가 자기는 아버지가 외교관인 탓에 체코에서 사춘기를 보냈다고 말했을 때 오소영은 안개 덮인 프라하의 좁은 골목 지붕이 파랗고 붉은 작은 집들과 프란츠 카프카의 줄거리가 잘 기억나지 않는 소설들을 떠올렸다. 아마도 그건 오소영 자신이 카프카의 소설 ― 이를테면 『성』이라든가 「어떤 싸움의 기록」 ― 처럼 지루하고 난해한 데다가 미완성이기까지 한 것은 아닐까 하는 불안에서 비롯된 연상이었을 것이다.

두 여인이 마주하고 있는 곳은 병원이 아니라 한 고층 아파트의 서재였다. 오소영이 비밀리에 정신 치료를 받는 것은, 총기 소지가 합법인 미합중국의 대통령은 떳떳하게 정신과 상담을 받을 수 있지만 혀끝에 총구가 달린 정신병자들로 가득 찬 대한민국에서는 마을 이장조차도 정신과 의사와 단둘이 있어선 안 되기 때문이었다.

소파에 푹 기대앉아 있는 오소영은 멀쩡한 표정에 눈물이 흘러내린다. 어찌 되었건 어언 1년 만에 드디어 마음이 열린 것이다. 오소영은 캄캄한 동굴 안에서 촛불을 켜 들고 자신의 그림자에게 고백했다.

"……사춘기 때 딱 한 번 언니가 죽었으면 좋겠다고 생각한 적이 있었어요. ……아뇨, 내가 끝도 없는 벼랑 밑으로 언니를 밀어 떨어 뜨렸어요. 꿈도 아니었고 대낮이었는데, 교정 나무 아래 혼자 앉아 있었는데, 바람이 아주 상쾌했는데, 순간 정말 그 부드러운 바람결에 아주 잠깐, 멀쩡한 정신에서 느닷없이 그랬던 거예요. 수업 시작 종소리가 들리길래 자리를 털고 일어났고, 그뿐이었지 언니와는 언제나처럼 사이가 좋았죠. 언닌 내 영웅이었으니까. 그런데 훗날 언니가 탄 차가 벼랑 아래로 떨어지고 나서부터 자꾸만, 내가 오래전에 그 끔찍한 마음을 품어서 언니가 그렇게 된 것 같은 거예요."

그녀는 오소영을 응시했다. 처음 듣는 고백이 처음 듣는 고백이 아닐 수도 있다. 뫼르소가 그랬던가. 인간은 누구나 자신이 가장 사랑하는 사람의 죽음을 한 번쯤은 꿈꾼다고.

"조카에게서 언니를 보나요?"

"문득문득, 보리에게 미안하고, 화가 나고 그래요."

"언니의 석연찮은 죽음을 극우파가 저지른 타살이라고 믿는 건 그들에게 죄책감을 전가하려는 무의식 때문이에요. 오 의원님 본인이 테러를 당할지 모른다는 공포 역시 자학을 통해 죄책감을 줄이려는 시도인 거고요."

"……사람들은 믿지 않을 거야. 나 실은 무지 겁쟁이예요."

"껍질만 단단하죠. 그게 싫어서 더욱더 일부러 용감한 척하는 거고. 자신을 자꾸 한계상황 속으로 몰아넣어 시험하는 걸도 안식을 얻는 데 중독돼 있어요. 행복하면 언니에게 미안할 것 같아 남자도 못 사귀는 거고."

"······모르겠어요. 정말 그런 걸까?"

"인간들은 저마다 예외 없이 거대한 벽과 마주 서 있어요. 그걸 부숴야 해요. 그래야 앞으로 나갈 수 있어요."

"돌아가면 되잖아요."

"그럴 수 없어요."

"왜죠?"

"남이 아니라 자신이 만든 벽이니까. 어디로 도망치든 그 벽과 여전히 마주 서 있게 되죠. 다른 방법은 없어요. 용기가 필요해요."

"용기······."

오소영은 티슈로 눈물을 닦아 낸다. 허수아비가 눈물을 닦고 있는 것만 같다. 오소영의 손목시계에 눈물방울이 떨어진다.

민족주의자 김중건 옹은 민족의 구설수 김수영을 등진 채 난을 살피고 있다. 그의 세 아들 중 첫째는 온화한 외과 의사로서 수술실에서 사람의 목숨을 구하고 있고 막내는 과격한 신부로서 철거민 시위 현장에서 사람의 영혼을 보호하고 있었다. 그런데 조증 환자 같던 둘째가 물에 빠진 생쥐 꼴로 찾아와서는 사람들이 무서워 국회의원을 그만두겠다고 징징대고 있는 것이다.

"그렇습니다, 아버님. 비웃음을 감수하고 의원직을 당당히 사퇴하고자 합니다."

"……."

"아버님."

"내가 항상 말하지? 배가 고프다고 쥐약을 처먹진 말라고. 애초에 너 같은 날리리기 국회의원 되는 거 이 나라의 비극이라고 생각했다. 하지만 이제 와 제 속 하나 편하자고 도망을 쳐?"

김수영은 코끝을 바늘에 찔린 듯했지만 이대로 물러설 순 없었다.

"으음, 에, 역사란 무엇일까요? 꼭 거창한 것만이 역사는 아닐 것입니다. 개인에게도 역사가 있는 것이죠. 평가는 후세에 맡기고, 뭐랄까, 다소 무리가 따르더라도 과감한 결단이 필요치 않겠습니까."

"개망신을 광개토태왕비에 새기시겠다? 개인의 역사? 사가(史家)는 역사적 가치가 있는 것만을 기술한다. 술에 취한 시민이 노상 방뇨한 것까지 역사로 다루진 않지."

"그 시민을 경찰이 구타해서 폭동이 일어났다면, 그의 노상 방뇨는 역사의 일부분이 되겠군요."

"병신 같은 소리를 어이없이 꾸며서 말하는 건 대한민국 국회에서 배운 기술이냐? 세상 어느 누구도 네가 그 여자가 휘두른 소화기에 맞아 졸도한 일로 분노하지 않아. 그저 심심한 김에 놀리고 즐길 뿐이지. 네가 겪고 있는 개망신의 고통이 아무리 태산 같다 하더라도 안됐지만 그 역사적 가치는 딱 노상 방뇨 범칙금이다."

캄캄한 동굴 속에서 마지막 촛불이 꺼지고 말았다. 김수영은 기도하려고 맞잡은 두 손을 처연히 내려놓는다.

"아, 그럼 어쩌라고요? 네? 빼도 박도 못하고 저도 죽겠단 말이에요! 네?"

"너는 진정한 용기가 뭔지 모르는 놈이야."

"으아! 사람이 이러다가 미치는 거구나!"

김수영은 거실 바닥에 비련의 주인공처럼 주저앉아 머리를 쥐어뜯는다. 이제 그에게 필요한 것은 냉철한 아버지가 아니라 동정심이 아주 많은 정신과 전문의인 것이다. 김수영의 식은땀이 묻은 김수영의 손목시계는 짜증이 왕 났다.

……젊으나 늙으나 여자들은 왜 노래 잘하는 놈들에게 사족을 못 쓰는 걸까? 62세 당시 63세인 서양화가 아내를 55세의 바리톤에게 빼앗긴 70세 김중건 전 서울대학교 국사학과 교수는 그러한 질문 속에서 세 아들 중 자신을 가장 많이 닮은 둘째 아들을 단 한 번도 뒤돌아보지 않은 채 명주 조각으로 난을 정성껏 닦고 있다. 삶은 아름답지가 않다.

그래, 벽을 무너뜨려 보는 거야. 용기를 내 보는 거야. 얼마 전 김수영이 잭슨 폴록의 「가을의 리듬」과 골동품 괘종시계 사이에서 친구 엇비슷한 놈들과 포커를 했던 룸 바가 있는 바로 그 최고급 호텔의 커피숍에서 오소영은 맞선을 보고 있었다. 평소와는 좀 다르게 화장이 진한 그녀 앞에 앉아 있는 중년 신사는 일전에 오소영이 나라를 구하느라 바람을 맞힌 바 있는 바로 그 서정시인이자 국문과 전임 교수였다. 대화는 어느 한쪽으로도 기울지 않고 원활했으며 그만큼 분위기는 화기애애했다. 서정시인은 자신이 시를 못 쓴 지 꽤 오래되었으며 사실은 그냥 성실한 연구자로 남았어야 했는데 우연한 기회에 은사님의 호의로 객기를 부려 등단까지 하게 된 거라고 담담히 토로할 정도로 솔직하고 겸손한 사람이었다.

"……재능이 없으니 열정도 시드는가 봅니다. 그 점이 부끄러워 시집도 일부러 묶지 않고 있어요. 시를 사랑하는 만큼 더 이상 시로 세상을 속이긴 싫습니다. 학생들이나 꼼꼼히 가르치고 성실한 생활인으로 사는 게 저한테 어울리고 또 떳떳할 것 같아요. 천재 소리 듣던 작가들도 교수가 되면 글이 재미없어지고 질이 떨어져요. 이상하죠? 예외가 없어요. 하물며 저 같은 범부 중생은 어떻겠어요?"

"저도 고등학교 때까지는 꿈이 시인이었어요."

"아, 그래요? 지금이라도 써 보시지 그러세요?"

갑자기 오소영의 얼굴이 굳어진다.

서정시인은 심장이 싸해진다. 내가 말실수를 한 건가?

오소영이 고개를 조금 숙이더니 한숨을 길게 내쉰다. 서정시인은 손에 땀이 배고 입술이 바싹 마른다. 아님, 너무 나만 떠들었나? 그런 것 같진 않은데? 솔직하고 겸손한 범부 중생은 번뇌의 올무에 걸려 바둥거리고 있었다.

이윽고 오소영이 고개를 든다.

"남 교수님."

"네, 네. 오 의원님."

"……."

무슨 대단한 결심이라도 한 듯한 오소영의 얼굴 앞에서 서정시인은 버지니아 울프의 생애와 목마(木馬)를 타고 떠난 숙녀의 옷자락을 이야기할 수가 없다.

"……오, 오 대표님. 어, 어디가 불편하세요?"

오소영은 용기를 낸다. 그런데, 그 벽이 아니라 저기 다른 곳에 있는 엉뚱한 벽 하나가 와르르 무너진다.

"실은 억지로 웃고 떠든 거예요."

"네?"

"……."

"……아, 네."

서정시인은 목덜미가 화끈거렸다. 인생(人生)은 외롭지도 않고 그
저 낡은 잡지(雜誌)의 표지처럼 통속(通俗)하거늘 한탄할 그 무엇이
무서워 우리는 떠나온 것일까. 목마(木馬)는 하늘에 있고 방울 소리
는 귓전에 철렁거리는데 가을바람 소리는 내 쓰러진 술병 속에서
목메어 우는데…….

오소영은 소리 없는 어항 속의 물고기가 입을 벙끗거리는 것처럼
말을 꺼낸다.

"저에겐, 저에게는요."

"……만나는 분이 계시는데, ……나오신 거군요?"

"……."

"……."

"저, 오래전부터 앓아 온 마음의 장애가 있어요."

"……."

"이 이상은 말씀드릴 수가 없지만, 절대 핑계나 거짓말이 아니라
는 거 믿어 주셔야 해요."

"……."

"……남 교수님, 매력적이시고 좋은 분이세요. 정말 아직까지 총
각이신지 의심이 갈 정도로요."

한 여자가 한 남자에게 미소를 머금었다. 그 미소가 그녀를 초췌

하게 했다.

"……."

"그래서 더욱더 남 교수님 같은 분을 기만할 수가 없어요. 부끄럽습니다. 제가 욕심이 지나쳤어요. 제 생각만 했어요. 저를 가로막고 있는 벽을 허물어뜨려 보자고 나름 엄청난 용기를 내서 나온 거였는데, 역시 잘 안되네요. ……여기 나온 거, 미안해서, 오래 후회할 거예요."

한 남자가 한 여자에게 미소조차 보내지 못하고 있었디. 그의 무표정이 그를 괴롭게 했다.

"저 먼저 일어날게요."

오소영은 다시 자신의 사막으로 떠난다. 사막이란 내가 사막으로 가고 오는 것이 아니라 사막이 내게 나타나고 사라지는 것인지도 모른다. 얼마를 걸어간 것일까.

"……오 대표님!"

한 남자의 부르는 소리에 한 여자는 멈칫, 뒤돌아선다. 그가 부드러운 바람에 일렁이는 깃발처럼 서 있다.

"항상 지지하고 있었습니다. 앞으로도 계속 그럴 겁니다."

"……."

"오래 혼자만 알고 있던 분을 뵙게 되어서 기뻤습니다. 후회하지 마십시오."

"……."

사칫 침묵이 깨어질지도 모를 찰나에 오소영은 조금 진과는 깉을 수 없는 미소를 마지막 인사로 남기고는 커피숍을 나간다. 어쩌면 사막은 내가 사막으로 가고 오는 것도, 사막이 내게 나타나고 사라지는 것도 아니라, 위태로운 내가 스스로 사막이 돼 버리는 것인지도 모른다.

한 남자는 한 여자가 떠나간 그곳에 한참이나 홀로 서 있었다.

오소영은 호텔 택시 승차장을 그냥 지나친다. 바람은 모습이 없다. 대신 바람에 흔들리는 것들로써 바람의 모습을 본다. 시간은 모습이 없다. 대신 시간에 흘러가는 것들로써 시간의 모습을 본다. 그러나 마음이 죽어 있는 자에게는 바람도, 바람에 흔들리는 것들도 없다. 시간도, 시간에 흘러가는 것들도 없다. 그 모두를 보거나 듣게 만드는 것은 결국 마음이기 때문이다.

플라타너스 언덕길을 내려가는 오소영은 걸음걸음마다 사막의 뜨거운 모래를 느끼며 생각한다. 우연만을 믿고 싶다고. 이 세상에는 우연만이 존재한다고. 그랬으면 좋겠다고. 운명이라는 무겁고 고통스러운 기호가 애초에 없다면 인생은 우연처럼 가볍고 변덕스러워 송두리째 무의미해질 테니까. 그러면 언니에 대한 이 이상한 집착과 죄책감도 소멸될 테니까. 누구시? 우주의 일각에서는 째깍 1초가 100년처럼 늘어지고 또 다른 일각에서는 100년이 째깍 1초 만에 지나가 버린다고 누가 그랬는데? 그런 상념에 젖어 있자니 오소영은 자신이 그토록 목숨을 걸고 있는 사회 개혁이니 진보니 하는 것들이 전부 우스꽝스러운 일처럼 여겨졌다. 아, 내가 이런 걸 사람들이 알면…….

오소영은 불현듯 아차! 멈춰 선다. 하도 싱숭생숭해서였을까. 야당 대표와 주요 의원 들끼리의 비밀 회합 약속을 새까맣게 까먹고 있었던 것이다. 오소영은 손목시계를 들여다본다. 이어 석양을 올려다본다. 이럴 리가 없는데? 다시 손목시계를 들여다본다. 핸드폰을 꺼내 시각을 확인한다. 또다시 손목시계를 들여다본다. 이런, 그제야 오소영은 언제부터 그랬는지 손목시계가 죽어 있었다는 것을 안다.

32

뭐야? 왜 이런 데서 보자고 한 거야? 오소영은 강남의 한 멤버십 클럽 안으로 들어가면서 갸우뚱했다. 언론법 날치기 통과와 정의의 소화기 사건에 관해 논의하자면서 어째 분위기가 과도하게 사치스럽고 발랄한 거 아냐? 오소영은 빨간 나비넥타이 웨이터의 안내를 극구 사양하고 긴 복도를 또각또각 지나 야당 의원들이 기다리고 있을 룸 앞에 섰다.

그래, 오랜만에 한잔씩들 하면서 허심탄회한 얘기들이 오가다 보면 뜻밖의 혜안을 얻을 수도 있겠지. 그동안 너무 신경이 곤두선 탓에 엉뚱한 불상사가 터진 측면이 아주 없지 않아. 뿐인가. 공연히 정신과 의사 선생 말에 홀려 쓸데없는 용기를 내 팔자에도 없는 선까지 봤다가 착한 서정시인 교수님께 죄만 짓고 말이야. 차라리 잘됐어. 겸사겸사 술이나 마시고 깨끗이 털어 버리지.

그토록 순진무구한 취지로 오소영이 문고리를 잡으려는데, 오른

편 저기서 불량한 기운의 실루엣 하나가 발바닥에 바퀴가 달린 듯
쑥쑥 가까워지는 것이 아닌가. 오소영을 인식하자마자 낚시꾼 손가
락에 집힌 미끼 지렁이마냥 진저리를 치고 마는 그는 다름 아닌 새
한국당의 꼴통 기린아 김수영 의원이셨다.

원수는 외나무다리에서 만난다더니 원수인 거야 분명한 사실이
지만 문제의 외나무다리가 심히 미심쩍은 터에 워낙 가당치 않은
해후인지라 피차 눈살만 찌푸릴 뿐 머릿속은 별다른 증오심이 껴들
새 없이 그저 멍하다. 까마귀와 까치 떼가 몸으로 놓아 준 다리 위
에서 견우 직녀가 상봉하는 것도 아닌 데다가 가령 용과 범이 각기
화장지를 두루마리째 들고 캠핑장 야외 화장실 앞에서 몽롱하게
마주친다면 엄청 민망하지 않겠는가 말이다. 게다가 김수영은 여태
마빡이 불그스름하고 오소영은 진한 화장에 하이힐까지 신고 있으
니 아무래도 전투 상황에 돌입하기엔 희극적 요소가 다분했던 것
이다. 그 괴로운 어색함을 먼저 깬 쪽은 김수영이었다.

"다, 당신도 여기 약속 있어?"

"있으니까 왔겠지?"

"……그, 그럴 리가 없는데? 당신이 여길 왜 와?"

"내가 할 소리야."

김수영은 노대관 왈 오소영을 고소하지 않고 이번 사태를 조용
히 처리할 방법이 있을 것 같다고 하길래 허위허위 달려온 거였다.
까짓거, 조니워커 블루나 홀짝홀짝 받아 마시면서 그 요망한 노인
네 비위를 어떻게든 맞춰 주는 수밖에. 그렇게 구차한 입장에 놓인
김수영이니만큼 이 짜증 나는 여자가 무슨 이유로 지금 자기 앞에

서 있든 간에 더 이상 긁어 부스럼을 만들어서는 아니 되었다.

"……암만 그래도. 그럴 리가……."

"그럴 리가 있다면? 주소는 아저씨가 잘못 찾으신 거 같은데? 여긴 룸살롱 아니잖아."

"거참, ……아휴, 자꾸 꼬지 말고, 뭐지? 당신 누가 불렀는데?"

"저어, 김 의원님."

갑자기 오소영이 해사한 미소를 머금자 김수영은 적잖이 당황했다. 이 미친 여자가 머리에 꽃도 안 꽂고 왜 이러지? 오소영은 마치 애틋한 애인을 마주하는 듯한 눈망울로 김수영을 보았다. 김수영은 자기도 모르는 사이 안면이 화끈 달아올랐다.

이내 오소영이 박학다식한 악마의 얼굴로 되돌아오면서 쏘아붙였다.

"야. 내가 왜 네 당신이니? 당신, 당신 하지 마. 재수 없어."

김수영은 화가 날 겨를도 없이 푸념이 새 나왔다.

"……어휴. 씨."

다시 정신을 차린 김수영이 뭔가 반격을 시도하려는 찰나. 두 유명 국회의원을 가로막고 있는 문 너머에서 왁자지껄한 웃음소리들이 터져 나왔다. 김수영과 오소영은 정세 파악을 위해서라도 작전상 우선 그 문을 열고 들어가야 했다. 경직된 오소영을 김수영이 쭈뼛쭈뼛 뒤따랐다.

"어? ……이, 이런."

이번에는 오소영이 화가 날 겨를도 없이 푸념이 새 나왔다. 김수영은 상상 이상의 현실 앞에서 아예 다리가 풀려 버렸다. 노대관과 문봉식을 비롯한 새한국당 주요 의원들과 여러 야당 의원들이 사이좋게 뒤섞여 한창 어지럽게 놀고 있는 것이다. 국회에서는 그렇게 못 잡아먹어서 안달이던 위인들끼리 동지, 오라버니, 동생, 누님, 형님 하며 스킨십을 일삼는 가관에 김수영과 오소영은 아우슈비츠 가스실 속의 벌거벗은 유대인 남매처럼 절망했다. 인간의 의지는 궁극적으로 불의의 폭력에는 주눅 들지 않는다. 다만 세상의 도무지 끝날 것 같지 않은 어이없음에 낙담하고 마는 것이다.

능수능란하게 폭탄주를 제조하는 문봉식 옆에서 진보노동당 고동숙 의원님은 이미 맛이 가 필름이 끊겨 있었다. 정면 중앙 상석에 앉아 있는 노대관이 김수영과 오소영을 향해 손을 들면서 좌중에게 소리친다.

"아. 우리 정당정치사의 기적. 민주 화합의 상징 한 쌍이 이제야 오셨구만. 오늘의 빛나는 두 주인공을 우리 박수로 맞이합시다!"

폭죽처럼 터지는 박수와 환호성에 오소영과 김수영은 오금이 저려 하마터면 서로의 손을 꼭 맞잡을 뻔했다.

오소영은 눈이 풀려 해롱대는 고동숙을 노려보았다. 손윤기 보좌관의 보고로는 요즘 점심 반주로 소주를 서너 병씩 거뜬히 비운다더니만 억울한 미련이 남는 이혼이 과연 시련은 시련인가 보았다. 유일한 당내 동료 의원인 고동숙까지 저러고 앉아 있으니 오소영은 당장 이 야만적인 사태에 어찌 반응해야 옳은지 갈피가 잡히질 않았다.

한편 김수영은 그렇지 않아도 미친년 소화기에 맞아 뇌가 가끔 접촉 불량을 일으키는 마당에 이런 뻘밭에까지 푹 빠져 버리자 그야말로 온몸을 짓누르는 피로가 한꺼번에 몰려왔다.

오소영과 김수영은 공히 마치 에덴동산에서 막 쫓겨난 아담과 이브가 된 것 같은 악몽에 사로잡혔다. 그것은 일종의 잔혹한 동질감이었다. 선 채로 파 뿌리가 돼 버린 오소영과 김수영은 와중에 여차여차 이 손 저 손에 이끌려 나란히 착석하게 되고 만다.

노대관이 을사늑약 의정서에 대한제국 국새를 찍으려는 이토 히로부미처럼 호기롭게 말했다.

"오 대표. 김 의원. 러브샷 하고 잔 돌리지? 우리 여야 간에 이번 일을 더 큰 애국의 계기로 심기로 헀이."

오소영의 두 눈에서 불꽃이 일었고, 김수영은 텅 빈 해골에 물이 차오르는 것 같았다. 오소영은 째깍 1초 만에 오만 가지 상념들이 스쳐 지나갔다. 김수영은 새삼 문봉식을 물끄러미 보았다. 노대관과 같은 인물은 문봉식이 걸어가야 할 모범일 거였다. 노대관은 문봉식에게 자신의 모든 것들을 가르쳐 주고 문봉식은 가르쳐 주지 않는 것들까지 뺏어 가듯 배워 나갈 것이었다. 얼핏 부자지간으로 보이는, 오장육부에서 영혼을 떼어 낸 저들이 바로 이 사회의 절대 몰락할 일 없는 지도층이고 틀림없는 주류였다. 그들의 이데올로기는 뻔뻔함이었다. 그냥 뻔뻔한 것이 아니라 힘이 있는 데다가 뻔뻔한 것이다. 시간이 만물과 만사를 무화시킨다는 것을 적절히 이용한다는 점에서 가증스러운 사이비 허무주의자였으며 반드시 그 끝에 가서는 이득을 챙긴다는 점에서 뛰어난 경제학도였다. 문봉식이 김수영과 오소영을 힐끗 겸 피식 겸 쳐다보고는 폼 내며 제자리에서 일어나 노래방 기세 앞으로 가더니 마이크를 잡는다. 그리고 마치 극장식당의 디너쇼 사회자처럼 진행을 시작한다.

"동료 애국 의원님들. 제가 민주주의를 위해서 한 곡 올리겠습니다."

그러자 동료 애국 의원님들은 좋다고들 난리가 난다. 문봉식은 신나는 뽕짝을 부른다. 이런들 어떠하리, 저런들 어떠하리. 뭐 그런 가사는 아니지만. 김수영은 달려가 놈을 포크로 찍어 죽이고 싶다. 법이 밉다. 오소영은 인간의 추악함이 역겨워 치를 떤다. 오늘 낮에 서정시인 교수님을 만나 느꼈던 고귀한 감정과 묘한 슬픔이 물거품 되어 사라진다. 결국 세상은 똥이고 삶은 투쟁일 수밖에 없구나. 적들은 이토록 대책이 없으며 저 즐거운 야당 의원들처럼 무시무시하게 우리 안에 존재하는구나. 오소영은 정말로 절망하고 있었다.

노대관은 어제까지 세상을 지배했던 그 방식대로 오늘도 자신이 완벽한 승리를 거뒀다고 확신하며 회심의 웃음을 억지로 참는다. 어리석은 년. 콩알만 한 빨갱이 계집애가 무슨 정치를 안다고. 그래, 점점 지쳐 가면서 나와 비슷해지는 거야…… 어흠.

오소영이 폭탄주를 원샷한다. 그것을 본 노대관이 점잖게 항의한다.

"아이. 오 대표. 거, 김 의원과 러브샷을 하라니까. 풍류 없이."

아, 노대관 옹의 덕담이 허공에 떨어지자마자 오소영은 이 악물듯 쥐고 있던 빈 잔을 노래 기계를 향해 최동원 강속구 저리 가라 할 정도로 세게 던진다. 노래 기계 브라운관 안에서는 촌스러운 무명 여배우가 꽃밭을 거닐고 있다. 빈 맥주잔이 돌돌돌 회전하면서 노대관의 헛소리를 헤치고 날아간다. 브라운관에 대포 구멍이 팡! 뚫리고 전원이 연기와 함께 껑, 나가 버린다.

우주의 운행이 멈추고 태초의 정적이 임한다. 나자빠진 문봉식을 비롯한 여야 국회의원님들은 일동 얼음 조각상이다. 노대관은 매

부리코 끝이 후끈거린다. 이제껏 정치판에서, 무엇보다 백병전 같은 세상살이에서 이러한 경우가 아예 없었던 것은 아니다. 무모한 젊은이들, 노대관은 그들을 발견하는 그 즉시즉시 어떠한 방식으로든 아무런 죄책감 없이 좌절시키고 매장시키고 때론 요리하면서 여기까지 왔더랬다. 육체의 나이와 실존의 나이는 다르다. 돌이켜 보건대 노대관은 스무 살에도 사악한 노인네였다. 그것이 노대관과 문봉식 같은 괴물들의 정체인 것이다. 그 괴물들은 변하지 않으나 생존력이 최강이다. 변화? 변화해야 산다고? 이들에게는 해당되지 않는 개소리다. 태어나는 그 순간 인간에게 주어진 계급이 영원히 요지부동되도록 사회와 나라를 유지시키면 그뿐, 변화란 현대 귀족의 자본과 권력 유지를 위한 임기응변 그 이상도 이하도 아닌 것이다.

한데 작금 노대관은 오소영이 심히 불길했다. 실망은 할지언정 절망은 기어코 거부하는 젊음의 실존, 그 패기가 속물의 정교한 현실감각을 뒤엎던 몇 번의 살 떨리는 기억이 떠올랐기 때문이다. 대체로 노회한 노인은 무모한 젊은이를 죽일 수 있다. 그러나 의로움을 위해 자신을 불사르는 젊은이들의 연속적인 희생을 이길 순 없다. 혁명. 흔해 빠진 광장과 거리의 혁명이 아니라, 젊은이들 스스로가 내부를 촉발해 외부를 끌어안고 송골매처럼 치솟아 오르는 혁명의 부릅뜬 눈동자, 청춘을 십자가에 못 박으면서까지 이 세계를 해체해 재구성하려는 그 신앙에 가까운 용기가 노대관은 끔찍했다. 오소영의 저 타협 없는 분노가 두려웠다.

피뢰침이 되어 서 있는 오소영의 머리 위로 번쩍 번개가 쳐 갈리진다. 이어 우르릉 쾅쾅 쩌렁쩌렁 울려 퍼지는 천둥은 이렇다.

"애국 의원님들? 좆 까고들 앉아 있네. 애국이 국어사전에서 썩겠다, 이 개새끼들아."

문을 부수는 게 천성이자 운명인 사람들이 있다. 우연히 손에 닿으면 무언가가 부서지는 사람들. 그 문은 한 체제일 수도 있고 한 시대일 수도 있으며 하나의 거대한 고정관념일 수도 있다. 그는 혁명가일 수도 있고 예술가일 수도 있으며 모든 이들을 대신해 시험받는 자일 수도 있다. 물론 그 문은 문을 넘어서는 어떤 관념적인 실체가 아니라 진짜 철문이거나 나무 문일 수도 있고 그는 그저 성질이 고약한 친구이거나 심심하지 않은 적일 수도 있다. 하여간 그 문이 무엇이건 간에, 문 앞에 서 있는 그가 누구이건 간에, 그에게 문은 운명일까 우연일까. 우연이 다가와 운명처럼 부서지는 것일까. 운명이 다가와 우연히 부서지는 것일까. 오소영이 얼마나 문을 세게 밀어붙이고 나가 버렸는지 주석 경첩이 헐거워져 문짝이 덜렁인다. 그리고 번개의 잔영과 천둥의 여운이 뒤에 남은 정적을 휘감고 있다. 닫힌 문은 부서지면 길이 된다.

대한민국 주요 국회의원 나리들은 좀체 충격에서 헤어 나오지 못하고 있다. 노대관은 노여움에 가래가 끓고 백내장에 핏발이 선다. 이런 망신살이 있나. 아무리 빨갱이들이 제 잘난 맛에 부모도 나라도 내팽개치는 상것들이라지만 감히 내 앞에서 이럴 수가 있나. 다른 누구도 아닌 내 앞에서. 노대관은 누군가가 부모와 나라를 저버리는 것까지는 상관 안 할 수 있지만 그 누군가가 노대관 자신에게 도전하는 것, 더 정확히 말하자면 자신의 이익에 손해를 입히는 것은 결코 용납하지 못하는 그런 자였다. 농담이 아니라 노대관은 정말로 자신을 애국자로 규정하고 있었다. 그 룸 안에서 오소영에게 날벼락을 맞은 국회의원들 가운데 자신이 애국자가 아니라고 생각하며 자신의 길을 미심쩍어하는 양반은 단 두 사람, 김수영과 고동숙뿐이었다. 김수영은 자신이 애국자이기엔 턱없이 부족하다고 인정하는 자학에 가까운 양심이 있었고, 고동숙은 적어도 요즘 자기가 심하게 망가졌다는 것을 너무도 잘 알고 있어서 우아함을 당당히 포기하는 대신 맘껏 방황했다. 그것이 고동숙 의원과 로커 장도준이 일맥상통하는 점이었다. 실지로 고동숙은 이려서부터 장도준의 팬이었다. 아무튼. 누가 진정한 애국자인지는 왜구가 불시에 침략해 와야 드러나는 법이다. 하긴 어디 그것만 그럴까. 그래서 적은 위대하다. 우리가 패도에 빠져 망해 가는지도 모를 때 혹은 모른 척하며 망해 갈 때 똥과 된장을 분명히 구분해 주는 정직한 비평가는 진정한 적밖에 없다.

옆으로 샜다가 되돌아와서 아무튼. 이제 노대관은 오소영을 목숨으로든 정치적으로든 반드시 제거해야 한다고 결정했다. 왜? 불손한 빨갱이기 때문에? 아니다. 오늘 이 시점부터 오소영이 전혀 읽히지 않기 때문이다. 오소영의 젊음을 가득 채우고 있는 그 무엇을 노대관은 젊었을 때조차 조금도 가지고 있지 않았기에 전혀 이해할 수 없었고 그래서 일단 무작정 싫었던 것이다. 순수를 꿈도 못 꾸는 까닭에 순수한 행동들이 어리석은 도깨비 장난처럼 보이고 그러다 역사의 한순간 늘 초라하고 고독하게만 보이던 그 순수가 불길로 번져 세상을 종종 뒤흔들 적마다 노대관은 매번 무지힌 민중의 망각을 믿으며 용케 위기를 극복해 왔으나 그 경험들은 거두절미하

고 공포였다. 그래서 노대관은 늙은이 같은 젊은이가 아니면 곁에
두지를 않았다. 같은 속물들은 마음을 읽을 수 있어 마음이 편했기
때문이다.

"자, 자, 동지 여러분. 다들 진정하지. 역사의 현장에는 늘 사소
한 불상사가 있기 마련이야. 오해가 있었던 거 같아. 오해가. 이 문
제는, 윽."

대한민국 주요 의원들이 비그적비그적 마취에서 풀리며 주목하는
데, 노대관은 홀연 치질이 도져 희한한 면상이 되더니 가려운 항문을
어떻게든 티 안 나게 긁어 보려고 망측한 안간힘을 쓴다. 이에 늙은
매국노 같은 젊은 국회의원 문봉식이 속도 모르고 염장을 지른다.

"대, 대표님. 심장이 안 좋으십니까? 구급차를 부를까요?"

엎친 데 덮친다고, 고동숙이 술이 확 깨는 듯했다가 다시 더 진
하게 오르면서 흥알흥알거린다.

"어우, 큰일 났네. 우리 자기 또 화났다. 니들 이제 다 죽었어. 어
떡해, 나도 죽었다. 헤헤."

김수영은 흐뭇한 미소가 단전에서 치밀어 올라 입술 언저리로 배
어 나오는 것을 억지로 꾹꾹 눌렀으나 미처 다 감추지는 못한 채 자
기 앞에 놓인, 문봉식이 말아 올린 폭탄주 두 잔을 연거푸 깨끗하
게 싹 비운다. 한 잔은 나를 위해. 한 잔은 저 이상한 미친 여인을
위해. 삶은 어이가 없고 짧으나 술은 달다. 누가 그랬던가. 인생은
사막이요 술은 꽃이라고. 신은 질문하지 않는다. 인간 때문에 괴로
워하지 않으려고 애쓸 뿐이다. 아가야. 이 긴 싸움을 앞으로 어쩔
작정이니.

영검관 안동림 사범의 영정을 등진 채 오보리 양이 책상다리를
하고 앉아 있다. 행복한 사람은 시계를 보지 않는다. 그리고 사랑에
빠진 소녀는 『삼국지』를 읽지 않는다. 사랑은 놀라운 변화를 무작
위로 일으킨다. 우리가 사랑에 빠진 사람들에게서 심심치 않게 꼴
불견을 보게 되는 것은 그 까닭이다. 사랑이 아름답다고? 어차피
잘 모르겠는 것을 뭐라고 부른들 어떤가. 이왕 부르려니 아름답다
고 하는 것이다. 그리하여 이상한 나라의 소녀 오보리는 야간반 관
원인 직장인 네 명을 정성껏 지도하고 있는 전태양 사범님의 늠름
한 모습을 『삼국지』 대신 보고 있는 것이다. 보리는 머릿속에서 매
미가 운다고 꾀병을 부려 학교를 조퇴했다. 미혼자는 절대 대통령
이 돼서는 안 된다. 사랑에 환장해 국가를 위태롭게 만들 수 있기
때문이다. 그럼 기혼자는? 괜찮다. 사랑에서 노방치려고 국가를 위
태롭게 만들지는 않기 때문이다. 사랑이 아름답다고? 설사 아름답

지 않으면 또 어쩔 것인가? 사랑의 힘은 못하는 짓이 없고 남녀노소와 인종은 물론 짐승이나 벌레까지 예외가 없다. 사랑은, ……사랑은, 아흐, 외로운 장난꾸러기.

그 시각. 김수영은 밤길을 배회하는 오소영을 미행하고 있다. 지친 표정의 오소영은 누가 자기를 쳐다보건 말건 전혀 신경 쓰지 않는다. 사람들 모두 각각 제 인생에 떠밀려 가는 불야성의 물고기들 같아 오소영을 좀 빤히 본다 하더라도 그저 누구와 닮았지? 하는 정도인 듯하다. 기실 사람들은 정치인을 기억하기보다는 잊고 싶어 한다. 김수영과 오소영이 유명한 것은 그들이 정치인이라서기보다는 황당한 사건의 당사자이기 때문인 것이다. 그럼에도 불구하고 김수영은 길바닥에서 급한 대로 주워 든 출장 마사지 전단지로 얼굴을 가린 채 오소영의 뒤를 흥미롭게 밟고 있다.

수련이 끝나고 관원들이 집으로 돌아간 뒤 전태양은 대걸레를 집어 들다가 문득 안동림 사범의 영정 사진에 묻어 있는 먼지가 눈에 거슬려 도복 깃으로 닦아 낸다. 그러고 있는 전태양에게 보리가 말한다.

“내가 보리가 아니라 해바라기면 좋은데 그치?”

전태양은 대걸레로 마루를 닦으며 말한다.

“너는 무슨 어린애가 말이 어렵냐.”

“태양과 보리는 어울리지가 않아. 태양과 해바라기가 어울리지.”

전태양은 대걸레에서 물기를 쥐어짜 낸다.

“나는 머리가 나빠서 모르겠다.”

“오빠 같은 남자는 여자를 잘 만나야 돼.”

전태양이 꼬인 대걸레의 결을 바로 편다.

"너 집에서 안 찾아?"

진동 모드로 되어 있는 보리의 핸드폰이 둘둘댄다. 벌써 열네 번째다. 액정에 뜨는 '착한 이모'.

정윤희 보좌관은 오늘 보리를 돌봐 주기로 했다. 그런데 픽업하러 학교에 갔더니 집에는 오지도 않은 보리가 조퇴를 했다는 것이다. 진보노동당의 상징인 구형 아반떼 앞에 서서 정윤희는 불안한 기색이 역력한 얼굴로 보리에게 연신 전화를 걸고 있다.

전태양이 대걸레를 세우고 보리에게 말한다.

"안 받아?"

"……."

"그거, 집에서 전화 온 거 아니냐고. 지금이 몇 신 줄 알아?"

보리는 핸드폰을 무음 모드로 바꾼 뒤 미니 륙색 안에 넣어 버린다. 보리가 전태양에게 되묻는다.

"왜 삼국지에서 그렇게 전쟁이 많이 나는 줄 알아?"

"뭐?"

"왜 삼국지가 온통 전쟁투성이인지 아느냐고."

"……."

"질문이 많아서 그래."

"……."

"그렇더라구. 간단해. 자기보다는 남에게 질문을 해 대니까 전쟁이 일어나는 거야."

"……뭔 소린지."

“오빠는 머리 좋은 여자가 필요해. 안 그러면 세상 구한다고 남에게 된통 이용만 당하다가 속절없이 죽기 십상이야. 내가 보니 그래.”

“……내 참.”

전태양은 열심히 대걸레질을 한다. 보리는 진열되어 있는 죽도를 매만진다. 야, 어른들이 이런 작대기로 전쟁 연습을 하는구나. 우리 이모는 소화기로 전쟁을 하고. ……불현듯, 보리는 허전하다.

“오빠 돈 있어?”

“돈?”

“돈.”

“난 돈이 없어.”

“아이, 주식할 거 아니니까, 돈 있느냐고.”

“별로. 몇만 원. 왜?”

“좋았어.”

34

허름한 양고기 꼬치 주점의 어두침침한 구석 테이블에서 오소영이 자작을 하고 있다. 몽골인이 운영하는 그곳은 칸살마다 울긋불긋한 발이 내려져 있는 데다가 다행히 카운터를 보고 있는 주인 아주머니도 서빙을 하는 아가씨도 오소영이 누구인지 눈치채지 못하였다. 오소영은 몽골의 대초원에서 몰려다니는 양 떼를 떠올렸다. 그리고 기분이 그래서였을까. 쇼펜하우어가 했던 양에 대한 어두운 이야기를 떠올렸다.

─우리는 목장에서 놀고 있는 양의 무리와 흡사하다. 도살자는 그중 이것저것을 뽑아 가르고 있다. 우리는 행복한 나날 중에도 어떠한 재앙(병, 박해, 전락, 상처, 질병, 발광, 죽음 등등)이 우리에게 예비돼 있음을 알고 있기는 한 것인가.

음, 오늘의 이것은 또 무슨 재앙인가. 오소영은 사신이 화를 냈다는 사실과 화를 낼 수밖에 없었던 상황 양쪽이 공히 짜증이 났지만 정작 착잡한 것은 아무런 보람 없이 찝찝하기만 한 패배감 때문이었다. 언니의 뒤를 따라 이 사회의 진보를 위해 모든 것을 다 바치리라 결심한 그 순간부터 오소영은 자신의 분노가 공적인 것인지 사적인 것인지를 항상 검열해 왔다. 그러나 되돌아보건대 늘 냉철하게 행사한 분노였는지는 솔직히 자신이 없었다. 술을 마셔 마음이 약해져서일까. 김수영의 소화기 사건도 지나친 감이 없지 않았다는 반성이 들었다. 인생은 지는 법을 배우는 과정이다. 잘 지면 잘 배울 수 있다. 그리하여 이기는 것이 인생이라고 언니는 가르쳐 줬다. 그러나 지금 이 오염된 패배감은 강력한 적에게 제압당했을 때의 그러한 패배감이 아니었다. 만약 그런 것이었다면 오히려 기쁘고 의미가 있었을 것이다. 진정한 적은 나를 강하게 하니까. 김수영 시인의 시에서처럼 "더운 날 적이란 해면(海綿) 같다". 그런데 오늘 오소영이 만난 적은 그런 적이 아니었다. 그 적은 실체가 아니라, 너라고 별수 있겠어? 라고 비아냥거리는 허깨비였다. 적보다 공포스러운 것이 방관자들이고 내 동지라고 자처했던 자들이라는 이 상처는 분노할 가치가 없어 우울했다. 그러한 쓰라림에 또 한잔 술을 따라 목구멍 안으로 털어 넣었을 때 한 남자가 울긋불긋한 발을 태연히 걷으며 칸살 안으로 들어왔다.

"뻑 하면 진노를 잘하셔서 진노당 대표신가?"

오소영은 남모르게 상처가 깊을 뿐이지 결코 나약한 여자가 아니다. 더욱이 그녀는 뜻밖의 장면일수록 더욱더 당차게 맞이하도록 훈련이 돼 있는 리더 중의 리더였다. 그렇다면 이런 경우는 어떨 것인가. 어느새 오소영 앞에 제멋대로 앉아 왼편 입꼬리를 씨익― 올리고 있는 남자는 바로 새한국당의 귀염둥이 부랑아 김수영 의원이었다. 알딸딸한 술기운 탓이었을까? 아님 무작정 외로워서였을까? 글쎄? 정말 그뿐이었을까? 어쨌든 결과는 일단 상상 이상으로 종교적이었다. 오소영은 놀라거나 불쾌하기는커녕 오히려 마음이 넉넉하고 차분해졌던 것이다. 하지만 겉으로야 그럴 수 있겠나.

"……뭐야? 내 뒤를 밟은 거야?"

"거, 끝까지 말씀을 험하게 남발하실 참인가? 안 피곤해?"

"웬 수작이야?"

"뒤끝이 작렬해야 할 쪽은 당신이 아니라 나지. 소화기에 마빡 맞고 개망신의 표상이 된 건 당신이 아닐 텐데? 이제 우리 그만 접죠? 네?"

"당신, 당신, 하지 마. 재수 없어. 그리고 내가 왜 당신 우리야, 엉?"

"알았어. 알았어. 나 재수 없어. 그리고 당신이랑 나는 우리가 아니야. 원수야. 철천지원수. 됐지? 원수끼리 그만 덮자고. 원수를 사랑하라, 몰라?"

"……"

"이미 꼬인 말을 뭘 계산하고 계시나? 미련 갖지 마."

"뭐?"

"미련이 많으면 그 인생 고달파. 미련이 왜 미련인 줄 알아요? 미련을 떠니까 미련인 거야."

"……"

김수영이 맥주 컵에 담긴 물을 재떨이에 버리더니 거기에 소주를 가득 채우고는 한꺼번에 꿀꺽꿀꺽 마셔 버린다. 오소영은 그 모양을 괴상한 노래 흘러가게 내버려 두듯 빤히 쳐다보고 있다. 그러나 김수영이 빈 맥주 컵을 탁자 위에 탁, 내리꽂으며 던진 말이 찌릿, 했던 것은 맞다.

"그 새끼들 엿 먹인 거 멋졌어! 장 청소된 것같이 시원합니다, 오 의원님. 내가 한잔 사죠. 아줌마! 여기 소주 한 박스 더!"

술이란 게 그렇다. 요물이다. 추녀도 미녀로 보이게 하고 바보 천치도 현자로 둔갑시키는가 하면 지옥을 천국으로 리모델링하기도 한다. 물론 그 반대의 여러 갈래도 흔하다. 아마 오소영은 이렇게 생각했을 수 있다. 부자지간에 담배는 허물이어도 술은 미덕이라는데 까짓것 톰과 제리가 고양이 방울과 쥐덫을 동시에 걸어 내고 갖는 뒤풀이가 뭐 대수랴. 내심 내가 켕기는 점이 아예 없는 것도 아니었는데 도리어 손을 먼저 내미는 양이 제법 사내답기도 하고. 당장은 그 늙은 구렁이에게 도매금으로 넘어가는 봉변을 당한 동병상련도 있으니. 적의 적은 친구? 그래, 처음에는 대충 그렇게 시작되었을 것이다. 자신이 언제 어떻게 어떤 여행을 떠났는지도 모르면서 잘난 척하는 게 인간이니까.

오소영은 김수영이 또 자작을 하려고 하자 소주병을 조용히 낚아채 맥주 컵에 한 손으로 삼분의 일 정도 따라 준다.

"피차 한 손으로 합시다. 그리고 괜한 희망 민원 접수하실까 봐 미리 십자가에 못 박아 두는 건데. 절대 사과는 못해. 선량하고 신념 있는 내 지지자들을 배신하면서까지 예수 되고 싶은 야망 없어.

그 점 이해가 안 되면 암기하시고."

"……."

한 손에 한 손. 그것은 친구끼리의 형식이었다. 김수영은 새 친구의 술을 받으면서 미소를 머금었다. 오소영이 김수영의 가슴에 있는 버튼을 누른 것이다. 무장을 해제한 김수영은 똑딱, 소년이 되었다.

술이란 게 그렇다. 요물이다. 오소영이 생각건대, 이 남자 정말로 소화기에 맞아 기절해 개망신의 멘토가 된 얘기는 일절 입에 올리지 않으며 곰곰이 수다를 떠는 꼴이 꽤 유식하기도 하고 품위가 있다.

이런 사람이 왜 정치를 한답시고 새한국당에 들어갔을까. 무자비하게 판사나 하고 있었으면 조폭들 개과천선하는 데 도움이나 됐을 텐데. 근데 정작 이제는 국회의원을 그만두려 해도 나랑 그러는 바람에 이리저리 눈치를 봐야 되는 입장이라니 이거야, 진짜로 미안해지려고 그러네?

술이란 게 그렇다. 요물이다. 김수영이 생각건대, 막상 가까이서 선입견 없이 살피니 이 여자 나쁘지 않네. 괜찮네. 화끈하고 뭐, 또 내 스타일은 아니지만 안 예쁜 건 절대 아니고.

무엇보다 김수영이 높이 샀던 것은 정치에 대한 오소영의 강렬한 소명 의식이었다. 적어도 김수영은 배울 점이 있는 곳에서만큼은 확실하게 고개를 숙일 줄 아는 사나이였다. 자신에게는 없는 문제의식이 빛나는 오소영이 김수영은 부러웠고 또한 보통 여자들에게서는 찾아보기 힘든 그녀의 위엄이 존경스러웠다.

술이란 게 그렇다. 악마가 너무 바쁘면 술을 보낸다지 않는가. 악마가 정말 나쁜가? 천사와 악마에 대해 떠드는 것은 부도가 나지 않는다. 왜냐하면 아무도 천사와 악마를 만났다는 걸 증명할 수가 없기 때문이다. 천사가 정말 착한지 악마가 정말 고약한지 누가 알겠는가? 정직한 악이 위선보다는 상쾌한 법이다. 여하간 술잔이 잘도 오가면서 다양한 이야기들이 티격태격 즐겁게 오갔다.

와중에, 아무래도 국회의원들이다 보니 선거용 투표용지에 대한 술안주가 펼쳐졌다. 무엇인고 하니, 오소영은 투표용 도장의 원 안에 새겨진 사람 인(人) 모양이 정치인들에게 민중을 잊지 말라는 각성의 양식이라 주장하는 거였다.

"그러니 국회의원들이 잘해야 하는 거라고. 우리가 받은 한 표 한 표에 들어가 있는 사람 인이 무서우면 언론법 같은 그런 시대착오적인 사기를 대놓고 치면 안 된다는 거지."

"또 시작이시구만. 투표 도장 안에 있는 그게 사람 인인 건 맞아? 아전인수로 엉뚱한 소리하고 있는 거 아니야?"

"그럴걸?"

"그러얼걸?"

"왜?"

"내일 선관위에 확인해 봐야 될 것 같아서. 사실관계는 확실히 해야지. 그게 과학이거든, 과학. 목적을 위해 아무거나 막 집히는 대로 다구발 세우는 거, 그거 오 의원님이 면도날 씹던 칠공주 시절에나 통하던 버릇이야. 우리, 어두운 과거와는 단절 좀 하고 삽시다. 단절! 과학!"

"이거 봐 봐, 그런 걸 의심한다는 거 자체가 당신이 문제인 거야. 국회의원을 찍어 주는 도장 안에 사람 인이 있다는 걸 왜 의심하느냐고."

"좋은 뜻은 좋은 뜻이지만 그게 사실이냐 아니냐는 전혀 다른 문제 거지. 뜻이 좋다고 다 사실로 만들어 버리면 그 세상 금방 쓰레기통 돼서 아무도 못 살아."

"왜 그렇게 쩨쩨해?"

"쩨쩨? 관둡시다. 또 싸우겠네."

"싸움이 두려워? 우리 지금 싸우고 있는 거야."

"우리가 왜 우리야? 우리라고 부르지 마. 정들어."

"당신이 자꾸 나더러 당신 어쩌고 하면서 우리라고 하잖아."

"어우, 골이야."

둘은 모르고 있었지만, 선거용 투표용지에 찍는 도장의 원 안에 인 모양이 새겨져 있는 것은 민중을 기억하라는 의도가 아니라 무효표를 방지하기 위함이다. 투표 도장이 그냥 원뿐이면 용지를 접었을 때 스탬프가 덜 말라 반대쪽에도 묻어나는 수가 있어 무효표 논란이 발생하게 된다. 따라서 비대칭인 원 안에 사람 인 모양을 넣어 두면 설사 그러한 경우에도 혼동이 없는 것이다. 꿈보다 훌륭한 해몽을 굳이 비난할 수야 없겠지만.

아무튼. 술이란 게 그렇다. 요물이다. 차곡차곡 빈 소주병이 늘어 갈수록 김수영과 오소영의 의식도 하나둘씩 단추들이 풀어지고 있었디.

그러다가 얼마 전 오소영이 '깊은 밤 음악 편지'에 출연했던 것이

화제가 되었다. 김수영은 대학 시절 이미 유명 인사였던 장도준이 김중건 교수의 강의를 수강했다는 사실을 떠올렸다. 장도준이 마약 복용 혐의로 체포되는 광경을 TV 9시 뉴스로 함께 보았을 적에 아버지로부터 그에 관한 이런저런 얘기들을 들을 수 있었던 것이다. 진지한 몇 가지를 제외한 거의 모든 면에서 무심한 김중건 교수가 희대의 괴짜 로커 장도준 학생을 기억하는 것은 대낮에도 술 냄새가 풀풀 나던 불량함 때문만은 아니었다. 한번은 장도준이 손을 번쩍 들고 일어나서 이러더라는 것이다. 헌신하지 않는 역사는 아무 의미가 없습니다. 어차피 모든 역사는 승자의 조작이므로 가치 있는 것을 위해 투쟁하지 않는 역사는 악마의 기록일 뿐입니다. 아버지는 다소간 유치하고 다분히 엉뚱한 열등생에게 이렇게 충고했다고 한다. 자네는 역사가 오용될 수 있다는 점을 명심해야 하네. 그랬더니 장도준이 더 유치하고 더 엉뚱하게, 그러나 어쩐지 거부하기 힘들 만큼 묘한 분위기로 받아치더라는 것이다. 저는 그런 오용이 아름답습니다. 사과나무에는 아무런 의미가 없죠. 빛나는 사과나무에만 의미가 있습니다. 누군가에게 의미를 줄 수가 있습니다. 빛나지 않는 것은 없는 거나 마찬가지입니다. 그러더니, 강의실을 비틀비틀 걸어 나가 버리더라는 것이다. 그것이 김중건 교수가 매스컴에서가 아니라 실제로 본 학생 장도준의 마지막 모습이었다. 매사에 냉정하다 못해 냉소적이기까지 하며 예의와 형식을 무너뜨리는 것을 지극히 싫어하는 김중건 교수가 마약 사범으로 쇠고랑을 찬 제자 장도준을 그런 식으로 회상하는 것을 보면 오래전 그날 그는 그를 무슨 이유로든 나쁘지 않게 봤던 것이 틀림없었다. 김수영에게는 장도준의 기행보다는 오히려 그것을 용인하고 마음에 담아 둔 아버지가 더 인상적이었다.

그런데, 장도준을 심적으로 변호하는 것은 고구려 삼족오의 권위자이자 황혼 이혼남만이 아닌 것 같았다. 오소영이 말했다.

"연예인이 왜 공인인데? 국회의원이 공인이지. 가수야 곡 안 나오면 마약도 하고 그러는 게 가수지. 하여간 이상한 나라야."

"……."

"가까이서 계속 보니까 토할 만큼 재수 없진 않네?"

"왜 그래? 징그럽게."

"기분이다, 용서해 주겠어."

"용서? 당신 참 묘한 여자야. 재수는 없는데 자극적이야. 아줌마. 당신이 없으면 세상이 안 굴러갈 것 같지? 당신이 로봇 태권 브이야? 짱가야? 왜 혼자 세상을 바로잡으려고 그래?"

"나도 잘한 건 아니지. 하지만 사과는 못해."

"나는 당신 같은 사람들이 정의 같지도 않은 정의에 집착하는 거 보면 간에 육수가 차. 정권은요, 5년마다 갈려야 합니다. 왜? 윗대가리들은 다 똑같거든. 개새끼들이거든."

"대박이다. 인간이 완전히 삐뚤어지면 저런 사고방식이 가능해지는구나. 그게 국회의원이 할 소리니?"

"아, 그래서 그만둔다잖아. 세상 다 구하면 전보 쳐. 양로원으로 화환 보낼 테니까."

"……."

"그날 밤 당신이 말하는 걸 들었어."

"그날 밤? 무슨 소리야?"

"정말 한 사람만 끝까지 편들어 주면 사기꾼들에게 굴복하지 않나?"

"……그렇다대. 한 사람만 믿어 주면. 단 한 사람만."

오소영은 왠지 서글퍼진다. 정작 그 이야기를 한 것은 오소영 자신인데 막상 자신에게 단 한 사람이 있는가를 생각해 보니 자신이 없는 것이다. 물론 좋은 사람들의 많은 사랑을 받으며 정치 활동을 이어 가고는 있다. 그러나 막상 은밀한 괴로움은 정신과 의사에게 털어놓는 한심한 처지가 아닌가. 이래서 여자들이 나이 들기 전에 결혼을 하는 것인가? 사르트르가 말한 '타인의 지옥'을 극복하는 자기편을 만들려고? 설마. 그렇다고 해서 인간의 근원적인 고독이 깨어지지는 않을 것이다. 세상에, 내가 왜 이러지? 결혼에 대해 속으로 구시렁대고 있잖아? 왜 이러지?

김수영은 왠지 서글퍼진다. 정작 그 이야기를 꺼낸 것은 자신이지만 오소영의 표정이 너무 어둡다. 문득 왜 저렇게 가냘퍼 보이는지 모르겠다. 겉으로는 굉장히 강한 척하지만 속으로는 약한 여자인 것 같다. 단 한 사람. 김수영은 단 한 사람에 대해서 그토록 확고한 믿음을 가지고 있다는 오소영이 어쩐지 거짓말을 하고 있는 것만 같다. 무사란 무엇인가. 죽음의 공포를 이겨 내 무한한 평화를 얻는 자가 곧 무사다. 그럼에도 불구하고 김수영은 자신이 너무 단순하게 막무가내로 살아오지 않았나 하는 후회가 든다. 그리고 자신이 누구에게 단 한 사람인지, 단 한 사람인 누군가가 자신에게 있는지, 도대체 그런 것을 염두에 두고 나이를 먹기나 했는지 돌이켜

보니 한심하기 짝이 없었다. 물론 주변에 좋은 사람들이 꽤 많았으나 김수영은 이제껏 결국 스스로 단 한 사람이었다. ……단 한 사람. 남녀 간에도 단 한 사람인 사랑이 존재할 수 있을 것인가? 가만. 근데 내가 지금 왜 이런 생각을 하고 있는 거지?

김수영과 비슷한 표정을 짓고 있는 오소영이 김수영에게 불쑥 물었다.

"당신의 내 인생의 책 한 권은 뭐지? 가장 영향 받은 책."

"책 한 권에 의해 인생이 변화 받았노라고 떠벌리는 인간들과는 상종하지 마라. 그들은 언제 너를 책 한 권 정도의 값어치로 팔아넘길지 모른단다."

"웬 찝찝한 명언?"

"어느 위대한 소설가 선생님의 데뷔작 첫 구절이다."

"그럴듯해."

"당신 인생의 책은 자본론?"

"비아냥이 갸륵하네."

"내 인생의 책까지는 아니지만, 굳이 그렇게 꼽자면, 나는 시턴 동물기."

"과연."

"왜?"

"과연 동물다우시다고."

"나는 철들고 나서부터 인간이 동물보다 낫다고 생각한 적 한 번도 없어. 인간이 짐승만큼 아름답고 조화로웠다면 지구가 이렇게 되진 않았겠지. 인간이 짐승보다 열등하다는 건 인류의 역사가 증명한다."

"……."

　사랑? 만약 인간이 동물처럼 순수한 영혼을 지녔다면 인간의 사랑에는 상처를 무릅쓰고 자부심이 가득하리라. 짐승의 사랑에는 진실 말고는 군더더기가 없다. 어떤 남자가 사랑에 빠진 수컷 늑대와 수캐 들처럼 쉴 새 없이 짖어 대겠는가? 또한 바다사자와 말코손바닥사슴처럼 사투를 벌이겠는가? 어느 약아빠진 남자가 사마귀 수컷들처럼 암컷과 사랑을 나눈 뒤 기꺼이 잡아먹히겠는가. 어느 사내가 수벌처럼 여왕벌의 혼인비행에 목숨을 내걸겠는가. 만약 수컷 무당거미처럼 정해진 신호에 따라 아슬아슬하게 거미줄을 타고 암컷에게 접근해야 한다면 그 어떤 남자도 여자에게 다가가지 않을 것이다. 이에 반해 인간의 사랑에는 쓸데없는 맹세와 형식이 많다. 가령 인디언들의 풍속에서 혼기가 찬 처녀는 천막에서 혼자 지내다가 저녁이 되면 신랑감 후보들을 맞아들인다. 각각의 후보는 손에 횃불을 들고 가서 처녀에게 바치는 시를 읊어 그녀를 즐겁게 해 주어야 한다. 남자가 마음에 들 경우 처녀는 입김을 불어 횃불을 끄고 마음에 들지 않으면 횃불을 그대로 둔다. 시 낭송이 끝날 때까지 횃불이 꺼지지 않는 후보는 천막을 나와 그냥 집으로 돌아가야 한다. 시? 횃불? 이 무슨 헛된 상징 놀음이란 말인가? 진리는 단순하다. 사랑이 뭔지 모르고 죽음이 뭔지 모르지만 사랑은 사랑이고 죽음은 죽음이다. 복잡한 건 다 거짓말이다.
　이어서 김수영은 오소영에게 대부분의 사람들이 다 안다고 착각하는 늑대왕 로보의 이야기를 자기 식으로 설명해 주었다. 오소영은 듣는 내내 숙연했으며 종종 고개를 끄덕였다.

그러한 순간순간에 문득문득 김수영은 오소영의 손가락과 귀밑머리를 유심히 본다. 기분이 이상하다. 혼미하다. 저 여자, 참 이상한 여자다. 내가, 지금 이상하다.

김수영은 작은 플라스틱 통에서 약을 꺼낸다.

"뭐야?"

"두통약. 만성이야"

김수영이 소주 한 모금을 볼 안에 채우고는 두통약 쥔 손을 입으로 가져간다.

"술에 약을 먹으면 어떡해!"

오소영이 김수영의 그 손을 강하게 부여잡는다. 횃불을 치켜들듯. 김수영은 너무 놀라 두통약과 소주를 푸— 내뱉으며 신음처럼 이 말도 내뱉는다.

"이 손……."

사람의 앞발은 동물들의 발톱이나 집게, 굽 등과는 달리 손으로 진화했다. 또한 인간의 입은 동물들의 길쭉한 주둥이나 부리 등과는 달리 언저리가 부드러운 구멍으로 진화했다. 게의 단단하고 힘센 집게는 도구나 무기가 될 수 있지만 인간의 손은 무언가를 자르거나 찌르지도 못하며 나뭇가지에 오랫동안 매달릴 수도 없다.

손을 잡고 잡힌 채 얼음이 돼 버린 오소영과 김수영은 어느새 마치 최면에라도 걸린 것처럼 비상식적으로 진화된 인간의 손으로 서로를 쓰다듬으며 인간의 입술과 혀로 열렬히 키스를 나눈다. 인간은 어리석고 삶은 아름답다.

  얼마나 그 지경이었을까. 두 보노보 원숭이는 홀연 스르륵 떨어진다. 정말 술이란 요물 때문이었을까? 아무튼 몽골 대초원의 양들도, 토머스 모어의 인간을 잡아먹는 양 떼도, 쇼펜하우어의 철학적 비관의 대상인 양들도 전부 놀란다. 양의 탈을 쓴 늑대들도 놀란다.
  이것은 우연인가 운명인가? 오소영과 김수영은 진공상태에서 서로를 마주 본다. 얼이 나가 있다. 번개 맞는다는 게 이런 건가. 오소영이 비실비실 읊조린다.
  "……미쳤어. 말도 안 돼……."
  그런데 이건 또 뭔가. 두 보노보 원숭이는 다시 달라붙는다. 마구 키스한다. 얼마를 더 그랬을까. 그러한 시간은 감히 측정할 수가 없다. 김수영의 손목시계는 정신적 충격에 멈춰 있었고 일찍이 멈춰 있던 오소영의 손목시계는 김수영의 바지 주머니 속에서 유리가 깨진 채 들어 있었다. 아까 멤버십 클럽에서 오소영이 활극을 벌이다가 흘린 것을 김수영이 주워 왔는데 돌려준다는 걸 경황이 없어서 그만 까먹은 것이다. 옆으로 샜다가 아무튼. 그쯤 했으면 그만하지, 싶은 순간이 한참 지나쳤을 즈음 둘은 겨우 아무런 합의 없이 멍하니 떨어진다.
  김수영은 스스로 저지른 불가사의 앞에서 어질어질 자문한다.
  "……내, 내가…… 배가 고프다고…… 쥐약을 처먹은 거야?"
  그때. 탁자 위에 놓인 오소영의 핸드폰이 요란하게 울린다. 김수영과 오소영은 범행 현장을 들킨 좀도둑 부부마냥 소스라친다. 그

러니 자고로 겸손해야 하는 것이다. 영원히 시건방질 수 있는 위인
은 없다. 핸드폰 액정에는 정윤희, 세 글자가 둥둥 떠 있다. 엇갈린
사랑의 뽕짝이여, 해괴하기가 짝이 없구나.

김수영은 어서 조심해서 받아 보라는 시늉을 한다. 오소영이 헛기
침으로 대강이나마 정신을 수습하고는 핸드폰을 집어 폴더를 연다.

"네. ……뭐요? 실종?"

"……."

남과 여는 다시 마주 본다. 이곳은 조국을 잃은 시인이 독주에
취해 눕는 마돈나의 침실도 아니요 저 바다를 원망하며 눈물 젖은
손수건을 흔드는 이별의 부산 항구도 아니다. 몽골 초원의 양 꼬치
가 새까맣게 타 버리는 가운데 우주의 모든 별들이 일시에 숨을 죽
이고 귀를 쫑긋 세운다. 오소영의 얼굴이 백지장이다. 김수영은 생
각한다. 지금 이 여자에게 나 말고 또 무슨 사고가 터졌구나. 혼자
서는 도저히 감당할 수 없는 어떤 흉한 일이.

오소영이 떨리는 입술 사이로 겨우 숨을 내뱉자 우주의 모든 별
들이 일시에 재잘거리기 시작한다.

35

　생과 사가 걸리지 않고서야 과연 인간이 어떤 문제로 인해 이토록 돌변할 수 있을 것인가. 김수영은 대한민국 진보 진영의 여장군 오소영이 좀 전 전화 통화 한 방으로 걱정과 초조함에 덜덜 떨며 잉잉 우는 동네 아주머니가 돼 버린 것이 가히 경이롭다.

　로봇 태권 브이에게도 아킬레스건이 있다더니 이 여자에게는 조카가 그런 것인가? 호적에 올려 키우고 있다는 그 어린 조카? 사내아이라고 그랬던가? 아닌가? 김수영은 오소영의 급성 히스테리가 감당키 어려워 아까 몽골 양고기 꼬치집 안에서 벌어진 참사에 대해서는 도통 재고할 여유가 없었다. 타인은 아무리 공감해도 타인일 뿐. 그저 그는 그녀가 가고 있는 그곳이 어디든지 모범택시 뒷좌석에 나란히 앉아 있는 것 외엔 달리 해 줄 수 있는 일이 없었다. 그러면서 또 한편으로 김수영은 이 범상치 않은 여인의 인생 안으로 자신이 서서히 빨려 들고 있다는 야릇한 불안에 사로잡혔다.

오소영이 쉬지 않고 터져 나오는 눈물을 김수영에게서 빌린 손수건으로 틀어막으며 징징거렸다.

"어떡해! 여자애들 납치해서 변태 짓 하는 놈들 많은데!"

"거! 진짜 여편네 입방정은! 위치 추적 같은 거 안 해 놨어?"

조카가 여자애였구나. 김수영은 오소영을 나무라면서도 애써 해결 방법을 구하기 시작했다. 그것이 그녀에게 줄 수 있는 최선의 위로였으리라.

오소영이 김수영의 손수건에 흥, 코를 풀며 딜딜어지게 대답했디.

"어, 없어, 으으, 그런 거 없어."

오소영은 이제 지칠 때가 됐다 싶으면 웬걸 또다시 보리에게 핸드폰을 걸어 댔다. 정상이라면 보리는 하교하자마자 정 보좌관이 좀 놀아 주다가 돌아가고 지금쯤은 『삼국지』를 읽다가 텔레비전을 켜 놓은 채 거실에서 잠들어야 하는 것이다. 보리의 핸드폰은 몇 시간째 신호만 가다 끊어지기를 반복하고 있었다. 정윤희 딴에도 백방으로 수색하다가 정말 어쩔 수 없다 싶어 오소영에게 나쁜 소식을 전한 거였다.

아무리 그렇기로서니 오소영의 호들갑스런 쇼크 상태에는 그녀의 위태로운 정신 병리가 분명히 한몫을 하고 있었다. 오소영은 자신이 평소 보리에게 소홀해서 이런 끔찍한 사고(가 일어나지도 않았는데)가 일어났다고 여겼으며 그것은 언니 오문영에 대한 편집증적 죄책감에 뿌리를 두고 있었던 것이다. 이런 안쓰럽고 답답한 기저 위에서 불길한 상상력은 가지를 뻗고 잎사귀가 퍼지넌서 색의 콩나무처럼 쑥쑥 자라나 푸른 하늘을 검게 가렸다.

경련하는 손끝으로 핸드폰을 떨어뜨리듯 만지고 있는 오소영의
목소리에는 모래가 가득 뿌려져 있었다.

"아앙, 보리, 왜 전화를 안 받니. 응? 보리야, 응?"

"당신, 방금 뭐라고 그랬어?"

"흐흑, 뭐를?"

"딸애 이름, 보리라고?"

"딸이 아니라 조카라니까!"

"에이, 딸이건 조카건 이름이 보리 맞아?"

"당신이 보리를 알아?"

"……정윤희 이거. 어휴."

"정 보좌관은 왜? 대학교 동기라며?"

"대학교 동기가 간첩이라서 그런다."

"간첩? 뭔 소리야?"

"그러게 말이야, 뭔 소릴까요? 어떤 간첩일까요? 노리는 게 뭘까
요?"

"……."

김수영은 우선 눈앞의 화재부터 진압하기로 결정하고 핸드폰을
꺼내 들었다.

"위치 추적 할 수 있어."

"어떻게? 안 된다잖아."

"이 양반아. 내가 방송통신위원회 소속 국회의원이잖아."

권력의 개그적 남용인가? 아니다. 김수영은 정말로 오소영의 인
생에 개입해 버린 것이다. 멍청한 바퀴벌레 한 쌍은 아직까지도 그

사실 자체를 의식하지 못하고 있지만.

바람이 나 술을 마시면 제 어미 아비도 원숭이로 보인다더니만 이 정신 나간 남녀는 초토화된 경황 속에서 자신들 앞에 놓인 장애물을 전혀 감각하지 못하고 있었다. 정치에 조금만 관심이 있는 사람이라면 도저히 모를 수 없는 얼굴들인데 모범택시 안에서 버젓이 이런 무한 각색이 가능한 광경을 연출하고 있다니. 백 마디 말이 필요가 없다. 술에 간이 부어서 조심성을 상실한 것이다.

아니나 다를까. 음흉한 인상의 중년 운전기사가 매의 눈으로 백미러 속 김수영과 오소영을 훔쳐보고 있었다.

36

어두운 마을버스 정류장에서 보리는 전태양을 기다리고 있다. 보리가 태양에게 돈 있느냐고 물어봤던 것은 직접 아이스크림 사 먹을 돈이 없어서가 아니라 자고로 아가씨는 애인이 한밤중에 사다 주는 아이스크림을 먹어야 어디 가서 내가 연애 좀 해 봤다고 말할 수 있다는 보리 나름의 원칙 때문이었다.

반면 아이스크림 전문점을 나와 딸기 아이스크림콘을 무슨 촛불 처럼 고이 받쳐 든 채 걷고 있는 전태양은 귀여운 뽀뽀뽀 친구에게 좌지우지되고 있는 게 뭐가 뭔지 어리둥절했다. 그래서 옛말에 그러 잖은가. 임자 만났다고.

저기 오는 게 오빠가? 눈빛을 또랑또랑 밝히고 있는 보리의 뒷모 습을 수풀 속에서 주시하고 있는 한 사내가 마취 약을 적신 거즈를 살포시 쥐고 있다.

전태양은 이리 늦은 시각에도 아이스크림 전문점이 문을 연다는 것이 충격이었다. 그 이유를 가만 보니 약주를 거나하게 걸친 가장들이 불 켜진 아이스크림 전문점 앞에서 토끼 같은 자식들과 여우 같은 마누라가 떠올라 문득 발길을 멈추는 데 그 문득이 상상 이상으로 많은 것이다. 전태양은 불현듯 쓸쓸해졌다. 내 아버지는 왜 그랬을까. 그는 무엇이 그렇게 고통스러워서 자신과 가족을 파괴하다가 결국 그렇게 객사했을까. 잊자. 돌아가신 사범님 말씀대로 이해할 수 없는 것들은 이해할 수 있을 때까지 잊는 것이다. 잊자.

보통의 유괴 수순을 한참 넘어서는 포스를 내뿜으며 사내는 보리의 앙증맞은 목덜미로 다가가고 있다. 거리에서 새어 나오는 조명에 반쯤 드러난 실루엣, 하얀 이빨을 드러낸 좌절한 소피스트 같은 그 얼굴은 바로 꽃미남이다.

그때. 전태양이 딸기 아이스크림콘을 들고 나타나자 꽃미남은 다시금 캄캄한 수풀 속으로 움츠려 들어간다.

전태양은 딸기 아이스크림콘을 보면서 생각한다, 왜 여자애들은 유독 딸기와 같은 것들을 좋아하는가. 남자애들은 장난감도 칼, 총, 탱크, 전투기 같은 것들만 찾고 파란 상어가 그려진 티셔츠에 환장하는데 여자애들은 노상 꽃무늬 레이스가 달린 분홍색 발레복을 입고 빙그르르 돈다. 대체 쪼끄만 것들이 뭘 안다고 벌써부터 남자와 여자로 휴전선이 지나가듯 갈라설까.

보리는 무심한 표정으로 딸기 아이스크림콘을 건네받는다. 전태양은 자신보다 훨씬 지능이 뛰어난 꼬마 숙녀에게 간절히 말한다.

"자. 됐지? 데려다 줄게 이젠 정말 집에 가는 거다?"

"맛을 보고 얘기합시다. 맛을 보고."

그때. 모범택시가 급정거하자마자 오소영과 김수영이 그 안에서 황급히 내린다.

"아. 야! 보리! 너!"

오소영이 숨이 막혀 소리친다.

야단맞을 겨를도 없이, 보리와 전태양이 오소영과 김수영을 뜨악하게 쳐다본다.

"형? 형!"

"이모?"

순간. 오소영과 김수영은 입술이 바싹 마르며 아뿔싸, 싶다. 홀딱 벗은 둘이서 손을 꼭 잡고 광화문 네거리 한복판에 선 그런 기분이었을 것이다.

전태양이 팔짱을 끼며 묻는다.

"어떻게 원수끼리 붙어 있어요?"

보리가 딸기 아이스크림콘을 핥으며 묻는다.

"어휴, 술 냄새. 같이 마셨나 봐?"

오소영과 김수영은 사이좋게 무좀약 나눠 찍어 먹은 벙어리다.

"……."

"……."

그런데, 신혼 첫날밤 대판 싸우고 호텔 방 변기 막힌다고, 김수영과 오소영, 전태양과 보리가 인기척이 나는 쪽을 동시에 보게 되는데, 거기 정윤희 보좌관이 떵, 서늘하게 서 있다.

"……위치 추적 됐다고 암만 전활 드려도 통화 중이라, 근데, 두 분, 어떻게 된 거예요?"

“……”

“……”

정 보좌관과 전태양과 보리는 해명을 기다리고 있다. 태풍의 눈 속에 나란히 서 있는 남과 여, 김수영과 오소영은 완전 공황 상태에 빠진다.

뒤편 수풀 속에서 무언가 부스럭거리는 소리. 보리만 그곳을 힐끔 본다. 고양인가?

37

씩씩거리며 어둠 속을 잰걸음으로 헤쳐 나가는 꽃미남의 동공에 파란 불똥이 튀었다. 그는 얼마나 화가 났는지 살이 문드러지고 뼈에 금이 가는 것 같았다. 지난번 오소영의 아파트 주차장에서의 삼류 코미디도 모자라 이번 이 개아수라장은 또 뭐란 말인가. 얼토당토않아 보이는 우연에 의해 자꾸만 거슬러지는 운명의 흐름이 꽃미남은 어째 석연치가 않았다.

화약고가 무서운 것인가 불길이 무서운 것인가. 꽃미남이 누구던가. 현실에서는 신이 보호하는 아들이며 현실의 이면에서는 신의 현현이다. 그는 위험성으로만 따져 본다면 인간이 아니라 인간이 야기할 수 있는 가장 지독한 위험에 가까웠다. 무자비한 폭력의 적자이며 자신만이 존귀한 분노가 아니었던가. 그런데 그러한 그가 금치산자들의 장난질만도 못해 보이는 소동극(小童劇)에 치여 막중하고 도저한 계획을 거듭 실패하고 있는 것이다. 이 사실을 붉은 수염이 알게 된다면 얼마나 비웃을 것인가. 꽃미남은 쥐구멍을 만들어서라도 숨고 싶었다. 안 되겠어. 다 죽여 버려야겠어. 다. 나중엔 붉은 수염까지도. 꽃미남의 목구멍 저 깊은 곳에서 피가 벌레처럼 스멀스멀 기어올랐다. 환멸이 칼끝으로 얼굴을 가리고 백합꽃은 시들어 시체 냄새를 풍기고 있었다. 꽃미남은 어서 오피스텔로 돌아가 게르마니아의 총통이 남긴 『나의 투쟁』 양장본 독일어 원서를 펼치고 싶었다. 그것을 읽고 있노라면 마음이 안정됐기 때문이다.

한편 국립과학수사연구소에서는 일선 신림동 신축 건물 가스폭발 사건을 비밀리에 재조사하던 중 그것이 단순 사고가 아니라 정교한 시한폭탄으로 저질러진 구라파식 테러라고 잠정 결론 내렸다. 누군가 불법 무기를 제조하는 집단을 무슨 이유에서인지 화염으로 왕창 날려 버린 것이다. 그 누군가를 추적하고 있는 이 방면의 베테랑은 한상길 형사 반장이었다. 그의 추리는 화마가 쓸고 간 폐허의 그을음 속에서 종잡을 수 없는 범인의 그림자를 매만진 순간부터 미궁에 갇혀 버렸다. 그럼에도 한상길은 막막함에 부딪히면 부딪힐수록 절대 포기해서는 안 된다고 다짐하고 또 다짐했다. 왜냐하면 자신이 이제껏 경험했던 그 어떤 악당보다도 더 기상천외한 괴물과 마주하고 있음을 직감했기 때문이다. 그렇다. 만약 신이 있다면 오직 신만이 알고 있는 진실이 있었다. 진실? 그래, 진실. 꽃미남의 병든 영혼은 이중의 구조로 행동을 자각하고 기억을 왜곡하도록 착종돼 있었다. 그는 자신이 신림동 신축 건물에 시한폭탄을 터뜨린 것 자체를 잊고서 그 자리에 대신 신의 목소리를 채워 넣었던 것마저도 역시 잊어버렸던 것이다. 이것이 꽃미남이 위험한 진짜 이유였다. 악마의 소행이어도 부족한 마당에 신의 계시라니. 세계대전의 원흉 히로히토 천황의 연호는 소화(昭和) ― 평화를 드러내 명백히 한다 ― 였다. 이러한 뻔뻔한 아이러니가 요즘도 도처에 흔한 것이다. 꽃미남의 이름은 안창식이었다. 안창식은 안창식이라는 존재를 잃어버렸다. 그는 왜 자신으로부터 도망친 광인이 되었는가. 그것은 이 잘난 대한민국이 대답해 줄 문제이다. 더 이상 안창식이 아닌 안창식은 역겨운 대한민국에 대한 칠흑 같은 질문인 것이다. 불길은 서서히 화약고로 다가가고 있었다.

꽃미남은 어둠을 벗어나 불야성의 인파 속으로 섞여 들어갔다.

38

　김수영이 관장이 되고 전태양이 사범이 되면서부터 둘은 김수영이 혼자 살던 아파트에서 동거를 시작했다. 영검관 사무실 간이침대에서 잠을 자는 전태양이 안쓰러워 내린 결정이었으나 김수영은 전태양의 음식 솜씨에 홀딱 반하는 바람에 본래의 홍익인간적인 취지와 과정은 홀딱 까먹은 채 혹시 전태양이 도로 나간다고 하면 어쩌나 싶어 전전긍긍할 지경이었다. 요리도 음악처럼 재능이라더니 전태양은 검도 사범을 관두고 요리사가 되어도 충분히 대성할 만하였다. 서점에서 두꺼운 요리책 하날 사 오더니 슬렁슬렁 넘기면서 한식 중식 일식 양식 퓨전 가릴 것 없이 첨 본 메뉴들을 척척 차려 내놓는 마법 앞에서 김수영은 잠깐 이런 생각을 했다. 저 자식이 여자였다면 내가 결혼했을까? 그러다 이게 뭔가 싶어서 머리를 절레절레 휘저었던 것이다.

　하여간 전태양이 억지로 깨워 앉혀 놓은 아침 식탁 앞에서 김수영은 마음이 바늘방석이었다. 당연하지. 어젯밤에 오소영과 그 생쇼를 벌이고 간신히 허겁지겁 무대를 얼버무리며 내려와 버렸으니. 전태양은 북엇국을 끓여 내놓고 맞은편에 앉아 숟갈을 잡는다. 고개를 좀 숙인 김수영은 전태양의 눈치를 살피느라 밥을 먹는 것도 잊고 있다.

전태양이 단검 날리듯 말을 던진다.

"형."

배에 칼을 맞은 김수영은 뜨끔하다. 괜히 국회의원인가. 오리발을 꺼내야 한다.

"어! 그래. 태양아."

"……."

둘은 맹하게 서로를 마주 본다. 침묵이 괴로운 김수영이 뭔가 다른 변명을 끄집어내려는데 전태양이 가로막는다.

"사람 너무 미워하지 마요."

"내, 내가 널 왜 미워해 인마. 사랑합니다. 사범님."

전태양이 똥 마려운 표정을 짓고 있는 김수영을 보면서 갸우뚱한다. 김수영은 그 갸우뚱이 마치 물고문 같다. 차라리 확 불어 버리는 게 낫겠다 싶은데 전태양이 김수영의 배에 꽂힌 단도를 쓰윽 뺀다.

"……참. 이상하시네, 진짜. 쥐약을 드셨나."

"어허, 이놈이."

"밤새 그 여자 이름 부르면서 잠꼬대하던데?"

윽. 전태양이 찔렀던 데에 다시 칼을 더 깊숙이 밀어 넣는다. 김수영은 아찔하다. 내가 꿈에서 오소영을 찾았다는 것이다. 내가?

내가? 내가 왜? 대체 왜?

“내, 내가?”

“그럼 내가 그랬겠어요?”

“……왜…… 내가…….”

전태양이 이미 모든 것을 알고 있다는 듯 김수영을 뚫어져라 쳐다본다. 김수영의 이마가 식은땀으로 번들거린다.

“왜 그랬는지 정말 몰라서 그러는 거예요?”

“…….”

전직 불량 청소년이자 현직 검도 사범이 전직 판사이자 현직 국회의원 겸 바지 관장에게 타이른다.

“얼마나 증오하면 꿈속에서까지 그러느냐고. 어제 술 마시고 덮기로 했다면서 남자가 말만 그러면 돼요?”

평소 같았으면 조그만 녀석이 감히 어른을 가르치는 거냐고 혼냈겠으나 지금은 저런 뜻깊은 일침을 가해 주시는 전태양 님이 너무 고맙고 사랑스럽고 정말 저놈이 여자라면 확 결혼해 버릴 수도 있을 것만 같다.

“그, 그래. 네 말이 옳다.”

전태양은 순순히 수긍하는 김수영이 그로테스크하다.

“……참. 뭔 일이시래. 내 말을 다 듣고.”

김수영은 한시라도 빨리 말머리를 돌려 이 위기에서 벗어나는 것이 우선이라고 생각한다.

“북엇국이 시원하다. 태양아.”

“……형. 아직 그거 한 숟갈도 안 떠먹었잖아요.”

“어?”

“······.”

“어. ······꼭 떠먹어야 아냐? 맛있는 건 색깔만 봐도 아는 거야. 너는 요리의 천재 아니냐. 으앗, 뜨거!”

“······.”

복날 개처럼 혀를 내놓고 학학거리는 김수영이 전태양은 경이롭다.

“혀 데었다. 하아. 하아.”

김수영은 자신의 경박함을 자책할 겨를조차 없었으나 늪에 빠진 기린처럼 허우적대는 그에게 전태양이 진지하게 손을 내민다.

“형은 판사 하던 때가 좋았어요, 아니면 국회의원 하는 지금이 더 나아요?”

김수영이 얼른 오리발을 왼쪽 가슴에 대면서 대답한다.

“좋으면 그만두겠다고 하겠냐? 판사는 흉악한 놈들 자꾸 봐서 싫었고. 그런 건 왜?”

“그냥. 갑자기 뭐가 행복한 건가 싶어서.”

“어린놈이 아침부터 노인네처럼. 태양아.”

“네, 형.”

“형은 어쨌거나 국회의원인데 말이야.”

“······.”

“······인생이 민주주의가 아닌 거 같다.”

“······무슨 뜻이에요?”

“막 돌아가. 인생이.”

“?”

39

인생이 막 돌아가는 것은 맞지만 누구든 그 인생에 대해서는 책
임을 져야 한다. 대충 넘어가면 반드시 나중에 대가를 치르게 되는
것이 세상 이치인 것이다. 예를 들어, 옷깃만 스쳐도 인연이라는데
그 인연을 옷깃만 스친 것으로 끝내려는 남녀가 여기 있다. 그것도
옷깃만 스친 것이 아니라 끌어안고 키스하고 난리 부르스를 췄는데
대충 없었던 일로 덮어 버리는 게 과연 가능할 것인가.

정말 김수영은 그렇게 아무 일도 없는 것으로 만들고 싶은 것인
가. 오소영도 진정 그러고 싶은 것인가. 그것을 확인할 수 있는 기
회는 당연히 빠르게 다가왔다. 국회의원 회관의 긴 복도를 김수영
이 지나가고 있는데 저쪽에서 오소영이 곧장 걸어오는 것이다. 김수
영은 벌판에서 달랑 소총 하나를 들고 적의 탱크와 마주친 것처럼
당황했다. 인사를 해야 하나? 말아야 하나? 약간만 할까? 약간? 약
간만 인사를 한다고? 어떻게 하는 게 약간 인사하는 거지? 어어어.

점점 가까워진다. 가까워져.

김수영이 그렇게 버벅거리고 있는 사이 무표정한 오소영이 벌써 몇 발짝 앞이다. 찌릿한 김수영이 지질하게 머뭇머뭇 뭔가 말을 붙여 보려고 하는데 오소영이 바로 쌩 까고 지나쳐 버린다.

김수영은 오소영의 뒷모습을 바라본다. 점점 멀어져 간다. 옷깃을 스친 우연이 운명이 안 되고 사그라진다. 복도가 바다 수평선 저 너머 같다. 가슴이 싸늘해지는 김수영은 정색이 되더니 뒤돌아서 간다.

오소영이 스르륵 발걸음을 멈춘다. 그러고는 멈칫멈칫 뒤돌아선다. 멀어지는 김수영의 뒷모습. 왜일까. 오소영의 얼굴에 슬픔이 번진다. 뒤돌아서 우연으로 걸어가는 그녀의 진심은 뭘까. 그때. 오소영은 핸드폰 문자를 확인한다. 문봉식의 인턴 직원인 이여진의 연락이다. 오소영이 입술을 깨문다.

40

송 보좌관은 예의 그 소심하고 우울한 관상으로 최고급 중국집 룸 앞에 청초하게 서서 망을 보고 있다. 돈 많은 집안에 태어나 잘난 부모 밑에서 높은 교육을 받았음에도 절대 정의롭지 못한, 지금 기름진 고급 요리들을 앞에 놓고 인턴 여직원에게 강력하고 은밀한 소통을 밀어붙이고 있는 내 국회의원 나리께서는 그 얼마나 개새끼인가. 송 보좌관은 불쑥 주제넘게 화가 치밀었지만, 세상의 파도를 거슬러서는 안 된다, 누구도 내게 용기를 내라는 둥 미친 요구를 할 자격은 없다, 고 홍알거렸다. 별수 있나. 전 인류가 다 비겁한데 뭘.

세상사에는 항상 고비가 있기 마련이다. 하지만 그때마다 중요한 선택을 내림으로써 좋은 일은 나쁜 일이 되고 나쁜 일은 좋은 일이 되기도 한다. 오소영은 이여진에게 말했었다. 네가 억울한 건 맞아. 하지만 끝까지 정신을 똑바로 차렸다면 처지가 이렇게까지 지저분해지지는 않았을 거야. 누군가 너를 가난하게 만들 수 있다. 누군가 너를 강등시킬 수도 있지. 그러나 네가 모든 것을 내려놓았을 때까지도 너를 좌지우지할 수는 없어. 죽느냐 사느냐가 아니었다면 그건 어쨌든 선택의 문제다. 네 인생의 주인은 너야. 넌 자유인이다.

얼굴을 가린 이여진의 손가락 사이에선 눈물이 배어 나오고 있었다. 이에 문봉식이 친오라버니처럼 속삭였다.

"아나운서 되려면 내 말 들어. 내일 MBS 사장이랑 밥 먹는다니까."

이여진이 가냘픈 음성으로 말했다.

"저, 아나운서 안 해요."

문봉식이 애국 조회 단상에 오른 교장처럼 말했다.

"꿈을 포기하면 안 돼!"

그때, 룸 밖에서 송 보좌관의 비명이 들린다. 그가 앞을 가로막자 오소영이 조인트를 깐 것이다.

문이 팡 열리면서 빨간 소화기를 들고 있는 오소영이 등장한다. 송 보좌관은 정강이를 감싸며 절룩절룩 뒤쫓아 들어온다. 상황도 상황이려니와 번뜩이는 소화기에 식겁하는 문봉식. 이여진이 미소를 띤다.

문봉식이 코브라에게 악수를 청하는 청개구리처럼 말한다.

"오, 오 의원. 여, 여긴 어떻게."

코브라가 말한다.

"너 나 요즘 유명해진 거 알지? 나보다 더 유명하게 만들어 줄까?"

"응. 응? 아! 아니!"

"나나 좀 아나운서 시켜 줘 봐. 왜? 난 늙어서 안 되겠니?"

"오, 오해야, 오 의원."

"오해? 뭐가 오해야? 내가 늙은 게 오해야?"

"아, 아니."

"뭐야? 내가 늙었어?"

"네? 아니."

"안 늙었어?"

"아, 아니요. 네?"

"한국말 몰라? 늙었다는 거야, 안 늙었다는 거야?"

"안, 안 늙었습니다."

"으이구, 고맙다. 하핫. 눈물 나게 고마워. 여진 씨. 비켜."

"오 의원!"

"변태 새끼. 이거나 먹어."

오소영이 소화기를 발사한다.

"아악!"

강력한 소화액 줄기에 맞아 탁자에 앉은 채로 뒤로 나자빠지면서, 쭉쭉 그 소화액에 밀리고 덮이면서, 초고속으로 새하얀 눈사람이 돼 버리는 새한국당 국회의원 문봉식. 그 광경을 담담히 지켜보고 있는 이여진. 떡 벌어진 입을 다물지 못하는 송 보좌관. 오소영이 텅 빈 소화기를 바닥에 내려놓는다.

41

국회의원 전용 주차장에서 오소영이 정의의 소화기를 평화의 상
징 중고 아반떼 트렁크 안에 집어넣는다. 얼핏 새 소화기들이 서너
개 보인다. 진보노동당 대표께서는 빨간 소화기 마니아인 것이다.
아닌가? 빨간 소화기만 잡으면 돌아 버리는 헐크인가? 혹시, 빨간
소화기 패티시?

트렁크를 탕, 닫는 오소영. 그런데 인기척이 나는 방향의 풍경이
흥미롭다.

저쪽에서 얘길 나누며 걸어오는 고동숙과 손 보좌관과 정 보좌
관. 반대편에서 얘길 나누며 걸어오고 있는 김수영과 맹 보좌관.

순간. 고동숙, 왼발 하이힐이 부러지면서 접질린다. 오소영과 눈
이 딱 마주친 김수영, 거침없이 고동숙에게로 간다. 이게 웬 기회
냐. 복수를 하려는 것이다. 누구에게? 무엇으로?

"고 의원님. 괜찮으세요?"

"아악! 아파요. 으잉."

김수영이 고동숙의 눈을 지그시 들여다보면서 말한다.

"고 의원님. 저 믿으시죠?"

고동숙이 김수영의 눈 속에 빠져들면서 말한다.

"……네? 네에."

"그럼 갑니다."

"엄마야."

김수영이 고동숙을 번쩍 들어 올려 인디니 드넓은 주차장을 터미네이터처럼 저벅저벅 시원스레 가로질러 고동숙의 차 앞에 당도한다. 고동숙은 김수영의 가슴팍에 포근히 파묻혀 완전 황홀 뿅 가 있다. 김수영이 손윤기에게 말한다.

"어이, 거기 잘생기고 힘없는 총각."

손 보좌관은 멍하다.

김수영이 다시 말한다.

"뭐해? 튀어 와 차문 열어."

고동숙은 하염없이 김수영에게 꼬옥 안겨 있다.

"나 무겁죠?"

"꽃 한 송이가 무거워 봐야 얼마나 무겁겠습니까."

"아아. 저는 이념과 정당을 떠나서 김 의원님을 지지해요."

"그 따뜻함, 항상 느끼고 있었습니다."

"오 대표는 너무 과격해. 제가 대신 사과드려도 될까요?"

"고 의원님. 미모만큼이나 인산에 내한 이해가 탁월하세요. 지, 매혹당하고 말았습니다."

"김 의원님."

맹 보좌관은 헛웃음이 터진다. 달려와 차의 뒷문을 여는 손 보좌관. 쿠션 위에 고동숙을 사뿐히 내려놓는 김수영. 천천히 다가오는 오소영과 정 보좌관, 둘 다 낯빛이 그다지 유쾌하지는 않다. 피식, 쪼개며 맹 보좌관을 데리고 자신의 BMW로 가 버리는 김수영.

마치 본드를 마시고 시를 읊는 여고생 같은 고동숙.

"미스터 김, 대박이다! 자기야. 어떡하니, 어떡하니, 진짜."

오소영은 급정색한다. 질투인가? 김수영의 복수가 통한 건가?

"존경할 수 없는 고 의원님. 적과 동지도 구분 못하면서 어떻게 민중을 위해 일하려고 그래? 각성하세요. 이건 당 대표로서 주는 경고야."

"자, 자기야. 그러지 마, 무서워. 자기, 공산당 같애."

"자기야라고 하지 마! 재수 없어!"

"나 자르면 우리 당에 국회의원 자기 하나면서. 씨."

시험에 들게 하지 마옵시며 다만 악에서 구하옵소서. 이래서 주기도문에 그런 구절이 있는 것이다. 통했다. 김수영의 복수가. 왜 통했을까?

오소영을 빤히 보는 정 보좌관과 손 보좌관과 고동숙. 홍 기사가 운전하는 김수영의 BMW가 주차장을 휘이잉— 빠져나간다. 스쳐 가 버리는 차창 안 김수영의 무표정한 옆얼굴. 오소영은 BMW의 꽁무니를 노려본다. 정 보좌관은 그러는 오소영을 유심히 본다.

42

깊은 밤 김수영은 사춘기 소년처럼 막연한 불안과 초조에 뒤척이고 있었다. 시치미를 뚝 떼고 서로의 속을 헤집어 놓는 고약한 놀음이 대찬 연애의 시작이라면 그는 이제 더 이상 스스로를 속일 입장이 못 되었다. 하지만 정말 그렇다면 이거야말로 경을 칠 불장난이 아닌가. 상대가 누군지 상대인들 모를 리가 없는 것이다.

신경은 극도로 날카로워져 천 리 밖에서 바늘 떨어지는 소리마저 들릴 것 같고 인간사의 모든 순리들이 빠짐없이 귀찮아진다. 머리 하나로야 모르는 게 없지. 다만 마음이 그 머리를 포함한 몸 전체를 희한하게 엉뚱한 곳으로 꿈틀꿈틀 이끌고 간다. 그리고 무엇보다 궁금한 게 있다. 당장 이 자리에서 총을 맞아 죽어도 알고 싶은 것. 그 여자는 지금 어떨까? 나와 같을까, 다를까? 내 생각은 아예 안 할까? 진짜? 진짜? 실마. ……낮에 질투를 일으킨 게 맞기는 맞을까? 근데. 내가 왜 이런 생각을 하고 있는 거지? 왜 괴로운 거지? 뭐가 이렇게 복잡하지? 연애를 안 해 본 것도 아니고, 이 나이에, 이 사회적 위치에, 그런 최악의 궁합을 총체적으로 완벽히 갖춘 괴짜와…… 그러네. 맞네. 내가 미친 거네. 악독 좌파 여성 당수의 소화기에 다림질당해 청사에 길이길이 새겨지고도 불타는 개망신의 연대기가 아직 부족하단 말인가? 연애란 건 지난번 그 길을 수백 번 다시 오간다고 해도 결코 익숙해지거나 면역이 길러지지 않는가 보다. 가만. 연애? 연애라고? 으아, 내가 정말 돌았구나. 돌았어.

참아 내기 불가능한 번민과 망상 속에서 김수영은 기어이 결론에 도달했다. 직접 부딪쳐 보는 수밖에 없다고. 그것이 나답다고. 김수영은 대강 옷을 챙겨 입고는 건넌방에서 쿨쿨 자고 있는 전태양이 깨어날까 봐 좀도둑마냥 살금살금 아파트 문을 나선다.

43

오소영은 새근거리는 보리를 등 뒤에서 껴안은 채 잠을 못 이루
고 있다. 국회 주차장에서의 제 유치했던 행동이 도무지 이해가 되
지 않는 것이다. 아니다. 꿩은 포수의 총구 앞에서 대가리를 땅에
처박고 엉덩이를 높이 쳐든 채로 전신이 숨은 줄 착각하는 법. 이해
가 안 되는 게 아니라 이해하고 싶지가 않아서 힘겨워하는 것이다.
공연히 화가 치미는 가운데 김수영의 얼굴이 어른거리는 게 설마
반가운 건 아닌지 오소영은 섬뜩하기까지 하다. 말도 안 돼. 상대가
누군가. 내가 누군가. 천인공노할 스캔들이야. 그럼. 그럼. ……하지
만 이 감정이 너무 쓰리다. 머릿속 가득 톱밥이 날리는 것처럼 혼곤
하고 가슴은 천공이 난 듯 아프다. 아, 끌어안은 보리의 똑딱이는
심장과 예쁜 숨결이 천만다행 위로가 되는구나. 이 애가 내게 이런
존재였구나. 이래서 엄마들이 딸을 낳니 봬. 그때. 베갯머리에 놓인
핸드폰이 진동한다. 오소영은 떨리는 손끝으로 핸드폰을 들고 보리

의 방을 나선다. 스탠드 조명 밑 작은 액자 안에서 언니 오문영이 갓난아기 보리를 보듬어 안은 채 오소영의 경직된 뒷모습에 미소를 보내고 있다.

마루에 종종대며 선 오소영은 진동하는 핸드폰의 폴더를 열었다 닫았다 하며 통화 버튼을 누를까 말까 망설인다. 미쳤나 봐. 내가 정말 미쳤나 봐. 오소영이 핸드폰을 죽은 쥐 던지듯 소파 위에 던져 놓는다.

죽은 쥐가 소파 위에서 진동한다. 손톱을 물어뜯으며 그것을 골똘히 내려다보고 있는 오소영. 순간. 죽은 쥐가 진동을 멈춘다.

왜일까. 오소영의 얼굴에 짙은 실망의 그림자가 번진다.

고요한 핸드폰. 고요한 거실. 고요한 아파트.

보리의 방으로 들어가려 핸드폰에게서 맥없이 등을 돌리는 오소영.

드르르— 다시 떨기 시작하는 죽은 쥐.

휙 뒤돌아보는 오소영은 기쁜 표정이지만 그러나 이내 하늘이 무너지는 것 같은 한숨을 내쉰다.

드르륵, 드르륵, 반짝반짝, 진동하는 핸드폰. 울상인 오소영은 차마 소리는 지르지 못하고 입만 크게 벌린 채 머리를 쥐어뜯는다.

44

또다시 오소영의 아파트 주차장 한구석이다. 삐쩍 마른 가로등의 엷은 빛이 소심하게 비추는 가운데 오소영과 김수영은 백척간두 위에서 마주 보고 있다. 오소영은 무표정하지만 언뜻언뜻 위태로운 심경이 드러나는 반면 김수영은 여유로우면서도 결연한 분위기다.

오소영이 공격 같은 방어를 시도한다.

"뭐하자는 짓이야?"

둘 사이에 조금 지루하다 싶을 만큼의 침묵이 흐른다.

"왜 왔는지 모르겠지만 돌아가. 또 망신당하기 전에."

"아아. 정의의 손전등? 오라 그래."

"뭐?"

"민주 투사인지 주책바가진지 부르라고. 그 주제넘은 수위 아저씨 똘마니 노릇 한다는 얼빠진 순경들까지 싹 다 불러. 싹 다 죽여 버리고 내일 신문 사회면에 대문짝만하게 나오는 게 내 소원이니까. 어서 불러."

"……어이가 없다. 잊었어? 우리는 아무 일 없었던 걸로 하기로 한 거?"

"어떤 일? 액션 버전을 말하는 거야, 에로 버전을 말하는 거야?"

"장난치지 마."

"보고 싶어서 왔어."

"뭐?"

"못 보면 죽을 거 같아서 왔다."

"……우, 웃겨."

"안 웃긴 거 알아. 사귀자."

"미쳤어?"

"응. 사귀자."

"정말 미쳤구나?"

"그 여자 참. 미쳤다니까. 같은 말 여러 번 하게 하네."

"미쳤어. 정말."

"애인 생기면 제일 하고 싶었던 게 뭐야? 그것부터 하자."

"……미쳤어."

스탕달은 이렇게 말했다. 연애는 열병과 같은 것이어서 의지와는 아무 상관 없이 생겨났다가 사라진다. 결국 나이와는 상관이 없는 것이다. 내게 있어 연애는 항상 최대의 사업이었다. 아니 유일한 사업이었다, 라고.

운명 같은 우연처럼 마주 서 있는 대한민국의 보수 여당 소속 국

회의원과 대한민국의 진보 야당 소속 국회의원이자 당 대표를 불안
하고 불온한 봄바람이 우연 같은 운명처럼 쓸고 지나간다.

45

셰익스피어의 『로미오와 줄리엣』은 세계에서 가장 유명한 러브 스토리다. 그렇지만 로미오와 줄리엣이 얼마간 사랑했는지를 정확히 알고 있는 사람은 별로 없다.

첫째 날, 캐풀렛 가의 가장무도회에서 두 사람은 처음 만나 발코니에서 연분을 맺는다.

둘째 날, 로미오와 줄리엣은 로렌스 신부 앞에서 결혼하지만 로미오는 돌아오는 길에 줄리엣의 사촌 티볼트를 죽이고 만다.

셋째 날, 로미오는 살인죄로 추방당하여 줄리엣을 떠나게 되고 줄리엣은 패리스 백작과의 결혼을 강요받는다.

넷째 날, 패리스 백작과의 결혼을 피하기 위해 줄리엣은 약물로 자살을 가장한다. 나중에 로미오와 함께 도망치려는 것이다.

다섯째 날, 로렌스 신부를 통해 전하려던 줄리엣의 메시지는 로미오에게 닿지 못한다. 줄리엣이 죽었다고 생각한 로미오는 자살한다. 가사 상태에서 깨어난 줄리엣은 로미오가 죽은 것을 보고는 그 자리에서 따라 죽는다.

그러니까, 기껏 5일간이다. 5일간.

김수영과 오소영의 사랑은 얼마나 갈까? 어쩐지 이 둘의 사랑은 로미오와 줄리엣의 사랑 못지않게 순탄치 않을 것 같다. 여기는 대한민국이니까. 김수영은 새한국당의 국회의원이고 오소영은 진보노동당의 국회의원이자 당 대표니까. 이들의 사랑은 대한민국처럼 희극적이어서 로미오와 줄리엣의 그것보다 훨씬 더 비극적으로 보인다.

아무튼. CGV 영화관 스크린에는 애틋한 멜로 영화가 펼쳐지고 있다. 그런데 김수영은 무슨 지명수배자처럼 야구 모자를 푹 눌러쓰고 맨 앞에서 네 번째 줄의 뚱보 아줌마들 사이에 콕 박혀 있고 오소영은 무슨 매 맞은 복부인처럼 커다란 선글라스를 끼고 맨 뒤에서 네 번째 줄 다정한 두 쌍의 남녀 사이에 딱 끼어 있다.

오소영의 좌우로는 오소영이 누구인지도 모르고 오소영에게 힐끔힐끔 피식피식거리는 행복한 두 커플이 있다. 재건축 아파트 부녀회장 포스를 내뿜는 아주머니가 자꾸 오소영 쪽을 뒤돌아보는 김수영에게 눈치를 주다 못해 팔꿈치로 가격하자 김수영은 찍소리도 못 내고 찌그러진다.

결국 오소영은 통로 편 커플에게 사과를 하며 상영관 밖으로 빠져나간다. 김수영은 그러는 오소영을 발견하고는 통로 편 아줌마들에게 욕을 바가지로 먹으며 상영관 밖으로 빠져나간다. 아, 이 추접한 사랑의 고통을 로미오와 줄리엣 따위가 알 턱이 있겠는가.

46

잡념의 연금술사 니체 선생은 인간이라는 괴물에 대해서만 연구
했던 것은 아니다. 그는 인간이라는 괴물의 가장 큰 관심사인 사랑
에 대해서도 많은 연구를 한 바 있다. 그는 이렇게 설교했다. 사랑
이라는 것은 젊고 아름다운 사람을 사랑하여 손에 넣고자 하거나
훌륭한 사람을 어떻게든 자신의 것으로 만들어 그 영향권 아래 두
려고 하는 것이 아니다. 또한 사랑한다는 것은 자신과 비슷한 자를
찾거나 슬픔을 나누는 것도 아니며 자신을 사랑하는 사람을 기꺼
이 받아들이는 것도 아니다. 사랑한다는 것은 자신과는 완전히 정
반대의 삶을 사는 사람을 그 상태 그대로, 자신과는 반대의 감성을
가진 사람을 그 감성 그대로 기뻐하는 것이다. 사랑을 이용하여 두
사람의 차이를 메우거나 어느 한쪽을 움츠러들게 하는 게 아니라
두 사람 모두 있는 그대로 기뻐하는 것이 사랑이다, 라고. 그러나
이런 멋진 말을 늘어놓은 니체는 이탈리아 토리노에서 갑자기 말에

게 달려들어 키스한 후 오랜 기간 정신병을 앓았으며 서서히 의식 불명 상태로 빠져들었다. 그것은 매독균이 뇌를 파먹어서였으니 사랑에 대해 논하는 것도, 사랑하는 것만큼이나 미치광이가 되기 전에는 불가능한 것인지 모른다.

니체는 학업 중이던 1865년 쾰른의 매음굴에서 매독에 걸렸다. 제3기 매독은 19세기 말의 에이즈였다. 니체의 매독 진행 과정은 1871년 첫 마비에서 1889년 정신 붕괴까지 전형적인 패턴을 띠지만 이후 사망에 이르는 기간이 꽤 지속됐다는 점에서 매우 득이하다. 친절한 리하르트 바그너는 니체의 병이 과도한 자위행위 때문이라고 떠벌리고 다녔으며 세부적인 의료 기록상 니체는 식분증(食糞症), 곧 자신의 대변을 먹고 소변을 마시는 걸 유달리 좋아했던 듯하다. 그러한 사람이 사랑에 대해 저렇듯 아름답게 정의한 것이다.

지그문트 프로이트는 딸 안나 프로이트가 정신분석에 입문할 뜻을 밝히자 함께 산책을 나가 아름다운 집을 가리키면서 인간의 정신세계는 저 아름다운 집의 내부처럼 온갖 추악한 문제들을 지니고 있다고 말해 줌으로써 그녀의 앞날을 우울하게 격려했다.

사정이 이러하니 어쩌면 사랑을 이야기한다는 것은 인간이라는 괴물이 들고 있는 꽃다발에 대한 조촐한 견해인지도 모른다. 게다가 두 연인이 아무리 진실한 마음을 가지고 있다 하더라도 주변 여건이 지옥의 불구덩이를 강요해 로미오와 줄리엣 짝이 난 경우는 사실 허다하다. 가령 엘로이즈와 아벨라르. 아벨라르는 제자 엘로이즈를 사랑한 대가로 엘로이즈의 친족들에 의해 거세당하고 생드니 수도원의 수사가 되었다. 그 후 엘로이즈도 수녀가 되었으며 두 사람은 평생 한 번도 만나지 못한 채 편지만을 주고받았다. 과연 김수영과 오소영은 이들보다 나으리라고 장담할 수 있을 것인가.

극장 주차장은 평일 오전이라 한산하다 못해 썰렁하다. 무슨 B급 첩보 영화의 한 장면처럼 멀리서 마주 걸어오다가 가까이 마주 서는 야구 모자 후드 티 김수영과 복부인 선글라스 꽃무늬 스카프 오소영. 한동안 정적. 오소영과 김수영은 부글거리다가 동시에 터진 웃음이 점점 더 심하게 폭발하는 바람에 눈물 콧물이 줄줄줄, 배꼽을 꽉 부여잡으며 쓰러지기 직전의 직전의 직전까지 간다. 김수영이 진짜로 쓰러져 옆으로 구른다. 주저앉은 오소영은 웃음이 그치지 않아 일어나질 못한다.

그래. 오늘 고민 오늘 족하니라. 웃을 수 있을 때 실컷 웃자. 니체는 이런 말도 했다. 사랑에 관한 여러 가지 문제들로 고민한다면 단 하나 확실한 치료법이 있다. 그것은 자기 스스로 더 많이 더 넓게 더 따뜻하게 그리고 한층 더 강하게 사랑하는 것이다. 사랑에는 사랑이 가장 효험이 있다, 라고. 그래 뭐 어떤가. 말에게 키스하고 매독에 걸리고 제 똥을 먹고 오줌을 마시게 된다 한들 어차피 미쳐서 하는 사랑, 일단 비극은 잊자.

47

사랑은 늦게 찾아올수록 격렬하다. 오비디우스의 『사랑의 기술』에 나오는 구절이다. 정말 그럴까? 그렇다면 왜일까? 좀 더 일찍 만나지 못한 것이 억울해서일까? 아니면 이 황홀한 사랑이 지난날의 사랑처럼 또 속절없이 멀어져 버릴까 봐 겁이 나서일까? 이리저리 복잡하게 잴 것 없이 사랑이란 언제 누구든 어디에서나 격렬할 수밖에 없는 단 한 번뿐인 연극일 게다. 겉이 아무리 고요할지언정 안으로는 폭풍이 몰아치는 사랑, 그것이 바로 이 신기루 연극의 본색 아닐까.

한강 변에 주차돼 있는 BMW 안의 김수영과 오소영은 겉으로도 안으로도 격렬했다. 장벽이 높고 갈 길이 험악할수록 연애는 불에 기름을 붓듯 타오르는 법인 데다가 이 희대의 반역적 커플은 대한민국 어디에노 마땅히 갈 곳이 없었던 것이다. 김수영과 오소영은 망망대해를 둥둥 떠다니는 유리병 속의 편지처럼 표류하고 있었다. 누가 이들을 건져 내 마음 깊이 읽어 주고 잠잠히 끄덕여 줄 것인가.

키스에 질식사하지 않기 위해 불쑥 떨어진 두 자석은 각자 정면을 바라봤다. 얼추 담담한 김수영과는 달리 오소영의 얼굴에는 근심이 가득했다. 사랑이 달콤하지 않은 것은 아니었다. 다만 사랑의 그림자가 너무 명백했던 것이다. 오소영은 김수영을 왼편에 두고서 아무것도 존재하지 않는 앞을 향해 말했다.

“우리, 후회하게 되지 않을까? 안 무서워?”

김수영은 현자가 아니면서도 현자가 될 수밖에 없었다. 그는 크산티페 몰래 바람을 피우는 소크라테스처럼 말했다.

“크리스마스가 열댓 번만 왔다 가면 우리는 노인이 돼 있을 거야. 후회하게 되지 않을까라니. 무슨 소리야. 후회하면서 살 순 없어.”

그 알쏭달쏭한 수사학조차 힘이 될 만큼 애절했던 것일까. 둘은 다시 진한 키스와 스킨십으로 접어든다.

그때. 쾅. 김수영과 오소영의 키스와 스킨십만큼은 진하지 않은 코팅이 돼 있는 BMW의 운전석 쪽 차창을 누군가 세게 두들긴다.

오소영은 간이 떨어지면서 김수영을 밀쳐 낸다. 퉁, 퉁, 퉁. BMW가 울린다. 공격 본능이 작동한 김수영이 운전석 문을 열고 나가려는데 오소영이 양손으로 그의 가슴팍을 꽉 누르며 말린다.

“안 돼! 몰라서 그래? 누가 왜 저러는지 확인만 해!”

“참, 이게 뭐하는 짓인지.”

김수영은 운전석 쪽 차창을 빼꼼 내리고 문제의 괴한을 살핀다.

“좆 됐다.”

“왜? 왜? 불량배야?”

"불량배면 죽여서 묻어 버리면 되지."

"그럼 왜?"

"경찰이야."

"정말? 어떡해."

김수영은 차창을 반쯤 내린다. 청원경찰의 느글느글 심드렁한 면상이 드러난다. 오소영은 얼른 고개를 반대편으로 돌린다.

김수영이 최대한 심정을 가다듬고 말한다.

"무슨 일이죠?"

"아, 네. 무슨 일일까요? 여기서 이러시면 안 돼요. 어른들이 어둠 속에서 이러시면 아이들은 어둠을 뚫고 다 보거든. 올빼미처럼. 리얼하거든요, 야동보다. 주민등록증 제시하십시오."

김수영이 지갑에서 세종대왕 서너 장을 꺼내 내밀며 말한다.

"불심검문 불법이니까 퉁 칩시다. 만나서 반가웠으니 이만하고, 대한민국은 내일부터 다시 시작하는 거야."

"……참, 이러시면 곤란한데."

"오케이? 아, 좋다! 지금 출발합니다. 출발!"

세종대왕 여러 분을 받들어 모신 청원경찰은 어디서 본 듯하다고 웅얼거리며 저리 간다.

기어를 넣는 김수영은 한숨처럼 내뱉는다.

"아. 정말 죄 아닌 죄다."

김수영이 액셀을 세게 밟으려는 찰나에 홀연 정신이 돌아온 치매 환사처럼 오소영이 김수영에게 밀한다.

"가만. 자기야."

"왜."

"우리 불륜이야?"

"아니. 나 총각이야. 너 유부녀야?"

"아니."

"……."

"근데 왜 우리가 연애하면서 사람들을 무서워하지?"

"내 말이."

"……."

"……."

"죄 아닌 죄 맞네."

이러니 벤저민 프랭클린이 이렇게 말했던 거다. 우리를 망치는 것은 다른 사람들의 눈이다. 만약 나를 제외한 다른 사람들이 모두 장님이라면 나는 굳이 고래 등 같은 집도 번쩍이는 가구도 원할 필요가 없을 것이다, 라고. 괜히 프랭클린이 토머스 제퍼슨과 함께 미국 독립선언서를 기초한 게 아닌 것이다. 김수영과 오소영은 대한민국에서 독립하고 싶었다. 전직 판사에다 현직 여당 국회의원 겸 검도관 관장인 남자가 현직 야당 대표이자 국회의원인 애인 앞에서 짭새한테 삥을 뜯긴 것이다.

라이트도 켜지 않고 칠흑 속으로 사라지는 BMW 속의 참담한 연인은 이 신기루 연극이 무지개 연극으로 변해 주길 바라고 있는 것일까. 그러나 막상 신기루와 무지개가 다를 건 또 무엇인가. 중요한 건 이것이 연극이고 언젠가는 무대 위에서 내려와야 한다는 사실 아닐까.

비밀이 없다는 것은 재산이 없는 것처럼 가난할 뿐만 아니라 더 불쌍하다고? 정치(情痴) 세계의 비밀 — 내가 남에게 간음한 비밀, 남을 내게 간음시킨 비밀 — 을 만금과 오히려 바꾸겠다고? 왜냐면 주머니에 푼전이 없을망정 천하를 놀려 먹을 수 있는 실력을 가진 큰 부자일 수 있기 때문에? 이상한 시인 이상(李霜) 선생의 저 예술 가적 위악이 이상한 국회의원 오소영 여사에게는 조금도 적용될 여지가 없는 듯싶었다. 이 무슨 치정 아닌 치정이요, 김수영의 말마따나 죄 아닌 죄란 말인가. 정신 나간 인간이 아니고서야 어찌 이러한 괴로움을 자랑이랍시고 시시닥거릴 수 있단 말인가. 오소영은 정치가(政治家)이지 정치가(情痴家)로 전락할 순 없어서 속이 얹힌 것같이 답답할 뿐이었다.

넓은 창 밖 도시의 밤은 조명에 비친 두 여인의 모습에 가려 지워져 있었다. 오소영의 손목시계가 미세하게 시침을 움직였다. 아주 먼 어디선가 개 짖는 소리가 들렸다. 검은 창 속 두 여인의 무늬가 흔들렸다. 오소영은 카프카의 미완성 소설처럼 타인에게 이해를 구하기 두려운 자신의 연애를, 카프카의 고향에서 사춘기를 보냈고 어른이 된 뒤에는 아들을 소아암으로 잃은 이혼한 정신과 의사에게 털어놓고 싶었다. 그런데, 한순간 바람결에 언니가 죽기를 바랐고 우연인지 운명인지 훗날 언니가 정말로 죽어 버렸다는 그 사실을 고백하는 것보다 김수영과의 치정 아닌 치정이요 죄 아닌 죄에 대해 고백하는 것이 더 어려웠다. 하지만 오소영은 캄캄한 동굴 안에서 촛불을 켜 들고 자신의 그림자에게 고백하듯 자문을 구하고 싶었다. 마음의 병을 치료하기 위해서가 아니라 직면한 현실의 고약한 문제를 해결하고 싶었다. 소파에 푹 기대어 앉은 오소영은 기어이 용기를 냈다.

"……선생님."

"네."

"의사는 환자의 비밀을 지켜 줘야 하죠? 법이 그렇잖아요."

"환자의 병에 관해서는 그렇죠."

"치료 중이시니 저는 선생님께 뭐든 반드시, 반드시, 다, 솔직하게 털어놔야 되겠네요?"

"반드시 다? 글쎄?"

저는 반드시 다 털어놓고 싶어요. 제발 그렇다고 해 주세요. 오소영은 속으로 애원했다.

"절 미치게 만든 것에 대해서라면?"

"그 정도예요? 그럼 알아야죠."

자, 이제 다 털어놓고 해답을 얻으면 된다. 지금 내 앞에 있는 사람은 내 의사야. 나는 환자고. 아니. 더 정확히 말해, 지금 내 앞에 있는 사람은 내 정신과 의사야. 나는 미친년이고. 나는 지금 그 남자와의 비밀 때문에 상태가 더 심각해졌어. 그러니 당연히 치료받아야 하는 거야. 임금님 귀가 당나귀 귀라는 것에 대하여. 아니. 그와 내 귀가 당나귀 귀라는 것에 대하여. 아니. 우린 당나귀예요, 라고.

미친년이 정신과 의사를 빤히 쳐다본다. 정신과 의사가 오소영을 빤히 쳐다본다. 미친년의 침묵에 정신과 의사는 긴장한다. 오소영이 눈동자를 떨면서 갑자기 큰 소리로 외친다.

"……없어요! 그런 거! 없어요!"

정신과 의사는 호전 중이라고 생각했던 미친년이 다시 악화됐다고 판단할 수밖에 없었다.

"……누가 있대요? 참."

미친년이 중얼거린다.

"……없어. 그런 게 어딨어……."

"?"

49

김수영은 자신의 수호천사가 하얀 캐시미어 날개를 접고 국정감
사 준비에 여념이 없는 것을 본다. 김수영은 얼이 나가 있다. 임금님
귀는 당나귀 귀, 의 고통보다 더 큰 고통이 뭔 줄 아는가? 내 귀가
당나귀 귀인 거? 아니다. 내가 당나귀인 거? 아니다. 당나귀들이 모
여서 저놈 귀가 당나귀 귀라고 뒷담화를 까는 것이다. 김수영은 울
화가 치밀었다. 그리고, 홀로 태산을 짊어진 것처럼 고독했다.

"……보좌관님."

"네, 의원님."

"보좌관님은 세상 사람들이 다 저를 비난해도 제 편이 돼 주실
거죠?"

"죄짓고 쫓겨나는 것도 아닌데. 의원직 자진 사퇴한다고 세상 사
람들이 다 비난하진 않습니다."

"아니. 그게 아니라 인간적으로. 뭐, 그런 쪽에서."

"수령님도 자기가 싫으면 그만이지 누가 말립니까. 또 모르지. 욕심 없다고 칭송받을지."

"아이, 거! 후 ― 그만둡시다. 아휴, 답답해."

"?"

수호천사에게 인간이란 종종 알다가도 모를 족속이었다.

50

정윤희 보좌관은 순수한 사람이었다. 인간사는 가끔 이런 식으로 얄궂게 꼬인다. 김수영을 남몰래 짝사랑하는 정윤희에게 남몰래 김수영과 사랑을 하고 있는 오소영이 조언과 위로를 구하고 있는 것이다. 물론 사실을 사실대로는 밝히지 못한 채 몇 시간째 술병을 사이에 두고 머뭇머뭇. 저쪽 자리의 여대생들이 까르르 와르르 와서 오소영에게 사인을 받아 간 그 분위기에 기대어 오소영이 정신과 여의사에게 실패했던 기술을 제 수호천사에게 재시도해 보고 있는 것이다.

"가끔 이런 생각 해요. 국가니 민중이니 그런 거창한 것들만큼이나 내 소박한 인생도 소중하다고. 언니는 그런 적 없어요?"

"물론 있죠. 하지만 사회를 진보시키는 일은 보람 있어요. 의원님이 더 잘 아시잖아요."

"언니. 내가 만약, 개인적으로 아주 중대한 결정을 내린다면, 그래서 지지자들에게 실망을 준다면 용서할 수 있어요? 그래도 날 믿어 줄 수 있어요?"

아이고, 이럴 때만 자꾸 언니다.

"국민 수준 높아졌어요. 우리 진노당 지지자들은 말할 것도 없고. 그 결심, 좋아요. 내일 당장 김 의원에게 사과하는 기자회견 준비하겠습니다."

"그, 그게 아니라."

수호천사는 낭나귀의 손을 꼭 잡는다.

"대표님. 정말 잘 생각하신 거예요."

"……아."

그냥 당나귀가 아니다. 미친 암탕나귀다.

51

정윤희 보좌관은 진보노동당 대표 오소영 의원의 특별 기자회견을 흐뭇한 표정으로 지켜보고 있다. 역시 대단한 분이야. 자신의 단점과 과오를 인정하고 적에게 아량을 베푸는 건 아무나 할 수 있는 행동이 아니지. 내가 윗사람은 제대로 만난 거야. 정 보좌관은 대충 그러한 착각 속에서 행복해하고 있었다. 하여간 이렇다. 역사라는 게 껍질을 까서 가만 들여다보면 기실 죄다 왜곡과 과대평가와 오해의 제비뽑기인 것이다.

"향후 대한민국 국회에서 다시는 그와 같은 불행이 되풀이되지 않기를 바라며, 인격의 차원에서, 새한국당 김수영 의원에게 상처를 드린 점, 심심한 유감을 표하는 바입니다……"

고개를 갸우뚱하면서도 열심히 수첩에 받아 적거나 노트북에 입력하는 기자들.

우파 신문의 봉 기자가 좌파 신문의 공 기자에게 물었다.

"저 여자 갑자기 왜 저렇게 착해진 거야?"

공 기자가 진심을 건성인 양 대답했다.

"몰라. 호르몬 주사를 맞았나?"

봉 기자가 농담을 건성으로 말했다.

"우리도 한 대씩 맞고 친해질까?"

공 기자가 진심을 진심으로 말했다.

"미쳤어? 친해지게? 밥줄 끊겨."

봉 기자가 진심을 건성인 양 말했다.

"그건 그래."

그 시각. 문봉식은 자택에서 텔레비전으로 오소영의 염화미소를 보며 이를 갈고 있었다. 그는 3년간 끊었다가 저 미친 빨갱이 년 덕에 다시 피우게 된 담배에 불을 붙인다.

꽃미남은 오피스텔에서 독일어판 『나의 투쟁』을 펼쳐 놓은 채 하얀 백합꽃 다발로 다가간다. 그런데 열린 창문으로 들어오는 바람결에 넘겨지는 그 『나의 투쟁』은 갈피갈피 온통 백지뿐이다. 꽃미남은 백지를 읽으면서 독일어 문장을 읽고 있다고 스스로 취해 있는 것이다. 그는 백합꽃을 매만지면서 붉은 수염에게 논의할 사항들을 재고한다.

장도준은 지난번 음주 방송 파문으로 부장에게 욕을 실컷 얻어먹고 회의실을 나선다. 긴 복도의 끝에는 낭떠러지 같은 도심이 있는데 그는 곧장 달려가 그리로 휘잉— 삼산이라도 날다가 떨어지고 싶다. 무심코 들른 아나운서실에 있는 텔레비전 속에서 사과나무가 기자회견을 하고 있다. 그 사과나무는 오늘따라 어쩐지 빛이 변해 있는 것만 같다. 장도준은 침통하다. 인생이 구차하다. 다시 음악을 할 수 있다면, 다시 젊어질 수만 있다면, 얼마나 좋을까? 과연 좋기는 할까? 청춘은 무엇이었나? 뭐긴. 내가 쌓아 올리고 내가 허물어 버린 모래성이었다.

문봉식이 화장실 문을 열고 오줌을 눈 뒤 거기에 끝이 타는 담배를 뱉고서 물을 내린다.

꽃미남이 붉은 수염을 만나러 가기 위해 오피스텔 철문을 열고 나간다.

장도준이 방송국의 창문을 활짝 열어젖히고 심호흡을 크게 한다. 잠깐이라도 날다가 떨어져 죽고 싶어서. 그래서.

52

등잔 밑이 어둡다는 말은 나쁜 경우에만 사용돼선 안 된다. 갈 곳이 마땅치 않은 오소영과 김수영 커플이 찾아낸 등잔 밑은 보리가 없는 오소영의 아파트였던 것이다. 상전벽해라더니 김수영 입장에서는 적의 본령이 졸지에 사랑의 보금자리로 변해 버린 것이고 오소영의 입장에서는 날라리 여고생이 부모님 여행 가신 틈에 남자 친구를 집 안으로 끌어들인 꼴이나 다름없었다. 사랑은 인간을 맘대로 들었다 놨다 하고 별의별 짓을 다 시킨다. 고대 인도의 서정 시인 바르트리하리가 사랑은 욕망이라는 강에 사는 악어라고 괜히 노래했던 게 아닌 것이다. 그만하면 다행이지. 더 나아가 그 악어는 뭍으로 기어 나와 아무거나 마구 들이받으며 잡아먹고 다닌다.

오소영은 당장 내일 국회에서 연설할 문장들을 다듬는 틈틈이 곁에서 심심해하고 있는 김수영과 뽀뽀질이다.

"보리는 수련회에서 언제 오는데?"

"내일모레. 자꾸 말 시키지 마. 이거, 연설문 써야 한다니까."

"나 가면 써."

"안 돼. 미쳤어?"

김수영은 요즘 공산당들은 글을 어떻게 쓰나 궁금해서 노트북 화면 속을 들여다본다.

"노동당 연설이 이러면 어떻게 해?"

"노동당 연설은 어때야 되는데?"

"에이, 후딱 털어 버리고 맘 편하게 놀자."

김수영은 오소영을 밀쳐 내고는 노트북 자판을 경쾌하게 두들긴다.

잠시 후. 프린터에서는 볼셰비키의 행진 소리를 내며 따끈따끈한 원고가 착착 흘러나오고 있다.

"오우."

A4 용지 두 장 남짓한 글을 단숨에 읽은 오소영은 입술을 동그랗게 오무렸다. 김수영은 괜한 짓을 한 건 아닌지 긴가민가한 기색이다.

"……왜? 유치해?"

"……."

"그 정돈가? 전후좌우 논리는 충분히 각을 맞춘 거 같은데……."

"자기……글 잘 쓰는구나!"

"그, 그렇지? 괜찮지?"

"괜찮기만 해? 대단해! 명문이야! 명문!"

오소영이 초등학교 1학년 어린이의 숙제 공책 위에 참 잘했어요, 라는 스탬프를 찍어 주는 여선생님처럼 김수영의 볼에 뽀뽀를 쪽,

찍어 준다. 으쓱으쓱 키가 자라는 것도 모자라 후루룩 시금치 먹은 뽀빠이가 되는 김수영 어린이. 칭찬은 고래도 춤추게 한다지만 처칠이 히틀러를 칭찬하고 히틀러가 처칠을 칭찬한다면 그런 헛갈리는 세상에서 고래는 과연 춤에 몰입할 수 있을까? 미친 고래야 사막 한복판에 물구나무서서 탭댄스를 추든 말든 여기 이 한 쌍의 연인은 달달한 영혼의 흘레붙음이 뿌듯해 사뭇 그윽하다.

"밝히기 참 쑥스러운 사연이긴 한데, 내가 국가를 위해 작가의 꿈을 버리고 판사 되고 국회의원 되고 그런 사람이야. 여태 애써 감추고 살았으니 남이 알아주길 바란다는 건 무리가 있긴 하지만서도."

"아냐. 아냐. 난 알아."

"알아?"

"그럼."

"진짜 알아?"

"그렇대두."

"고마워."

"야, 자기한테 이런 면이 다 있었구나. 어쩜 글이 이렇게 진보적일 수 있지? 특히 이 구절 죽인다. 노동자에게 임금을 주지 않는 것은 그에게서 목숨을 빼앗는 것과 같다. 당신 새한국당 의원 맞아?"

"난 진지하지가 않아서 그렇지, 뭐든지 하면 잘해."

"100퍼센트 인정. 천재야. 좋은 집안 남자가 과연 다르긴 하구나."

"오 대표님. 그렇게 만사를 계급적으로 판단하신 마시고요, 사랑의 힘이지. 파워 오브 러브."

“정말. 나 반했어.”

“그래? 그럼 이리 와.”

“자꾸 그러지 마. 징그러워.”

“징그러워?”

“응.”

“징그러운 게 좋지.”

“아잉.”

1960년대 방화(邦畵)에서처럼 느끼하게 주둥이 접촉으로 접어드는 김수영 새한국당 의원과 오소영 진보노동당 대표. ……그런데 그때. 보리의 방문이 쓱 열리더니 보리가 버젓이 걸어 나온다. 입술과 입술이 순간접착제에 붙은 듯 굳어 버리는 오소영 진보노동당 대표와 김수영 새한국당 의원.

보리가 앙증맞은 손으로 심드렁한 하품을 가리며 말한다.

“교감 선생님이 중풍으로 쓰러지셔서 수련회 취소. 죄지었어? 언제까지 그렇게 살 거야?”

보리가 삐적삐적 화장실로 들어가 문을 꾹 닫는다. 그제야 겨우 입술과 입술이 분리돼 멍한 충격에서 헤어 나오지 못하는 김수영과 오소영의 모습이 마치 해탈 직전의 선승들 같다. 아닌가? 벌거벗고 파계하다가 부처님께 현장이 발각된 주지 스님과 비구니 꼴인가?

아무렴 어떤가. 미친 고래는 칭찬 따위 없어도 원래 즐겁다. 왜냐고? 어차피 지구가 빙빙 돌고 있으니 뭘 하든 우리는 노상 춤추고 있는 셈이니까. 다 그런 거지, 안 그래? 미쳐 본 사람이거나 미친 사람은 알 거야, 아마.

53

다음 날 아침, 예의 정윤희는 진보노동당의 상징 중고 아반떼를 운전하고 있고 오소영은 조수석에서 화장을 하고 있으며 보리는 뒷좌석에서 『삼국지』에 코를 박고 있다. 버릇처럼 오소영은 흔들리는 차 안에서 책 보면 눈 버린다고 뒤돌아 보리를 야단치려다가 멈칫, 섬뜩한 깨달음에 그렇게 하지 못하고 하던 분칠이나 마저 한다. 곁눈질로 그것을 본 정 보좌관은 아까부터 저 모녀 아닌 모녀의 분위기가 어째 평소와는 상당히 다른 것 같아 의아해한다.

"야단 안 쳐요?"

오소영은 맹숭맹숭하다.

"뭘요?"

정윤희는 백미러 속 보리를 본다. 천재 소녀는 여전히 『삼국지』에만 몰입 중이다.

"삼국지 읽지 말라고 야단 안 쳐요?"

“……..”

오소영은 안절부절못한다.

정 보좌관이 보리에게 소리친다.

“보리야! 차에서 책 보면 눈 버려!”

오소영이 절규한다.

“안 돼요! 내버려 둬요!”

“?”

정 보좌관은 도무지 어안이 벙벙하지 아니할 수가 없다.

오소영은 방금 자신이 한 행동에 대해 설명을 해야 한다. 정 보좌관은 백미러 속 보리를 다시 본다. 보리는 미동도 없다. 그새 오소영이 기껏 고안해 낸 궤변이란 게 이거다.

“……애들한테도 인권이란 게 있잖아. 그래서…….”

“…….”

아. 그렇게 깊은 뜻이? 그러나 정 보좌관은 공감이 잘 가지 않는다. 그러거나 말거나 대의를 가장한 왕과 영웅호걸 들의 게임에만 관심이 있는 차가운 도시 어린이 보리. 졸지에 관운장 앞에서 목숨을 구걸하는 조조 꼴이 된 오소영은 울컥, 변덕스러운 흥망성쇠의 인생 맛이 쓰다.

오소영이 국회 본회의장 연단에 홀로 서서 연설을 하고 있다.

"……노동자에게 임금을 주지 않는 것은 그에게서 목숨을 빼앗는 것과 같습니다. 도대체 이 정부의 경제정책은 부자만을 위한……."

오소영에게 야유를 날리고 삿대질을 해 대는 여당 의원들은 저 마귀할멈 잔 다르크의 염장 지르는 장광설이 위대한 새한국당의 히어로 김수영 의원께서 대필해 준 옥고라고는 꿈에도 생각 못하고 있었다. 그러나 정작 그들 가운데 앉아 있는 김수영은 본분이고 나발이고 아랑곳없이 자신의 문장력에 한껏 취한 참이다. 사랑은 모든 것을 변화시키고 변질시킨다. 김수영에게 저것은 정치 연설문이 아니라 연애편지인 것이다. 더구나 그것이 예컨대 여럿이 앉아 있는 탁자 밑으로 부비고 있는 연인의 다리라고 할 때 그 사랑의 은밀한 불온함이 주는 쾌감은 더욱 강렬해지기 마련이다.

김수영은 연설하는 오소영을 향해 열정의 눈빛을 뿅뿅 힐끗힐끗

쏘아 보낸다. 오소영은 깜빡이는 사랑의 등대를 발견하고는 슬쩍 미소를 머금는다.

"……아무리 노력해도 나의 미래는 여기서 더 나아질 수 없다는 절망이, 내 인생의 수준은 태어날 때 이미 정해진 그대로 평생 굴러간다는 냉소가 지금 우리 사회의 우울한 신앙이 되어 버린 것입니다. 저는 한 명의 국회의원이기 이전에 한 명의 국민이자 한 명의 여자로서……."

55

하룻밤에 만리장성을 쌓는다는 말이 있다. 가령 그 말은 10년간 단둘이 지속적으로 만나 정겨운 대화를 나눈 남녀보다 우연히 스치다가 단 하룻밤 격하게 잠자리를 함께했던 남녀가 훨씬 더 가까운 사이일 수도 있다는 뜻이 된다. 전자와 후자 중 어느 쪽이 더 자신을 이해한다고 생각할 것인가? 10년간 찻잔을 사이에 두고 노닥거리기만 한 남자와 여자? 바람결에 불이 붙어 서로의 육신을 확 태워 버린 남자와 여자?

모든 동물은 성교가 끝난 후에 슬픔을 느낀다. 라틴 속담이다. 김수영과 오소영은 성교 이후에 슬픔을 느끼고 있는 것이 아니다. 그것은 일종의 어설픈 두려움 비슷한 것이었다. 중세 말기의 천재 시인 프랑수아 비용은 이런 말도 했다. 미쳐 버린 사랑은 사람들을 짐승으로 만든다.

김수영이 지인을 통해 어렵게 빌린 별장 침대 위에서 김수영과 오소영은 포수에 쫓기는 들짐승들 같았고 그것은 슬픔을 포함한 모종의 괴로움을 불러일으켰다. 사랑도 사랑이려니와 위험한 미래를 표류 중인 연인은 불안과 공포를 그런 식으로 해소하는 모양이다. 메난드로스는 장년에 이를 때까지 사랑을 미루어 온 사람은 비싼 이자를 지불해야만 한다고 했지만 그것이 이런 거라고는 그런 잘난 말을 한 자도 미처 생각지 못했을 것이다. 평생 아테네를 떠난 적이 없었던 이 고대 그리스의 시인은 대한민국도 새한국당도 진보노동당도 몰랐을 테니까. 하긴 고대 로마의 저명한 명언가 푸블릴리우스 시루스가 괜히 이렇게 말했겠는가. 사람은 사랑을 하면 현명해질 수 있지만 현명하면 사랑을 하지 못한다, 라고. 김수영과 오소영은 사랑해서 현명해졌으나 사랑하기에 현명할 수 없는 이 모순의 어디쯤에 마주 서 있는 것일까?

오소영과 김수영은 알몸으로 침대 위에 나란히 누워 있다. 이불 속에서 네 다리가 꼼지락거린다. 그런데 문득 김수영이 오소영의 왼손 약지에 루비 반지를 끼워 준다.

오소영이 김수영을 빤히 보면서 말한다.

"무슨 프러포즈가 이래?"

"프러포즈가 아니라 포로포즈다. 사랑의 연설은 나중에 멋진 데서 해 줄게. 일단 수갑은 채워 놔야지."

김수영은 잭슨 폴록 기념우표를 오소영의 이마에 장난스럽게 탁 붙인다.

"이건 또 뭐야?"

"내가 좋아하는 화가의 기념우표야. 사랑하는 여자가 생기면 이

마에 붙이고 싶었어."

오소영이 이마에서 잭슨 폴록의 험상궂은 얼굴을 떼어 내 보고 있다.

"엉뚱하긴. ……자기랑 비슷하네."

"내가 그렇게 못생겼어?"

"분위기가. 그냥, 막연히 안쓰럽고."

"안쓰럽다?"

"응. 안아 주고 싶고……."

왼손 약지에 낀 루비 반지와 오른손 손바닥 위에 놓인 기념우표를 번갈아 보는 오소영은 왠지 슬픔에 젖은 듯하다.

"자기랑 내가 똑같은 사상을 가진 사람이라면 얼마나 좋았을까. 불안해. 우리가 이런 거 알면 세상이 발칵 뒤집힐 거야."

"남들이 무슨 상관이야?"

"나랑 결혼하고도 새한국당 의원 할 수 있어?"

"난 어차피 국회의원 그만둘 거야. 당신 소화기 때문에 보류했던 거지."

"나는 달라. 내가 당신 애인인 줄 알면 사람들은 내 인생 전부를 가짜라고 할 거야."

"……가만. 그러니까, 나 때문에 피해 볼까 봐 걱정된다, 이거네?"

푸블릴리우스 시루스는 이런 말도 했다. 사랑의 맹세는 당국의 인가가 필요치 않다. 오소영은 당국의 인가가 필요하진 않았다. 그러나 오소영이 걱정하는 바는 자신의 진정성이 의심받는 것이었다.

그리고 김수영은 그것을 오해하고 있는 것이다. 사랑은 오해의 지뢰밭이다. 불안은 영혼을 잠식한다.

"무슨 말이 그래?"

"그 말이 그 말이잖아."

"그럼 넌 내 생각만 해 줘서 숨어서 만나는 거니?"

"새한국당 탈당하고 진보노동당에 입당할까? 지금 그 얘기잖아. 그래야 맘이 편해지겠다는 거잖아. 나더러 차라리 월북을 하라고 해라."

"하여간 수구 꼴통들은 어쩔 수 없다니까."

"뭐? 수구 꼴통?"

"그래. 극우 꼴통."

"이, 이, 친북 좌파야!"

누가 사랑을 눈물의 씨앗이라고 했는가. 사랑은 막말의 씨앗인 것을.

"본색이 나오는구나. 왜, 너도 내 인형 만들어 놓고 화형식 하지 그러냐?"

"그만하자."

"뭘 그만해."

"하이고. 이제 알겠다. 보리가 너더러 왜 그러는지."

"뭐? 보리가 뭐라고 그러는데?"

"너더러 나쁜 이모라더라. 정윤희는 착한 이모고. 아이의 순수한 영혼은 거짓을 말하지 않는 법이지."

"너 말 다했어? 이 재수 없는 군부독재 악질 재벌 꼬붕 새끼야."

“말 다했다. 이 빨갱이 여왕벌아.”

“딱 끝이야.”

“알아. 끝이야. 영원히.”

그제야 피차 알몸이라는 사실을 화들짝 자각하고는 각자 침대 밑에 흩어져 있는 옷가지들을 서둘러 챙겨 입기 시작하는 아담과 이브.

오소영은 국제 서신처럼 멀리 날아가 버린 것인가? 잭슨 폴록의 기념우표는 찡그리고 있는 별장 벽시계를 올려다보며 흘러내려 침대 밑으로 들어가 버렸는데.

하룻밤에 만리장성을 쌓는다? 어쩌면 이것은 사랑이라는 만리장성이 하룻밤에 쌓아 올려질 수 있듯 하룻밤에 와르르 무너질 수도 있음을 시사해 주는 경고인지 모른다. 고대 그리스의 목가 시인 모스코스는 이렇게 노래했다. 사랑은 알몸이지만 얼굴을 가리고 있다, 고. 그 밤 김수영과 오소영이 바로 그러하였다.

56

괴테는 이렇게 썼다. 여자에게는 관대하게! 본시 여자는 휘어진 갈비뼈로 창조하지 않았느냐. 하나님도 그걸 곧게 펼 수는 없으셨으니 억지로 펴려고 하면 바로 부러질 것이요 그대로 놔두면 점점 더 구부러지리라. 그대 아담이여, 어느 편이 더 나쁘겠느냐? 여자를 대할 때는 관대하게! 네 갈비뼈 하나가 부러져서 좋을 게 뭐 있겠어. 위대한 요한 볼프강 폰 괴테도 여자 때문에 고생이 심했던 것일까? 그렇지 않고서야 이런 대책 없는 소릴 내질렀을 리가 없지 않은가.

운명 같은 우연의 악질 전도사 홍 기사가 운전하는 BMW 뒷좌석에 맹 보좌관과 함께 앉아 있는 김수영은 저 멀리 이름 모를 새들이 놀고 있는 한강의 밤섬을 바라보고 있었다. 맹주호는 김수영의 침울한 기운이 신경 쓰였다. 왜 이러지? 아니야. 당연해. 워낙 대범해 내색을 안 했을 뿐이지 이 양반도 사람인데 오소영 폭풍 소화기 사건의 충격이 어디 쉽게 가셨겠는가. 내가 모시고 있는 분의 전후

좌우를 너무 서둘러 단순하게 정리했던 것 같아. 무심했던 거지, 에휴. 맹 수호천사는 그다지도 쓸데없는 자책을 주책 부리고 있었다.

김수영은 갈비뼈가 부러진 듯 아팠다. 사랑은 왜 이토록 인간을 한심하게 만드는 것일까. 김수영은 이제껏 살아오는 동안 지난밤처럼 유치하고 치사하고 야비해 본 적이 없었음을 자인하지 않을 수 없었다. 그는 가장 괴로운 기회에 가장 괴로운 방식으로 자신의 밑바닥을 확, 봐 버린 것이다. 천하 호걸 김수영이 남자가 아닌 여자에게, 그것도 사랑하는 여인에게 그런 독한 언행을 일삼다니 말이다. 김수영은 오소영이 이해되지 않았지만 그녀를 그런 식으로 밀쳐 버린 자신이 더 이해되지 않았다. 게다가 그는 그러한 후회 중에도 오소영이 원망스럽다는 게 신기하기까지 했다. 김수영은 사랑이라는 모호한 관념이 원시적인 현실로 둔갑했을 때의 불합리가 역겨웠다.

셰익스피어는 노래했다. 그대의 눈으로 상처 주느니 차라리 그대의 혀로 상처 입히라. 이 구절은 연인이 독설이 아니라 눈빛으로 경멸했을 적에 더욱 쓰라리단 뜻일 게다. 한데 김수영은 오소영의 눈으로도 상처 입었고 그녀의 혀에도 상처 입었으니 만신창이가 따로 없었다. 물론 오소영 역시 김수영의 눈으로도 상처 입었고 그의 혀에도 상처 입었다. 이렇게 서로를 초토화시키는 것이 사랑이라면 왜 시작했을까. 김수영은 사랑이 아인슈타인 같은 천재가 아니고서는 도저히 범접할 수 없는 고차원 우주 수학처럼 생각되었다.

같은 시각. 오소영은 정윤희가 운전하는 구질구질의 싱징 중고 아반떼 조수석에 앉아 멍을 때리고 있었다. 정 보좌관은 오소영의 침울한 분위기가 걱정됐다. 무슨 일이지? 대놓고 물어보기도 그렇고. 그냥 조용히 내버려 두는 것도 위로의 방법이겠지. 정 수호천사는 그 어떤 교활한 악마보다도 지혜로웠다.

첫눈에 로미오에게 반한 줄리엣은 로미오가 몬터규 가의 아들임을 알고는 이렇게 한탄한다. 오직 하나뿐인 내 사랑이 오직 내 하나의 증오에서 생기다니. 서로 모른 채로는 너무 일찍 만나 버렸고, 알고 나니 너무 늦었구나. 증오해야 할 원수를 사랑하게 되다니, 나에겐 불길한 사랑의 탄생이구나. 오소영에게는 저 대사가 자신의 것일 수도 있었다. 또한 셰익스피어의 『끝이 좋으면 다 좋아』에서 명문가의 버트럼을 사모하는 헬레나가 제 처지를 챙기던 그 읊조림을 떠올렸는지도 모른다. 사자와 부부가 되기를 바라는 암사슴은 그 사랑 때문에 죽게 될 거야, 라는. 오소영은 이 모두가 금기를 어긴 대가라고 결론 내리기로 결심했다. 그리고 차라리 잘된 일인지도 모른다고, 자꾸자꾸 속으로 아프게, 아프게 되뇌었다.

그녀는 자신의 별로 떠나 버린 것인가? 우표가 붙어 먼 나라로 날아가 버린 이별의 편지처럼? 미련의 희미한 꼬리를 미련하게 놓지 못하고 있는 김수영의 어깨를 영문 모르는 맹 보좌관이 마치 죽었는지 살았는지를 확인해 보는 것처럼 손가락으로 쿡 눌렀다.

"야아, 날씨 좋네. 그렇죠? 영감님."

"……."

"영감님?"

"……."

"영감님!"

차창 밖에서 시선을 거둔 김수영이 뜬금없이 물었다.

"로미오와 줄리엣 말이에요."

"네?"

"원수 집안의 남자와 여자는 절대 사랑하면 안 되는 건가?"

"왜 안 돼. 되죠."

"돼? 어떻게?"

"근데 조건이 있어."

"뭔데요?"

"둘 다 죽어야 돼. 약 먹고. 로미오와 줄리엣처럼."

"……그래. 그렇지. 그게 그럴 거야……."

"……."

과잉 충성의 사고뭉치 홍 기사가 백미러로 뒷좌석을 본다. 김수영은 낙담한 얼굴로 다시 차창 밖을 내다본다. 한강이고 밤섬이고 이름 없는 새들이고 간데없다. 답답한 콘크리트 숲일 뿐이다. 그새 맹 보좌관은 또 부질없는 망상을 펼치고 있다. 맞아. 그게 말이 건전해서 소화기지 철퇴와 뭐가 달라. 병원에 데려가 엑스레이라도 찍어 봐야 하나? 보약이라도 달여 먹여야 하나?

57

여기는 바람 부는 옥상. 옥상 하고도 국회의사당 옥상이다. 김수영과 오소영은 바람 속에서 서로를 마주 보고 있다. 이렇게 마지막이 되든 다시 처음으로 되돌아가든 아무튼 피차 한 번은 더 연인으로서 만나야 한다고 생각했던 것이다. 벽시계와 손목시계 모양의 뭉게구름이 둘을 내려다보고 있었다.

사실 오소영은 이런 말을 하고 싶었는지도 모른다. 로미오를 첫눈에 사랑하게 된 줄리엣이 로미오가 듣는 줄도 모르고 정원 발코니에서 로미오의 가문을 원망하던 그 독백 말이다. 나의 원수인 것은 다만 당신의 이름뿐입니다. 아, 다른 이름이 되세요! 하지만 이름에 무엇이 있다는 것입니까? 다른 이름으로 불러도 장미는 여전히 향기로운 것을. 로미오여, 그대의 이름을 버리고 대신 저의 모든 것을 가지세요. 그러나 오소영은 자신이 자신을 포기하지 못하는 마당에 김수영에게만 희생을 요구할 염치가 없었다. 만에 하나 김수영이 일종의 정치적이고 사회적이고 실존적인 전향을 감행한다 하더라도 이 딜레마는 끄떡없을 것인데, 그것은 오소영이 무서워하고 있는 바가 바로 용기를 내려는 자신이었기 때문이다.

김수영이 오소영에게 말했다.

"너는 민중은 사랑한다면서 왜 나는 못 사랑하냐?"

"혼란스러운 게 싫어."

"세상은 구한다면서 왜 너는 못 구하냐?"

"……."

"왜 나는 못 구해 주냐?"

"그만해. 다 싫어. 지긋지긋해."

사랑은 왜 이럴까. 왜 뻔한 거짓말을 자꾸 하게 될까. 급기야 김수영은 폭발했다.

"……그래! 백번 잘 생각했다. 넌 나 같은 날라리가 아니니까. 진보 지식인들께서 네 진정성을 의심하게 되면 큰일이지."

"역겹거든? 이러려면 왜 보자고 한 거야?"

"다 싫다며? 혼란스러워 죽겠다며?"

"아아. 나의 실수. 미안."

"좋아. 다시 각자의 자리로 돌아가자고. 먼저 내려갈게."

김수영은 뒤돌아 오소영을 떠난다. 그의 그녀는 그 자리에 그대로 서서 얼굴을 감싼다. 벽시계와 손목시계 모양의 뭉게구름이 흩어져 버린다.

맹렬한 두 불길이 만나면 그 맹렬함을 높우어 주는 땔감을 다 태워 버린다. 작은 불은 작은 바람으로 크게 번지지만 워낙 큰 돌풍은 불이고 무엇이고 다 꺼 버린다. 이 역시 셰익스피어의 문장이다. 오소영은 이상한 나라의 제일 이상한 옥상 위에서 주저앉아 속이 상해 울고 있었다. 태풍의 눈 한가운데서 그녀의 심장은 까맣게 타 재가 되고 말았다.

그리고 불과 몇 시간 뒤 김수영은 오소영이 대정부 질문 하는 것을 다른 새한국당 의원들 틈에서 멀쩡히 바라보고 있었다. 오소영은 무의식중에 김수영과 눈이 마주친다. 그녀의 등대에 불이 꺼져 있다. 오소영의 말문이 정지되고 손끝이 바르르 떨린다. 그녀는 다시 독하게 자세를 다잡고 대정부 질문에 임한다. 김수영은 고통스러워 눈을 감는다.

58

안동림 사범이 영정 속에서 두 검객의 혈투를 지켜보고 있다. 김수영이 영검관에서 전태양과 모든 장비를 갖추고 죽도 대련을 하는 중이다. 죽도 타격과 기합 소리가 전쟁터의 피처럼 낭자하다. 오늘 김수영의 무(武)가 전태양은 미심쩍다. 공격은 많은데 하나같이 칼이 어둡고 탁해 결국 들어와 닿아도 전부 헛방보다 못해 안쓰럽기 짝이 없다. 무슨 일이 있나? 검사(劍士)는 적의 칼을 통해 적의 모든 것을 느낀다. 왜 이러지? 어디가 아픈가?

미친 듯 쳐들어가는가 싶더니 되레 마구 밀리는 김수영이 뒤로 벌러덩 넘어진다. 김수영은 대자로 뻗어 머리 보호구 쇠줄 틈새로 천장을 마주 본다. 헉헉거리며 뿜어내는 땀방울에 조용한 눈물이 섞인다. 그것도 모르고 김수영이 어서 일어나기만을 기다리고 있는 전태양은 갸우뚱한다.

같은 시각. 오소영은 보리의 작은 액자 속 오문영의 사진 앞에 홀로 앉아 있다. 오소영은 자신의 천국이자 지옥인 언니에게 묻는다.

"언니. 나는 왜 언니처럼 용기가 없을까? 왜 꼬여 있을까?"

그녀는 왼손을 편다. 미처 돌려주지 못한 루비 반지가 반짝인다.

김수영은 화병이 난 것만 같았다. 화병이 뭣인지 알아서가 아니
라 화병이라는 낯설고 애매한 병증에 기대지 않고서는 저 부자연
스러운 감정의 통증을 달리 대변할 길이 없었기 때문이다. 만약 흔
히 상상하듯 마음이 심장 속에 숨어 있는 거라면 김수영은 심장이
유리병 속 포르말린에 잠겨 과학 실험실 햇볕 드는 창가에 둥둥 떠
있는 기분이었다.

지푸라기라도 잡으면 칼처럼 휘저을 지경인 김수영은 피가 마르
는 사랑의 괴로움을 해결해 줄 조언이 간절했다. 그래서 성경을 뒤
적여 ─ 막상 약에 쓰자니 집에 한 권도 없길래 대형 서점으로 가
혹시 누가 볼까 봐 바싹 면벽한 채 서서 포장 비닐을 몰래 뜯어내는
죄쯤이야 주님이 이해해 주시리라 멋대로 믿고 ─ 사도 바울이 고린
도 교회의 신도늘에게 보내는 사랑에 내한 편지를 읽어 보았다.

……내가 인간의 여러 언어와 천사의 언어로 말한다 하여도 나

에게 사랑이 없으면 나는 요란한 징이나 소란한 꽹과리에 지나지 않습니다. 내가 예언하는 능력이 있고 모든 신비와 모든 지식을 깨닫고 산을 옮길 수 있는 큰 믿음이 있다 하여도 나에게 사랑이 없으면 나는 아무것도 아닙니다. 내가 모든 재산을 나누어 주고 내가 불태워지도록 내 몸을 넘겨준다 하여도 나에게 사랑이 없으면 나에게는 아무 소용이 없습니다. 사랑은 참고 기다립니다. 사랑은 친절합니다. 사랑은 시기하지 않고 뽐내지 않으며 교만하지 않습니다. 사랑은 무례하지 않고 자기 이익을 추구하지 않으며 성을 내지 않고 앙심을 품지 않습니다. 사랑은 불의에 기뻐하지 않고 진실을 두고 함께 기뻐합니다. 사랑은 모든 것을 덮어 주고 모든 것을 믿으며 모든 것을 바라고 모든 것을 견디어 냅니다. 사랑은 언제까지나 스러지지 않습니다. 예언도 없어지고 신령한 언어도 그치고 지식도 없어집니다. 우리는 부분적으로 알고 부분적으로 예언합니다. 그러나 온전한 것이 오면 부분적인 것은 없어집니다. 내가 아이였을 때는 아이처럼 말하고 아이처럼 생각하고 아이처럼 헤아렸습니다. 그러나 어른이 되어서는 아이 적의 것들을 그만두었습니다. 우리가 지금은 거울에 비친 모습처럼 어렴풋이 보이지만 그때에는 얼굴과 얼굴을 마주 볼 것입니다. 내가 지금은 부분적으로 알지만 그때에는 하느님께서 나를 온전히 아시듯 나도 온전히 알게 될 것입니다. 그러므로 이제 믿음과 희망과 사랑 이 세 가지는 계속됩니다. 그 가운데 으뜸은 사랑입니다. ……사랑, 사랑…… 김수영은 아리송한 만감이 교차했다. 어쩐지 아주 오래전에 누군가로부터 자주 들었던 얘기 같기도 하고, 그럴 리야 없겠지만 아예 처음 듣는 얘기 같기도

하고, 뒷맛이 알딸딸한 게 좀 찔리기도 하지만, 당장 처한 입장이 무간지옥의 노숙자인지라 김수영의 결론은 이거였다. 에이, 말만 번드르르해서, 이거야, 방법을 알려 줘야지! 구체적인 방법을!

그리하여 급기야 김수영은 62세 당시 63세인 서양화가 아내에게 이혼을 당한 바 있는 현 70세의 꼬장꼬장한 역사가에게 찾아가 보기로 하였다. 사랑의 실패자에게 사랑에 대해 묻는 것이 얼핏 어리석은지도 모르겠으나 오히려 그 사랑의 실패자라는 자신과의 공통섬에 김수영은 기내를 길었딘 깃이다.

태양 속에 사는 세 발 달린 까마귀의 전문가는 실없는 질문에 인상이 찌그러졌다. 당연하지 않겠는가. 다 큰 자식이 일전에는 야당 여성 당수가 휘두른 소화기에 맞고 와서는 국회의원을 그만두겠다고 징징대더니만 이제는 또 영문도 아깝게 들이닥쳐 로미오와 줄리엣을 들먹이고 있는 것이다.

"내가 영문과 교수라고 착각하고 있는 거냐?"

"아닙니다."

"그런데 그런 질문을 해?"

"인생의 지혜를 구하고 있는 겁니다."

"……왜에?"

"……그, 그냥요."

"그냥? 갑자기 그냥 그런 게 궁금해져서 날 찾아온 거다?"

"……."

"그래, 아무튼 좋나. 미친놈이 미친 소리 띠드는 걸 따져서 뭐히겠냐. 하지만 돌아가는 길에 병원에 꼭 들러 뇌 단층 검사를 받도

록 해라. 농담이 아니라 지난번 그 사건의 물리적 충격이 대충 넘어
갈 만한 게 아니었던 것 같으니까."

"네."

"로미오와 줄리엣이 왜 둘 다 독약을 먹고 죽게 됐느냐?"

"네."

"……나는 말이다, 네가 내 아들이 아니었다면 너를 영원히 피
해 다녔을 것 같아. 그런 걸 질문이라고 하고 있으니."

"……."

"로미오는 로미오대로 줄리엣은 줄리엣대로 각자 작전을 벌이다
가 일이 꼬여서 그렇게 된 거잖아."

"……아."

"됐냐? 원하는 걸 얻었냐?"

"그런 것 같습니다."

"그럼 나도 하나만 묻겠다."

"네."

"이게 왜 인생의 지혜와 관계가 있는 거냐?"

"아버님."

"나 어디 안 간다."

"이젠 지혜와 관계가 없게 됐습니다."

"왜?"

"지혜가 필요 없게 됐거든요."

"……그러냐."

김중건 교수는 아들의 눈을 피했다. 그가 꼭 젊은 날의 자신과

비슷해 고통스러웠기 때문이다. 사랑에는 문학이라는 조촐한 거짓
말보다는 역사라는 전격적인 거짓말이 필요한지도 모르겠다. 그는
그 순간에도, 촘촘한 대나무 숲 곁 전통찻집에서 55세의 핸섬한 바
리톤과 마주 앉아 차를 마시며 미소 짓고 있을 71세의 여인을 그리
워하고 있었다. 사랑을 잃는다는 것은 그런 것이다.

60

현대 전위음악이 가득 차 있는 듯한 텅 빈 복도였다. 그 복도는 이상한 복도. 이상한 사람들의 복도. 대한민국에서 제일 이상한 복도. 대한민국에서 제일 이상한 사람들의 제일 이상한 복도. 대한민국 국회의원 회관의 복도였다. 지붕이고 복도고 아무럼 어떠랴. 천국과 지옥을 만드는 것은 인간의 마음이다. 어디서 누구를 만나느냐보다 어디서 누구를 만나는 그 마음이 어떠하냐가 중요한 것이다.

김수영이 아무도 없는 긴 복도를 지나는데 마침 저쪽에서 오소영이 혼자 나타나 곧장 걸어오고 있다. 김수영의 머릿속은 일순 하얘진다. 그러면서도 무슨 행동이든 빨리 결정 내려야 한다고 이를 악다문다.

온 세상의 꽃들이 한꺼번에 바람에 흔들린다. 생각과 몸이 따로 놀며 머뭇머뭇 말을 꺼내 보려고 하는 김수영. 그런데 오소영이 밀랍 인형 같은 얼굴로 공기 대하듯 지나치려고 한다. 김수영은 오소영의 손을 막무가내로 꽉 잡고 복도 끝으로 끌고 간다. 김수영은 완전히 돌아 버린다. 이딴 식으로는 더 이상 견딜 수가 없어서였다. 오소영 없이 살아 있는 걸 참을 수가 없어서였다. 김수영은 그제야 사랑이라는 달의 뒤편을 깨달았다. 이래서 그 많은 사람들이 사랑을 잃고 그토록 사랑하던 이를 죽이는구나. 무엇이 어리석음인지는 몰라도 어리석기 전에는 그 어리석음을 모르는 법이다. 판사 시절 김수영은 한 사내가 자신과 바람을 피우다 변심한 유부녀를 살인하고 법정에 섰을 때 다음과 같이 밀하는 것을 보고는 엄청난 충격에 사로잡혔더랬다. 판사님. 판사님은 아직 젊어서 모를 겁니다. 아니요. 운이 좋아서 모르실 겁니다. 내 죄를 셈하느라 애쓰지 마세요. 시간을 되돌린다 해도 나는 똑같을 겁니다. 그게 옳건 그르건 나는 어쩔 수가 없었어요. 그게 진실입니다. 나는 법대로 처벌받길 원합니다. 하지만 내 진심은 변하지 않아요. 나는 나를 버린 그 여자를 지옥에 가서라도 사랑하고 싶습니다. 그뿐입니다. 김수영은 사랑에 미쳐 살인을 저지른 그 사내를 비로소 이해하게 되었다. 그는 오소영을 죽여서라도 사랑하고 싶었다. 미친 것이다.

오소영은 목멘 목소리로 치대 보고 다소간 저항도 해 보지만 짐승남 김수영의 서늘한 광기에 질린 나머지 덜덜 떨 뿐이다. 김수영은 문득 두리번거리더니 바로 옆 남자 화장실 안으로 오소영을 끌고 들어간다. 아무도 없어서 다행이었지만 사실 그딴 건 선을 넘어 버려 의미가 없어진 지 오래였다. 김수영은 칸살 안으로 오소영을 부둥켜 안고 들어가 문을 잠그고는 키스를 해 댄다. 처음엔 싫은 척하던 오소영도 눈물을 흘리며 키스를 시작한다. 둘은 이내 활활

불붙는다.

김수영이 오소영의 허벅지를 움켜쥐며 말한다.

"너랑 하고 싶어. 사랑해. 너 먹고 싶어."

오소영이 헐떡이는 숨을 삼키며 말한다.

"그래. 나도."

"너 내가 준 반지 버렸어?"

"미쳤어?"

"버렸으면 죽여 버리려고 그랬다."

"안 버려. 안 버려."

그때. 칸살 밖에서 인기척이 난다. 동작을 멈추고 입을 다무는 김수영과 오소영. 화장실 안으로 새한국당 대표 노대관이 들어와 소변기 앞에서 안 나오는 오줌을 낑낑거리며 누고 있다. 김수영과 오소영은 칸살 문을 빼꼼 열고 그 꼴을 지켜보며 키득키득댄다. 그러나 둘은 마음의 지옥에서는 간신히 탈출했는지 모르겠지만 불과 한두 시간 이내에 몰아닥칠 폭풍을 전혀 예감하지 못하고 있었다. 삶이란 그런 것이다. 잠시 아름다울 수는 있어도 계속해서 아름답지는 못하다. 어둠이 필요한 무늬인 것이다. 그럼 삶은 아름다운 것인가, 아름답지 않은 것인가?

같은 시각. 그 위험천만하고 우스꽝스러운 소동극 덕에 꽃미남에게서 보리가 목숨을 구했던 그 밤, 정신 나간 김수영과 정신 나간 오소영을 함께 모범택시에 태웠던 그 음흉하게 생겨 먹은 운전기사와 우파 신문의 봉 기자와 새한국당 문봉식 의원이 고급 일식당 안에 둘러앉아 있다.

모범택시 운전기사가 말한다.

"처음에는 부부 사인 줄 알았습니다. 딸내미가 어쩌고저쩌고하면서 당신, 당신, 그러는 거야."

문봉식이 짜릿해하며 말한다.

"대박. 대충 떡 친 관계가 아냐. 연놈들이 살림을 차린 게야."

봉 기자가 환희의 송가에 흠뻑 젖으며 말한다.

"오. 신이시여, 이런 로또를 제게."

문봉식이 방백인지 독백인지 모르게 내뱉는다.

"대한민국 국회를 유린하는 엽기적인 사건이야. 국기 문란."

이래서 야구와 인생이 비슷한 것이다. 사소한 실책 하나가 챔피언 시리즈 전체를 날려 버린다.

뉴스 봐야 한다고 TV 앞에서 보리와 한참 치던 장난을 멈춘 오소영은 덜컥, 수갑이 채워진 현행범처럼 망연자실해진다. 보리는 이모와 TV를 번갈아 쳐다본다. 우와, 울트라 캡숑 대박. 이모, 어떡하냐.

TV 속 뉴스 앵커마저도 전대미문의 특종에 긴장한 듯하다. 이거 말하기도 뭐하고 안 할 수는 절대 없고, 뭐 그런 거 같다. 좋은 소식인지 나쁜 소식인지. 정치 뉴스인지 사회 뉴스인지. 욕할 일인지 축하할 일인지. 복잡 미묘한 심경이 비교적 정직하게 살아온 듯한 중년 신사의 얼굴에 빤히 드러난다.

"시청자 여러분, 새한국당 김수영 의원과 진보노동당의 오소영 의원이 연인 사이로 밝혀졌습니다. 이 둘은 언론법 국회 본회의 가결 당시 불미스러운 폭행 사건의 피해자와 가해자로서 이미 한 번 크게 주목받았던 바 있는데요……."

같은 시각. 새한국당 대표 노대관은 안방 문을 안에서 걸어 잠그고 TV 뉴스를 보며 바지와 팬티를 내린 기괴한 포즈로 치질 약을 바르다가 너무 놀라 손가락으로 항문을 그만 쿡, 찌르는 바람에 눅진한 비명을 지른다. 찜질방 대형 TV 앞에 앉아 삶은 달걀을 꼭 쥔 채 경기를 일으키며 옆으로 쓰러지는 양 머리 고동숙 의원을 떨어지는 사기 밥그릇 잡듯 부축하는 양 머리 손 보좌관과 절망의 핵융합을 일으켜 몽롱해지는 양 머리 정 보좌관. TV 앞에서 유심히 안경을 올려 쓰는 김중건 전 서울대학교 국사학과 교수. 걸레를 쥐고 방바닥을 닦다가 TV 뉴스와 마주쳐 마치 실어증 환자가 말문이 트이듯 미, 친…… 년, 이라고 내뱉고는 조용히 걸을 잡고 모로 드러눕는 오소영의 이모님. 마구 떠들어 대기 시작하는 TV 앞의 대한민국 국민들. TV 앞에서 흐뭇한 미소를 띠는 서정시인 국문과 대학 교수. 해골이 그려진 박스에서 폭탄을 꺼내 하얀 백합꽃 바구니 앞에서 정교한 전선들을 연결하다가 TV로 고개를 쳐드는 꽃미남. 신성한 얼음물 정수기 냉장고 앞에서 양주가 가득 담긴 잔에 떠 있는 얼음을 검지로 휘휘 저으면서 TV 뉴스를 향해 묘한 표정을 짓는 장도준.

호프집에 마주 앉아 있다가 TV를 보게 된 검도장 임대 건물 주인과 공인중개사. 기타노 다케시를 닮은, 백구두 신고 감색 양복에 빨간 행커치프까지 잘 차려입은 건물주 영감님이 숀 코넬리를 닮은, 후줄근한 태극무늬 개량 한복을 축구장 붉은 악마 태극기 두르듯 입고 있는 공인중개사 영감님에게 말한다.

"뭐야? 쟤들 부부 맞잖아."

"아냐. 아직."

"박정희 대통령 살아 계셨으면 국회 앞마당에서 총살당할 일이다. 총살당할 일이야".

"요즘 세상에 저게 무슨 흠이라고. 젊은 놈들이니 이민을 가든지 알아서 하겠지."

기타노 다케시가 숀 코넬리에게 잔을 내밀며 말한다.

"우리가 너무 오래 살아서 별꼴을 다 본다. 건배."

전 매스컴에서 난리가 난다. 국회의사당인가 연애당인가? 선도부가 필요한 국회? 욕망에 눈먼 국회의원 커플 풀잎처럼 누웠을까? 소화기가 맺어 준 세기의 사랑? 고소 고발 연애 유행 예감. 이념의 철조망을 넘어선 불륜 아닌 불륜, 어떻게 볼 것인가. 등등. 트위터 세상에서 김수영과 오소영 대박 스타 재탈환. 인터넷 검색어 순위 1위 — 김수영 마조히스트 오소영 사디스트. 2위 — 김수영 오소영 미친 사랑 종결자. 3위 — 김수영 오소영 뇌 구조. 4위 — 오소영 잠적. 5위 — 김수영 인터뷰 거부. 6위 — 폭풍 소화기 로맨스. 새한당 지도부 김수영 의원 당 윤리 위원회 회부 논의 중. 진보 단체들, 오소영 의원 진노당 대표직 사퇴 요구 릴레이 난상 토론. 등등.

인간을 한심하게 여기는 모든 벽시계와 손목시계 들도 재잘거린다.

62

1987년 6월 민주화 투쟁의 도화선이었노라고 주장하는 수위 아저씨가 지키는 아파트 9동 806호 안에 정윤희, 손윤기, 고동숙, 보리, 오소영이 모여 있다.

정윤희는 개인적인 섭섭함과 짝사랑의 좌절을 가늠할 만한 여유가 없었다. 진이 빠진 수호천사는 기를 쓰고 정신을 차리면서 말했다.

"여론이 너무 안 좋아요. 반대라면 차라리 낫죠. 비아냥이 대세니……. 특히 당원들의 실망이 심각한 수준입니다."

다만 오직 단 한 사람 민주 투사 수위 아저씨만이 오소영의 두 손을 꼭 잡고는 이렇게 위로했더랬다. 간교한 적들의 언론 공작에 당차게 맞서 우리 쓰러지지 말자고.

고동숙이 맥주 캔의 뚜껑 꼭지를 따면서 말했다.

"자기야, 나는 자기가 뭐로든 크게 될 줄 알았어. 역시 자기야. 자기 이제 체 게바라보다 유명해."

"……."

보리는 아까부터 소파에 가부좌를 틀고 앉아 『삼국지』 속으로 도피해 있지만 사실 겉과는 달리 『삼국지』 밖의 전쟁 때문에 『삼국지』 안의 전쟁이 머리에 쏙쏙 들어오진 않았다.

같은 시각. 김수영의 아파트 퀭한 식탁 앞에 퀭한 맹 보좌관과 퀭한 김수영이 마주 앉아 있다. 맹 보좌관도 기가 막히긴 마찬가지다. 수호천사가 도울 수 있는 일이 있고 도울 수 없는 일이 있는 것이다. 하나님도 이쯤에서 그만 사표를 던지라고 부추길 판이다.

차라리 타락천사 루시퍼가 팔자 편하겠다 싶은 미카엘 대천사가 말했다.

"이젠 정말 국회의원 그만두고 싶어도 그만 못 두시게 됐어요."

"……지난주에 그만됐어야 했는데."

"실없는 소리가 나오시는 걸 보니 아직 살 만하신가 보네요."

"……."

"……."

"설명이 가능하면 설명하겠는데 그게 설명이 안 되네요."

"……안쓰럽긴 합니다만, 이건 한 국회의원의 정치 생명이 아니라 한 인간으로서의 정치적 생명이 달린 일이에요. 원치 않아도 그런 싸움이 시작된 겁니다. 그런 싸움을 일으키신 거라고요."

"……."

"문봉식 쪽에서 찔렀답니다. 왜 그랬을까요? 극우 단체와도 관계가 좀 있는 것 같고."

“……그 쥐새끼가.”

‘문봉식’이라는 해충의 학명에 김수영은 눈이 뒤집혔다.

63

주책이라는 것을 안다. 그러나 장도준은 서글프다. 자신만의 빛나는 사과나무를 웬 엉뚱한 놈이 아주 먼 나라의 황무지에 옮겨 놓은 것만 같은 기분이다. 라디오 방송을 억지로 마친 장도준은 홀로 깊은 밤거리를 이리저리 헤매다가 홍대 인근의 한 지하 선술집에 들어가 술을 마시고 있는데 서너 자리 건너편의 누군가가 오소영을 비판하면서 엄청 설레발을 치고 있다.

"자신의 사상과 신념에 위배되는 행동이야. 지지자들에 대한 배신이고."

제 야릇한 슬픔이 주책이라는 것을 아는 것처럼 장도준은 그가 누구인지도 잘 알고 있었다. 아마 그도 장도준을 알고 있을 것이다. 그러나 그때까지 둘은 실제로는 만난 적이 없었다.

그는 누구인가. 일전에 장도준이 악으로 깡으로 참고 읽었던, 그러다 결국 쓰레기통에 던져 넣고 말았던 그 소설책의 작가이다. 홀연 장도준은 그자의 골 빈 얘기를 경청하고 있는 골 빈 여자 옆에 가 앉는다.

소설가는 당연히 놀란다. 하지만 이내 반가운 기색이 소설가의 면상에 엷게 도는 이유는 아무리 개차반이라도 장도준이 그보다는 훨씬 유명인이었기 때문이다. 게다가 소설가는 장도준의 오래전 음악들을 꽤 좋아했던 것이다.

적당한 인사말을 고르고 있는 소설가에게 장도준이 대뜸 말했다.

"너희는 왜 절망을 안 하냐?"

"네?"

"왜 자살을 안 하냐?"

"뭐야, 이 사람?"

"네 책을 보면 그런 생각이 들어, 안다고 다 아는 게 아니다, 뭐 그런 거."

"왜 이러는 거요?"

"작가는 대신 절망해 주는 사람이야. 근데 너희들을 가만 보면 참 존나 건강해. 풍자를 못하면 자살이라도 좀 해 봐라. 외국 작가들 노벨 문학상을 타고서도 자살 많이들 했어. 왜? 절망했으니까. 절망할 줄 알았으니까. 딴따라들도 하는 자살을 작가란 놈들이 글도 못 쓰면서 왜 안 할까? 석연치가 않아. 살아 있는 거야 좋은 거지, 훌륭한 거지. 하지만 내 눈엔 너희들이 절망을 극복해서 살아 있는 놈들로 보이질 않아. 밖으로는 뻔한 사기를 뻔뻔하게 치고 밀실 안에서는 오방 주접들을 떨면서 난교 파티를 벌이고 있는 게 분명해. 으이그."

“……뭐라는 거야?”

자리에서 일어난 장도준은 카운터에서 계산을 하고는 술집 문을 나선다. 그의 등 뒤에서 소설가가 제 골 빈 얘기를 사랑해 주는 골 빈 여자에게 마약, 어쩌구 저쩌구 하는 소리가 분명히 들린다. 장도준은 개의치 않고, 다시금 자신을 기다리고 있는 냉정한 세상의 밤을 향해 한 걸음 한 걸음 계단을 올라갔다.

촘촘한 대나무 곁 작은 탁자를 사이에 두고 김수영은 어머니와 마주 앉아 있다. 형은 온화한 외과 의사고 아우는 과격한 신부인 그에게 가족은 아름답지도 추하지도 않은 추상화였다. 우연을 믿지 않는 잭슨 폴록이 흘려 그린 그림처럼. 김수영은 문득 어머니가 우연을 믿는지 궁금해졌다. 하지만 그는 아무것도 묻지 않았고 어머니 역시 차 한 잔을 마시는 동안 아무 말도 하지 않았다. 김수영은 저쪽에서 꽃나무의 가지를 치고 있는 바리톤에게 고개 숙여 인사를 했다. 그는 언제나 그러하듯이 어색한 눈짓으로 답할 뿐이었다. 김수영에게 그는 선량하다는 것 말고는 별다른 느낌을 주지 않는 사람이었다.

모자는 광활한 우주 속으로 이끌리듯 대숲 안으로 들어갔다. 대숲 한가운데서 어머니가 지난번 그랬던 것처럼 아들에게 또다시 물었다. 너는 이 바람을 번역할 수 있니? 너에게 인생은 의역이니 직역이니? 바람이 대숲과 그 안에서 마주 선 모자를 훑고 지나갔다. 김수영이 여전히 침묵했다. 늙은 여류 서양화가는 환하게 미소하였다. 참 이해하기 힘든 어머니. 해사한 사과나무. 바람 부는 대숲 속에서 홀로 툭, 툭, 팝콘 터지듯 꽃피는 사과나무.

어머니는 아무것도 묻지 않은 김수영에게 대답했다.

"너는 누구냐. 그게 중요해. 다른 건 아무것도 중요하지가 않아."

"……."

나는 누구인가? 직역하면, 나쁘지 않은 죽 같은 새로운 수프? 의역하면? 그건 무한대다. 다른 모든 인간들이 그러하듯이.

김수영은 바람을 들이마신다. 어머니는 저만치 앞서 간다. 마치 거대한 블랙홀 속으로 빨려 들어가는 작고 고독한 별처럼. 김수영은 그 자리에서 뒤돌아 도시로 되돌아가고 있었다.

오소영은 실의에 빠져 누워 있다. 무음인 핸드폰 액정에 뜨는 '김수영'. 오소영은 전화를 받지 않는다. 계속 반짝이는 핸드폰. 오소영은 그것을 담요 안으로 밀어 넣어 버린다.

보리가 방 안으로 들어와 오소영을 등 뒤에서 살며시 끌어안는다.

"이모. 잠이 안 와?"

"……."

『삼국지』에는 제갈공명의 신화적인 활약상이 여러 차례 나온다. ……왕평이 영(令)을 받아 그 길로 들어가다 보니 한 군데에 샘이 있었다. 목이 마르던 군사들은 다투어 그 물을 마셨다. 왕평은 길을 찾은 데다 샘까지 있자 얼른 그 소식을 공명에게 알렸다. 그러나 심부름을 간 병사는 공명의 대체에 이르기도 전에 말문이 막혀 공명 앞에 이르러서는 다만 손가락으로 자기 입을 가리길 뿐이었다. 공명은 깜짝 놀랐다. 병사가 말문이 막힌 게 독 때문임을 알아차리고 몸소 수십 기와 더불어 왕평이 있는 곳으로 달려갔다. 가서 보니 샘이 솟는 작은 못이 하나 있는데, 물은 맑았으나 깊어 바닥이 보이지 않았다. 물 기운이 써늘한 게 군사들도 함부로 들어가 알아볼 엄두를 내지 못했다. 진채로 돌아온 공명은 먼저 군사들에게 샘부터 파게 했다. 맹절에게 들은 대로 군사들이 마셔도 아무 탈이 없는 물을 얻기 위함이었다. 그러나 군사들이 땅을 열 길씩이나 파 보아도 물이 나오지 않았다. 그렇게 장소를 옮겨 가며 파 보아도 마찬가지이자 목마른 군사들은 놀라고 두려워하기 시작했다.

보리가 속삭이듯 말했다.

"……아무리 땅을 파도 물은 나오지 않았다. 제갈공명은 그날 밤 하늘에 향을 피워 올리며 제사를 드렸다."

"……."

"저를 죽이려 함이 아니시거든 이 샘 가득 단물이 괴게 해 주십시오. 제갈공명은 경건히 기다리는 마음으로 잠자리에 들었다. 이튿날 날이 밝고 우물을 들여다보니 우물마다 맑은 물이 넘쳐흘렀다. 하늘은 그를 버리지 않았다."

"……."

오소영이 소리 없이 눈물 흘린다. 보리는 소리 없이 눈물 흘리는 허수아비를 등 뒤에서 꼭 끌어안아 준다.

보리에게 등 뒤에서 꼭 끌어안긴 채로 잠들었다가 그대로 눈을 뜨는 오소영. 보리는 아직 꿈나라다. 오소영은 담요 안에서 핸드폰을 꺼내 본다. 김수영에게서 부재중 전화가 쉰여섯 통이나 와 있다. 그냥 다시 담요 안으로 핸드폰을 밀어 넣는 오소영.

같은 시각. 김수영은 귀에서 맥없이 핸드폰을 내린다. 그는 포장마차의 한 귀퉁이에서 야구 모자를 푹 눌러쓰고 혼자 빈 소주병들 앞에 앉아 있다. 소주를 한 모금 입에 물더니 작은 플라스틱 통에서 두통약을 몇 알 꺼내 삼킨다.

『시턴 동물기』의 맨 처음에는 고독한 늑대왕 로보의 비장한 최후에 대한 이야기가 나온다. 사냥꾼들은 백방으로 로보를 죽이려고 했으나 그의 힘과 지혜를 이기지 못해 피해만 눈덩이처럼 불어 갔다. 어느 날 어니스트 톰프슨 시턴이 사냥꾼이 되어 그 마을에 온다. 그 역시 여러 실패를 거듭하지만 로보의 짝 블랑카를 먼저 죽인 후에 그녀의 사체를 이용해 이성을 잃은 로보를 생포하는 데 성공한다. 사도 바울의 사랑에 대한 편지만큼 누구라도 언젠가 한번은 들어 봤던 것 같은 이 이야기를 그 밤 그 술집에서 오소영과 키스하기 몇 분 전 김수영은 말했었다. 사람들은 로보가 블랑카를 잃은 슬픔에 정신을 놓고 경솔해져서 잡혔다고 생각하는데, 나는 그렇게 생각지 않아. 로보는 블랑카가 어떠한 경우에도 아직 죽지 않았다고 믿고 있었기 때문에 그랬던 걸 거야. 어서 구해 내야 한다고, 그러다 죽으면 어쩔 수 없다고 결심했던 거지. 로보는 그런 남자였고 그래서 죽었고 그의 사랑은 그랬던 거야. 이성을 잃었다고? 웃기지 말라 그래. 교활한 자들은 교활한 해석밖에는 내리지 못한다.

김수영이 뭔가 결심한 듯 술잔을 놓고 일어났다.

『시턴 동물기』는 이렇게 적고 있다. 블랑카를 잃은 로보의 울부짖음에 목동들은 말했다 한다. 늑대가 서럽게 슬프게 우는 건 처음 들어본다고.

중증 알코올중독자 장도준은 술을 마시지 않았다. 대신 자신이 살고 있는 고층 아파트 옥상 난간 위에 올라서서 죽음을 향해 양팔을 크게 벌리고 있었다. 파란 하늘은 사금파리 햇살에 물들어 새하얀 뭉게구름이 너무나 아름다웠다. 시원한 바람결에 장도준의 아픈 마음이, 부러진 수수깡 같은 전 생애가 휘청거린다. 그래, 그냥 새를 따라 날아가 버리면 되는 것이다. 첨탑 꼭대기에서 떨어뜨린 사과가 돌바닥에서 박살이 나는 것과 동일한 과정에 의해 흔해 빠진 절망의 물리학이 완결되면 영원한 안식이니 뭐니 할 것도 없이 의식은 달아오른 전구 속 퓨즈가 팍, 터지듯 오프 돼 버릴 거였다. 죽음 이후? 아서라. 천국이니 지옥이니 내세니 윤회니 하는 그따위 추접한 공갈들이 무서웠다면 그토록 온갖 조롱과 수모를 무릅쓰고 악으로 연명하지도 못했을 것이다. 보일 리 없는 바다 쪽에서 놀러 온 새들이 무리를 지어 뭉게구름 뒤편으로 차례차례 없어지고 있었다. 장도준은 마치 남극 한복판 이글루 안에 홀로 가부좌를 틀고 앉아 양귀비 차를 마시는 기분이었다. 누군들 타인에게 자신을 제대로 설명할 수 있을 것인가. 신조차도 인간을 창조했을 뿐 증오만을 가르치고 인간은 신을 경배할 뿐 얼굴조차 알지 못한다. 하물며 인간이 인간에게 끝없는 의문 말고 무얼 기대할 수 있단 말인가.

장도준은 이 세상에서 가장 유명한 맹인인 스티비 원더가 했던 말을 기억했다.

—나는 단 한 번도 사과를 본 적이 없어. 그저 만져 보고 맛보았을 뿐이지. 하지만 말이야, 나는 사과가 뭔지 알 것 같아.

장도준은 어둠 속에서 이 세계를, 그 세계에 갇힌 모든 인간들을 통찰하고 있는 음악의 고수를 상상했다. 알 수 없는 것으로써 알 수 없는 아름다움을 만들어 내는 영혼이 그리웠다. 도준이 만지고 맛보았던 이 세계는 캄캄했다.

사과…… 사과나무. 장도준의 사과나무는 무엇이었을까. 그에게 어둠은 무엇이었고 세계는 무엇이었고 그를 둘러싼 사람들은 다 무엇이었을까.

눈물이 맺힌 장도준은 까마득한 아래를 내려다보았다. 어릴 적 과수원에서 죽은 개를 끌어안고 빛으로 가득 찬 사과나무를 맞닥뜨린 이후로 좋아하게 된 전봉건의 시 「시월의 소녀」를 떠올렸다.

내가 사랑하는 소녀가 숨은 사과

한 입 깨물면

나의 소녀는 꽃다발 되어 뛰어나올 거다

새까만 사과 씨는 보석처럼
굴러서 대지에 숨을 거둔다.

시월의
소녀는
사과 속에
숨어 있다.

　　장도준은 궁금했다. 내 인생에 시월의 소녀는 있기나 했던 것인가. 사랑이 사과 속에 숨어 있는 귀하고 애틋한 것이라면 나는 그런 사랑을 잠시라도 가져 본 적이 있었던가. 장도준은 한 번도 직접 만나 보지 못한 김수영이라는 사내에게 당장 달려가 충고하고 싶은 심정이다. 내가 너였다면 절대 그 여자를 포기하지 않을 것이다, 라고. 내가 지금 너만큼만 젊었다면, 너만큼만 멀쩡했다면. 내가 아직 이토록 무너지지만 않았다면…… 서글픈 상념을 마친 장도준이 이윽고 허공에 제 후회와 오욕으로 점철된 육신을 던져 넣으려는 찰나, 그는 저 멀리, 아주 멀리 어디선가 작은 섬광을 보았다. ……이상한 빛이었다. 아무리 기다려도 다시 나타나지 않는 그것은 착각인지 아닌지도 가늠키 어려웠다. 다만 장도준의 가슴속으로 들어가 버린 그 빛은 그를 허무의 바람 속에서 고층 아파트 옥상 난간 바닥으로 조용히 이끌어 내려놓았다.

같은 시각. 김수영은 유리가 삼분의 일쯤 깨진 채 죽어 있는 오소영의 손목시계를 공연히 높이 쳐들어 태양에 비춰 보고 있었다. 새하얀 뭉게구름 안에서 한 떼의 낯선 새들이 차례차례 흘러나오고들 있었다. 반짝, 유리가 깨진 채 멈춰 있는 그녀의 손목시계, 반짝.

시계는 인간이라는 어리석음의 실체가 한심하겠지만 김수영은 시간이라는 관념의 요술이 미덥지 않았다. 우주의 어느 부분에서는 째깍 1초가 100년처럼 늘어지고 또 다른 곳에서는 100년이 째깍 1조 만에 지나가 버린다고 하지 않던가. 정말 그럴 수 있을까? 그런 신비로운 경험이 가능할까? 시간은 인간의 고약하고 처절한 한계상황으로만 존재하는 게 아닐까? 영생을 갈구하던 진시황제도 기껏해야 나이 쉰에 미쳐 죽었다. 연금술사들이 불로장생의 묘약이라고 권한 수은에 중독됐던 것이다. 그는 숨을 거두기 몇 시간 전 바다로 걸어 들어가 하늘을 향해 내가 왔다고 소리치며 석궁으로 상어를 잡았다 한다. 김수영은 피식, 웃었다. 그리고 이내 결연한 표정으로 돌변하더니, 오소영의 죽은 손목시계를 바지 주머니 속에 집어넣고는 다시 가던 길을 서둘러 간다.

……아홉 살 말더듬이 장도준 소년은 새엄마가 여기저기 놓은 쥐약을 먹고 죽은 개를 끌어안고 집 부근 과수원 안을 헤매 다니고 있다. 그 개는 도준의 유일한 친구이고 그 과수원은 주인이 갈아엎고 떠나 버린 지 수년째여서 말라 죽은 이름 모를 나무들의 잔해가 서늘하게 늘어선 폐허다. 시간이 가을바람을 이끌고 온다. 도준은 유일한 친구를 땅에 묻으려다가 한 그루의 사과나무와 마주친

다. 그 사과나무는 매끈한 가지마다 붉은 사과들을 주렁주렁 매달고 있다. 도준은 죽은 친구를 꼭 품은 채 어떤 알 수 없는 힘에 휩싸여 그 자리에서 꼼짝도 할 수가 없다. 사과나무는 사과들과 더불어 빛으로 차오른다. 가을바람이 시간을 이끌고 떠나간다. 사과나무에서 빛이 사그라지자 그 사과나무는 다시 사과나무가 된다. 소년 도준은 하나뿐인 친구의 주검을 사과나무 아래 내려놓고는 과수원을 태연히 걸어 나온다……. 장도준은 식은땀에 흠뻑 젖어 꿈에서 깨어났다. 고층 아파트 옥상 난간에서 내려온 장도준은 곧바로 1707호로 돌아와 졸도하듯 마루에 엎어져 잠들어 버렸던 것이다. 내가 죽으려고 했던 거구나. 그래, 그랬어. 죽으려고. 언제나 그랬던 거지만 이번엔 차원이 달랐어. 정말 죽으려고 했던 거야. 그런데 그 빛은? 그 빛이 내게……. 작곡은커녕 기타를 잡은 지 10여 년이 넘은 마약 전과 2범 퇴물 대중음악가 장도준 옹은 신성한 얼음물 정수기 냉장고 앞에서 오아시스에 막 도착한 낙타처럼 목을 적신다. 대낮인데도 암막 커튼이 쳐진 거실은 캄캄하다. 장도준은 익숙한 어둠 속에서 왠지 외계 생명체인 듯 낯설어 보이는 냉장고를 주시한다. 저 안에는 코끼리를 닮은 술병들이 빽빽하다. 장도준은 냉장고에서 뒤돌아선다.

　장도준은 침대 밑에서 낑낑대며 검고 육중한 무언가를 끌어냈다. 가시덤불 같은 먼지를 털고 닦아 내느라 밭은기침을 했다. 케이스가 열리자 붉은색 전기기타가 죽은 소년처럼 누워 있다. 녹슬고 헐거워진 기타 줄을 조이고 튜닝하는 데만도 한참이 걸렸다. 앰프 위에 올려놓았던 잡동사니들을 치운 뒤 전원을 연결하자 우웅── 하울링이 일어났다. 장도준은 갑자기 눈물이 났다. 기타를 조심스레 퉁겨 본다. 음이 솟구친다. 음이 우주에 퍼진다. 모르고 있던 것은 아니었다. 어떤 통증 같은 게으름과 공포 때문에 인정할 수가 없었을 뿐이다. 다만 자유롭기 위해서 음악을 사랑했다는 것을. 사실은 단 한 순간도 진지하지 않은 적이 없었기에 늘 그렇게 괴롭고 장난스러웠고 외로웠다는 것을. 스피노자는 내일 당장 지구의 종말이 닥친다 해도 오늘 한 그루의 사과나무를 심겠노라 대범한 척했고 이상(李箱)은 능금 한 알이 떨어시사 지구는 부서질 듯이 아팠다고 읊조렸으며 무엇보다 사탄은 사과로 아담과 이브를 유혹해 에덴동산에서 쫓겨나 속세를 건설하게끔 했으니 가히 문명이란 한 그루의 사과나무로부터 비롯된 것이며 그날 그 소년의 영혼에 뿌리내렸던 저 신비한 사과나무 또한 어느 날 홀연 음악이 가득 찬 전기기타로 변하여 자신 곁에 온 것임을. 그날 그 사과나무는 신이었고 여인이었고 청춘이었고 음악이었고 슬픔이었고 나 자신이었고 결핍이었지만 결핍이 없는 자들은 이런 질문 자체가 없겠지. 그래서 그들은 사과를 보면서도 보지 못하고 맛보면서도 맛보지 못할 것이다. 장도준은 어두운 방 한가득 은하수가 되어 떠오르는 음악에게, 빛나는 사과나무에게 말한다. 말할 수 있다. 나는 안다고. 이제 다 안다고.

장도준은 베란다의 창문을 활짝 열고 냉장고를 거기에 기대어 놓았다. 그리고 담배를 한 대 피워 문 뒤에 아래를 내려다보았다. 아무것도 없는 한낮의 검은 바닥이 보였다. 냉장고 문을 연다. 코끼리를 냉장고 안에 넣는다. 냉장고 분을 닫는다. 공자, 부처, 예수, 마호메트의 진리들이 전부 녹아들어 있는 이 '냉장고에 코끼리를 넣는 법' 말고 더 청명한 3단계 진리를 장도준은 새로이 선포하노라. '인간이 냉장고에 갇혀 있다가 나오는 법'. 냉장고 문을 발로 걷어차 열어 버린다. 냉장고 안에서 저벅저벅 걸어 나온다. 그다음은? 장도준은 연기에 눈이 따가운 담배 도막을 내뱉으며 냉장고를 아파트 17층에서 떨어뜨렸다. 냉장고는 새처럼 날다가 슈우익— 하강하고 있다.

장도준은 베란다 창틀에 왼발을 걸쳐 놓고 꿋꿋하게 서서 전기 기타를 연주하기 시작했다. 도시 전체에 그의 금속성 음악이 천둥처럼, 벼락처럼 울려 퍼졌다. 그리고 장도준은 외쳤다.

"야, 이 존만 한 새끼들아! 난 안 죽었다! 다시 시작한다! 개새끼들아 —."

냉장고가 아스팔트 바닥에서 폭발하는 소리가 들렸다. 그것은 어둠이 박살 나는 소리였다. 쓰러졌던 자가 다시 일어서는 소리였다. 비극조차 날로 먹으려고 하는 속물들에게 장도준이 엿 먹이는 소리였다. 그의 관은 부서졌다.

67

승리를 만끽하는 문봉식은 룰루랄라 세단의 운전석에 오르려 한다. 그때 억센 그림자가 문봉식을 끌어내 후려갈긴다. 문봉식은 지하 주차장 기둥으로 날아가 부딪히고는 흘러내린다.

애써 정신을 수습하려는 문봉식에게 김수영이 말한다.

"친일파 손자 새끼. 죽여 버리겠어."

의외다. 문봉식이 피도 닦지 않고 차분하게, 섬뜩할 지경으로 차분하게 말했다.

"날 죽인다고 뭐 달라져?"

"뭐?"

"넌 우리한테 안 돼."

"우리?"

"그래. 우리."

"우리가 누군데?"

“누구긴 누구야. 사람들이지.”

“뭐?”

“사람들.”

“……우리. ……사람들.”

악마가 깨우쳐 준 충격 속에서 털썩 주저앉아 버리고 싶은 김수영에게 문봉식이 독배를 건넨다.

“……에이. 너 지금 이럴 때가 아니야.”

“뭐?”

“뉴스 못 봤어? 오소영 사무실에 폭탄 터졌어.”

“뭐?”

“쯧쯧. 너희들이 그렇지. 언제 어른 될래? 넌 절대 나 못 이겨.”

순간, 김수영은 핸드폰 문자 메시지를 받는다.

—우파의 미래 지도자인 당신을 타락시킨 그 마녀를 용서할 수가 없습니다.

알 수 없는 말이었다. 또한 김수영은 그것이 안창식이 보낸 극단적 아이러니라는 것도 알 수가 없었다. 그러나 지금 누가 위험한지 정도는 충분히 알 수가 있었다.

김수영은 악마의 비웃음을 뒤로한 채 햇빛이 멍울져 있는 지하 주차장 입구로 뛰어갔다. 문봉식의 웃음소리는 악마가 웃는 소리 같았다.

68

처연해진 오소영은 혼자 몰래 지역구 사무실에서 여권과 그 외 몇 가지 필요한 서류 등속을 챙겨 륙색 안에 넣고 있었다. 정 보좌 관은 사방팔방 찾아 헤매며 난리를 치겠지만, 보리를 데리고 어디 로든 당분간 조용히 떠나 있는 게 최선이라는 요량이었다. 비겁한 독단이며 용서 못할 자충수라고 비난받는다 해도 어쩔 수 없었다. 일단은 미칠 것 같은, 아니 이미 미쳐서 쪼개지고 터져 버린 머리와 가슴을 제발 아무런 자극 없이 가만히 놔두지 않고서는 그 어떤 신 통한 수습도 가당치 않을 것 같았다. 사랑은 우연이 운명이 되는 과 정인가. 아니면 운명이 우연처럼 찾아든 결과인가. 지금 오소영에게 는 인생이 오로지 잔인하고 무책임한 우연으로만 여겨졌다. 그래, 그렇다면, 그토록 인생이 무가치한 것이라면 차라리 잘됐다. 언니가 그렇게 된 것도 내 철없이 사악한 기도 때문이 아니라 인생 자체가 어처구니없어서일 테니까. 그저 운명이 되고 싶어 안달이 난 유치한 우연의 장난일 뿐일 테니까. 인생은 가볍다. 진지하면 죄가 될 만큼 가볍다. 오소영은 이런 식으로 사랑이니 운명이니 우연이니 하는 유서 깊은 관념들을 마구 투기할 만큼 뼛속까지 피폐해져 있었다.

빼꼼 열린 창틈으로 불어 들어오는 바람에 오소영의 마음이 흔들린다. 그리고 오소영의 시선은 흔들리는 백합꽃으로 옮겨 간다. 하얀 백합, 오문영의 꽃. 아, 내 언니의 꽃. 저 백합꽃을 끈질기게 보내 주는 그 열렬한 지지자도 엄청난 실망에 시달린 나머지 나를 떠났겠지. 오소영이 미안하고 쓰라려 백합꽃을 매만지려는데 창가 쪽에서 순한 인기척에 이어 순한 목소리가 그녀의 어깨를 매만진다. 의원님. 시든 것들은 어떻게 할까요? 막 할머니로 접어든 청소부 아주머니다. 저 불행과 고생이라면 이골이 난 늙은 과부는 아무런 내색도 않고 평소와 다름없이 대함으로써 오소영을 위로하고 있다. 오소영은 아무런 내색도 않고 평소와 다르게 묵묵히 고개만 끄덕인다.

근자 뜻밖의 제보를 따라 안창식을 쫓던 한상길 형사는 안창식이 누군가를 암매장한 강변 자리를 파헤치고 있었다. 안창식에게 살해당한 그 남자는 그 세계에서 속칭 붉은 수염이라고 소문에 소문이 꼬리를 물며 널리 알려진 음산한 거물이다. 그런데 희한한 점은, 그 바닥에서 붉은 수염을 직접 만나 본 사람이 안창식밖에 없다는 사실이었다. 무슨 얘기냐 하면 붉은 수염은 안창식의 떠벌림과 속삭임 속에만 숨어 있는 존재라는 거였다. 그런데 그런 안창식이 그러한 붉은 수염을 죽여 이 강가에 묻었다니. 대체 그 둘 사이에는 무슨 일이 벌어졌던 것일까. 삽과 곡괭이를 든 특별 수사대원

들을 뒤로하고 한상길은 강 저편의 다 허물어져 가는 작은 유원지
에 내려앉는 노을을 바라보았다. 이상한 나라다. 정말 이상한 나라.
정말 이상한 인간들이 득실거리는. 그럼 나는? 이상한 형사지. 정
말 이상한 형사. 정말 이상한 인간들만을 골라잡으러 다니는. 누굴
까? 그 잘생긴 안창식이라는 신종 괴물이 죽인 붉은 수염이라는 베
일에 싸인 원로 괴물을. 한상길은 이제 손에 넣게 될 붉은 수염의
시체를 실마리 삼아 추적하면 곧 안창식의 목덜미를 움켜잡을 수
있을 거라는 살벌한 희망에 무겁게 들떠 있었다.

　일주일 전, 지금 파 내려지고 있는 바로 저 자리에서 안창식은
붉은 수염을 독대하고 있었다. 붉은 수염은 꽃미남에게 말했다. 너
는 열등하다. 너의 피와 살, 백골과 뇌수, 너의 상처와 몽상까지 다
열등하지. 사랑받지 못한다고 해서 사람들을 하늘의 별들만큼 죽이
겠지만 더 죽이고 또 죽인들 넌 결코 너 자신을 사랑할 수 없을 거
야. 왜냐. 열등하거든. 붉은 수염이 이 말을 마치자마자 안창식은
사제 권총으로 붉은 수염의 관자놀이를 쏘았다. 붉은 수염은 난간
위에서 화분이 넘어지듯 쓰러졌다.

　그때. 뒤에서 김 형사가 온다. 반장님. 나온 거 같은데요. 어, 그
래? 네. 그런데요, 그게. 뭐가? 나 이거 참. 뭐라고 말씀드려야 할지.
뭔데? 말씀이 뭐가 필요 있어. 내가 직접 보면 되지. 비켜. 한상길은
땀에 흠뻑 젖어 있는 형사들을 헤치고 검은 구덩이로 다가갔다.

　류색을 어깨에 둘러메고 사무실을 나와 복도를 걸어가던 오소
영은 청소부 아주머니가 부르는 소리에 뒤돌아보았다. 그녀는 시든
백합꽃 바구니를 끌어안고 있었다. 오소영이 말했다. 그냥 버리시

라니까요. 청소부 아주머니가 백합꽃 바구니를 두 손으로 받쳐 들고 흔들면서 말했다. 아니요. 여기 뭐가 들어 있는 거 같아서……. 순간. 청소부 아주머니가 폭발하면서 불길이 오소영 쪽으로 몰려든다. 오소영은 굉음과 함께 뒤로 멀리 튕겨져 나간다.

한상길은 처음에 어두운 구덩이 속에 있는 그것이 언뜻 엄청난 거인인 줄 알았다. 그러나 그는 곧 자신이 보고 있는 게 머리에 총을 맞고 누워 있는, 아직 부패도 채 시작되지 않은 당나귀의 시체라는 것을 알았다. 그 불쌍한 변종 짐승은 방금까지 한상길이 바라보았던 저 허물어져 가는 작은 유원지에서 베트남전 파병 해병대 예비역 장교 영감님이 아이들을 태우고 다니며 코 묻은 돈을 벌던 당나귀였다고 한다. 가끔 얼굴이 하얗고 곱상한 청년이 찾아와 선뜻 몇만 원씩 영감님에게 쥐여 주고는 한참 당나귀에게 중얼거리다가 버리곤 했다는데 지난주 수요일 오후 홀연 그 당나귀가 사라졌다는 것이다.

한상길은 자신이 쫓고 있는 자가 자신의 상상력을 훨씬 뛰어넘는 자라는 사실이 막막했다. 니체의 저명한 경고. 괴물과 싸우는 사람은 그 싸움 속에서 스스로도 괴물이 되지 않도록 조심해야 한다. 우리가 괴물의 심연을 들여다봤다면, 그 심연 또한 우리를 들여다볼 테니까. 아, 그러나 한상길의 프로파일링은 과연 이런 자의 심연을 들여다본다는 것이 애초에 가능하기나 한 것인가에 대한 회의에 다다라 전복하고 말았다. 김 형사가 멍을 때리고 있는 한상길에게 물었다. 반장님. 이 당나귀 어떡할까요? 뭐? 이거 어떡하냐고요. 피살자니까 국과수 시체실로 이송해. 네? 왜? 피살자요? 내가 지금

피살자라 그랬어? 네. ……됐고, 나중에 재판에 넘기면 증거로 써야 하는데 네가 판사면 이 꼴을 다 믿겠어? 한상길은 진심이었다. 아무리 기발하고 괴기스러운 탐정소설을 소싯적부터 열독해 온 판사라고 해도 이 상황을 파악은커녕 인정하기조차 버거워할 게 분명하기 때문이었다. 웃을 수도 찡그릴 수도 없는, B급 공포 영화와 고도의 부조리극 사이의 어느 애매한 지점에 당나귀의 주검은 누워 있었다. 그러나 그 해괴한 장르를 이름 지어 줄 만한 천재적 문학성이 경찰대학을 졸업하고 콜롬비아대학교에서 범죄심리학 석사과정을 마친 뒤 FBI 범죄 연구소에서 연수까지 받은 바 있는 이 민중의 황금 지팡이에게는 아쉽게도 없었다. 다만 이상스럽게도 한상길은 『요한복음』 12장에서 예수가 나귀를 타고 예루살렘으로 입성하는 장면이 선연히 떠올랐다. 불과 며칠 뒤 그 예수를 십자가에 못 박으라고 소리칠 바로 그 군중들이 종려나무 가지를 흔들며 예수를 향해 호산나! 주의 이름으로 오시는 이여! 이스라엘의 왕 찬미 받으소서! 하고 외쳤던 것이다. 한상길은 대한민국에 재림한 예수가 나귀부터 죽이고 군중을 멸하려 한다는 것까지는 감히 상상할 수 없었다.

69

흰 고양이가 그려진 분홍색 챙 모자를 쓴 보리는 양손을 바지 주머니에 꽂은 채 텅 빈 수로 옆 가로수 길을 혼자 걷고 있었다. 아까부터 음산한 봉고차 한 대가 줄줄 따라오고 있다는 것을 쨍쨍한 해님이 알고 보리도 안다. 불쑥 멈춰 선 보리가 왼편으로 온 봉고차에게 쏘아붙인다.

"씨. 짜증 나. 뭐야? 유괴범이야?"

봉고차의 운전석이 버젓이 열린다. 꽃미남이 보리를 물끄러미 본다. 보리가 꽃미남을 물끄러미 본다. 꽃미남이 환하게 웃는다. 보리는 생각한다. 아, 되게 되게 예쁘게 생긴 이상한 아저씨네. 꽃미남이 두 눈을 지그시 감았다가 무표정 속에서 다시 뜬다. 보리가 양손을 바지 주머니에서 천천히 빼낸다.

70

김수영이 달려갔을 때 오소영의 지역구 사무실은 폭탄 테러로 쑥대밭이 돼 있었다. 그 선량한 청소부 아주머니는 산산조각이 나 재가 돼 버렸고 오소영은 병원으로 후송되었으나 천만다행 가벼운 타박상 외의 부상은 입지 않은 것으로 보도되었다. TV에는 혼이 빠져 웅크리고 있는 오소영과 그런 그녀를 감싸고 있는 정 보좌관이 책장 넘기듯 스쳐 지나갔다. 그리고 잠시 뒤 붉은 수염이라는 자가 자신이 보리를 납치했다며 경찰에 전화를 하고는 그뿐 연락을 끊었다고 했다. 한상길 반장은 보리를 유괴한 범인이 안창식이라고 확신했다. 이미 살해당한 붉은 수염, 아니 이미 살해당한 당나귀가 자신이 보리를 납치했다며 경찰에 전화를 걸었을 리는 만무했기 때문이다. 한상길로부터 매우 검열되고 정화된 자초지종을 들었음에도 오소영은 혼절했다.

김수영은 참담한 아수라장을 목도하고 있었다. 그것은 대한민국이라는 야만의 얼굴이었다. 김수영을 걱정하던 전태양은 긴급 속보를 접하고는 김수영에게 전화를 했다. 김수영은 보리에 관한 괴로운 소식을 전했다.

"……백합꽃 바구니에 폭발물을 숨긴 놈이 틀림없이 보리도 데려갔을 거다."

"……백합꽃이요?"

영검관 마룻바닥 위에서 대걸레 자루를 잡고 서 있는 전태양은 백합꽃이라는 단어에 머리털이 쭈뼛 섰다. ……이글거리는 태양 아래 이 어질어질한 세계의 작은 사거리에서 마주 선 전태양과 꽃미남은 서로 상대의 눈동자 속에 어려 있는 자신의 얼굴을 응시했다. 전태양이 꽃미남에게 말했다. ……미안합니다, 라고 안 합니까? 꽃미남이 해골이 그려진 양철 박스와 하얀 백합꽃 바구니를 챙겨 들며 대답했다. ……안. 해. ……배고프다고 쥐약을 처먹진 말자. 배고프다고 쥐약을 처먹진 말자. 배고프다고…… 에이, 이상한 새끼 잖아? 어? 가만. 어디서 봤지? 전태양은 가까운 주상 복합 건물 안으로 사라지는 꽃미남과 하얀 백합꽃 바구니와 해골이 그려진 양철 박스를 유심히 바라보았다. ……어느새 전태양은 어느 주상 복합 건물 안 광장에 들어와 있었다. 구조가 매우 특이해서 중앙을 텅 비워 둔 채 직사각형으로 올라간 발코니들 바로 아래 큰 사과나무 한 그루가 놓인 정원이 있었다. 사과나무 가지들마다에는 무슨 크리스마스 장식마냥 빨간 인조 사과들이 주렁주렁 매달려 있었다. 전태양은 꽃미남이 나선형 계단을 빙글빙글 돌아 한 오피스텔의 문을 열고 들어가는 것을 올려다보았다.

"······형. 나 보리 어디 있는지 알 것 같아요."

대충 상황을 설명한 전태양은 전화를 끊고 영정 속 안동림 사범
을 쳐다보았다. 전태양은 사무실 벽에 기대어진 무기들의 시건장치
를 풀었다. 그리고 그중 안동림 사범의 장검을 명주 천에 둘둘 말아
서 들고 밖으로 나간다.

잠시 후. 또다시 전태양은 빨간 인조 사과들이 주렁주렁 달린 사
과나무 곁에서 주상 복합 건물의 스카이라인이 직사각형으로 잘
라 놓은 파란 하늘을 올려다보고 있었다. 2층 계단에서 흰 고양이
가 그려진 분홍색 챙 모자를 주워 든 전태양은 그것을 청바지 뒷주
머니에 구겨 넣은 다음 도시가스관을 타고 꽃미남의 오피스텔 거실
창문까지 올라간다. 엷은 커튼을 살짝 젖히자 한 예민한 사내의 뒷
모습이 보인다. 이어 전태양은 의자에 앉은 채로 약에 취해 잠들어
있는 보리를 본다. 무언가를 만지다가 인기척을 느낀 꽃미남이 창
백한 얼굴로 마치 백화점 마네킹이라도 옮기듯이 보리를 뒤에서 안
고 발코니로 끌고 간 다음 사제 권총을 꺼낸다.

전태양이 말했다.

"좁은 공간에선 총보다 칼이야."

전태양이 한 발 다가서자, 꽃미남은 소리 없이 웃으며 보리를 발
코니 밖으로 떨어뜨린다.

"안 돼!"

전태양의 동공이 부서진다. 추락하는 보리는 사과나무 가시들에
부딪히고 걸리며 충격이 완화된다. 빨간 인조 사과들이 우두두 —

소낙비처럼 내린다.

　전태양은 화가 나면 날수록 더욱더 냉정하게 공격하도록 입력되어 있는 무사의 혼을 따라 작동했다. 허공에 칼날의 곡선이 그려진다. 꽃미남의 권총이 발사된다. 하얀 벽지에 길게 튀는 핏방울들. 후다닥 권총을 겨누며 쳐들어오는 한상길 반장과 형사들. 오른쪽 어깨에 총탄을 맞은 전태양은 여전히 시퍼런 장검을 치켜들고 있다. 권총을 쥔 채 바닥에 덩그러니 떨어져 있는 꽃미남의 왼손. 꽃미남의 손 없는 왼팔이 콸콸 피를 쏟아 낸다. 형사들을 뒤따라 들어온 김수영이 전태양에게 말한다.

　"태양아. 칼 내려놔라. 너 하나가 아니야, 그러면 우리가 다 지는 거야. 우리가."

　전태양은 칼을 내리며 꺼지듯 주저앉는다. 바닥에 구르는 권총과 칼부터 우선 수습하는 형사들. 김수영은 잠든 것처럼 정원에 떨어져 있는 보리를 확인하고 그리로 달려 내려간다.

　문제의 주상 복합 건물을 빙 둘러싼 폴리스 라인 안에서 구조대원들이 전태양을 수갑 채워 데려간다. 전태양의 청바지 뒷주머니에서 흰 고양이가 그려진 분홍색 챙 모자가 흙바닥으로 흘러내린다. 이 모든 광경들을 묵묵히 지켜보던 김수영은 작은 플라스틱 통 안에서 두통약을 꺼내려다가 잠깐 깊은 생각에 잠기더니 그것을 그냥 길바닥에 내버린다. 맹 보좌관이 김수영에게로 다가온다. 저기 BMW의 뒷문을 열고 홍 기사가 기다리고 있다. 그러나 김수영은 아무 말도 없이 그들을 지나쳐 어디론가 터벅터벅 걸어간다.

72

송 보좌관은 공자에 기대었다. 공자 왈, 윗사람과의 교제에서 삼 갈 사항 세 가지. 묻지 않았는데도 조급하게 말참견하는 것. 물었 는데도 대답하지 않고 잔머리 굴리며 숨기는 것. 안색을 살피지 않 고 혼자 떠들며 눈치 없이 구는 것. 송 보좌관은 공자의 눈칫밥 챙 기기 매뉴얼을 골초가 식후 담배 피우듯 엄수하며 살아왔다고 자 부했다. 그러나 그래서 고작 얻게 된 게 뭔가? 예의 그 소심하고 우 울한 관상으로 문봉식 국회의원 사무실 문 앞에 청초하게 서서 성 추행의 원활한 진행을 위해 망을 보고 있는 것? 어떠한 악조건에서 도 간 없고 쓸개 없는 처세로 가늘고 길게 가는 것? 딴 사람들이라 고 해서 뭐 그닥 뾰족하게 올바르지는 않더라며 자괴와 자포자기 속에서도 찝찝하게 자위하는 것? 누가 비겁한 새끼라고 손가락질할 때 잠깐 찌릿하기는 해도 냉큼 딴청 부리는 것? 타인을 비난할 만 큼 정의롭다고 자처하는 자에게 너는 정의의 사도는커녕 진지한 위

선자이거나 아직 인생의 쓴맛을 못 봐서 설치는 운 좋은 놈일 뿐이
라고 비아냥거리는 것? 그리하여 송 보좌관은 오늘 다시 공자에게
비스듬히 기댄다. 종일 배불리 먹고 아무 데도 마음 쓸 일 없이 빈
둥거릴 바엔 차라리 장기 놀음이라도 하는 것이 낫다. 어라, 이 큰
일 날 지상명령은 대체 누구의 말씀이란 말인가? 현대미술사의 말
런 브랜도, 잭슨 폴록의 명언인가? 아니다. 다름 아닌 공자님 말씀
이다. 후세에 신격화돼서 그렇지 실제로 공자는 고결함만으로 점철
된 성인은 아니었다. 온갖 불우와 역경을 박박 기어서 모면한 밑바
닥형 경험주의자, 그가 바로 공자다. 송 보좌관은 만사가 선택의 문
제라는 점을 되새기면서 그간 악용해 마지않던 공자를 기어이 담백
하게 대하기로 한다. 세상의 파도를 거슬러 보려는 것이다.

"이런 걸 이렇게 다 모아 놓고. 송 보좌관 당신 무서운 사람이었
구먼."

맹 보좌관은 송 보좌관으로부터 문봉식에 대한 감동적인 파일
들 일체를 넘겨받는다. 그 가운데는 불법 정치자금은 물론이요 안
창식이 함께 서 있는 극우 단체와 찍은 사진도 있다.

맹 보좌관은 사지에 몰린 전세를 완전히 뒤집을 수 있는 핵무기
를 입수하게 된 것이 기쁜 만큼이나 송 보좌관이 걱정된다.

"출처는 비밀로 할게."

송 보좌관이 웃을 수 없는 얼굴로 웃으며 말한다.

"비밀이 성립 안 되는데 뭘 비밀로 합니까? 개의치 마세요. 비밀
이 싫어서 비밀을 까발리는 거니까."

"……그래, 그렇지. 하지만 괜찮아. 이걸로 끝장이야, 문봉식."

"내가 그 작자 옆에 있으면서 깨달은 게 뭔지 아십니까?"

"……."

"그놈들은 도대체가 좌절이란 게 없어요. 뭐, 어쩌다 감옥에 처넣을 수는 있겠죠. 하지만 언제고 또 튀어나와 활개를 치고 다닐 겁니다. 우리에게는 없는 기가 막힌 것을 가지고 있거든요."

"돈?"

"그건 기본이고."

"……."

"어쨌든 버티면 다 지나간다는 것. 무조건 뻔뻔하게 굴면 이긴다는 것. 그런 게 목숨에 배어 있어요."

"……그래, 맞다. 우리가 그게 약하지."

"난 보복당할 겁니다. 틀림없이."

"……내가 좀 물어보자."

"……."

"그걸 알면서도 갑자기 이러는 이유가 뭐냐?"

"……어젯밤도 병실에서 산소호흡기를 긴 채 누워 있는 와이프를 멍하니 내려다보고 있으려니까, 불쑥 뭔가 미끈한 것이 치밀어 오르면서 이런 생각이 막 들더라고요. 내가 죽을 땐 어떨까. 그 많은 후회를 다 어떻게 할 것인가. 그때 그랬어야 했는데, 그때 그랬어야 했는데, 그러다 딸깍 숨이 끊어지겠지……."

"……집에 우환이 있는 줄 몰랐네."

"더럽고 치사하기가 싫었어요. 단 한 번은 그러기가 싫었어요. 아무리 엄청난 대가를 치르더라도 딱 한 번만큼은."

“송 보좌관.”

“……”

“우리 각자가 일생에 단 한 번씩만 그런 결정을 내려 준다면 세상은 바뀐다.”

“……이긴단 말입니까?”

“계속 싸울 수가 있지. 그건 살아 있다는 뜻이야.”

“내가요, 가슴 아프지 않게 살아 봤는데요, 그게.”

“그게.”

“더러워요. 정말 더럽고 치사해요. 가슴 안 아픈 건.”

“……맞아. 가슴이 아파야 살아 있는 거지.”

잔디밭에 서 있는 두 수호천사는 하얀 깃털 날개를 꼿꼿이 세우면서 대한민국 국회의사당을 올려다봤다.

같은 시각. 좌절한 민주 투사가 경비원으로 봉직하고 있는 아파트 옥상에서 오소영과 김수영은 파란 하늘 모래시계 모양의 뭉게구름 아래 마주 서 있다. 김수영은 먼 훗날에 후회하고 싶지가 않아서, 아, 그때 그랬어야 했는데, 정말 그랬어야 했는데, 그러기가 싫어서 애원한다.

“이러지 마라. 한 사람만, 단 한 사람만 믿어 주면 굴복하지 않을 수 있다며? 닐 믿어. 나는 널 믿을게. 세상에 지기 싫다.”

“……”

“……”

오소영의 눈빛이 맹렬하게 고요하다. 제 새끼를 지키려는 어미들이 인간이건 짐승이건 보통 저런 눈을 갖는다.

"모르겠어? 우리 때문에 우리와는 아무런 상관 없는 착한 사람이 불에 타 죽었어. 단 한 사람? 우리 때문에 우리를 믿어 주던 단 한 사람이 다쳤어. 보리가 다쳤어. 이제 우리 편은 단 한 사람도 없고, 그게 세상이야. 이기고 싶으면 너나 이겨. 난 이 나라가 지긋지긋해."

"……."

"우리가 미쳤던 거야. 그만 내 인생에서 사라져."

야윈 오소영의 감색 원피스가 바람에 펄럭인다. 엉뚱하게도 김수영은 꿈을 꾸는 것만 같다. 수평선 위에 꽂힌 한 그루의 사과나무가 바닷바람에 흔들리는 것을 본다. 바람은 모습이 없어. 하지만 바람은 흔들리는 것으로 제 모습을 드러내는구나. 오소영이 김수영에게 루비 반지를 되돌려 주고는 떠난다. 오소영이 바람의 모습이 되어 흔들리다가 애초에 존재하지도 않았던 것처럼 흩어져 버린다. 혼자 남겨진 김수영은 흔들리며 생각한다. 인생은 운명으로만 이루어져 있다. 우연을 닮은 운명이 인간을 농락한다. 우연은 운명이 쓴 비열한 가면이다. 그리고 사랑은 무너졌다, 고.

구치소 유리 벽을 사이에 두고 신임 사범과 바지 관장이 마주 앉아 있다. 김수영은 붕대를 두른 전태양의 오른쪽 어깨를 유심히 본다. 국과수에서는 꽃미남이 탄환에 하켄크로이츠를 새겨 넣었다고 발표했다. 다시는 정상적으로 검을 잡을 수 없을지도 모르는 신임 사범이 다시는 정상적으로 사랑을 할 수 없을지도 모르는 신임 바지 관장에게 말한다.

"의사가 한두 달 경과를 두고 봐야 한대요. 아무렴 어때. 외팔이 검객도 멋있잖아요. 맹인 검객도 있는데, 뭐."

"……."

"……."

"정상참작도 될 거고. 내가 힘쓰고 있으니까……."

"보리는요?"

"회복 중이다. 문봉식은 수배 중이고."

“……형 많이 힘들어요?”

“……주제에 누굴 위로하는 거냐.”

“사범님이 형, 사람들을 위해서, 나라 위해서 큰일 할 사람이랬어요.”

“……훗. 미쳤다며? 미쳤다고 그랬다며?”

“미치지 않은 사람 말은 안 믿는다고 그랬어요. 형이 TV에 나와서 연설하는 거 보고는 훌륭한 사람을 못 알아봤던 게 부끄럽다고 그랬어요. 참나무를 봐야 도토리를 아는 거라고.”

“……”

“미안합니다, 형. 제가 형과 사범님을 실망시켰습니다. 한순간을 참지 못해 무사도를 날려 버렸어요.”

자신의 슬픔 앞에 태양처럼 밝고 명랑한 것들이 다 싫었던 태양 소년은 그새 무얼 겪었는지 훌쩍 어른이 되어 있었다.

“뭐가 행복인지 모르겠다고 그랬지? 너는 행복한 놈이야. 어떤 경우에도 널 편들어 주는 이 형님이 있으니까.”

“……”

“태양아. 광부 아버지가 너에게 그런 이름을 주었다. 그거면 된 거야. 다 용서해라.”

아직도 전태양에게 죽음은 꽃잎만큼 가볍고 청춘은 기차처럼 무거웠다.

“……형, 정말 괜찮은 거죠?”

“좀 쉬었다가, 다시 시작합시다, 사범님.”

“……”

　두 제자는 스승의 지혜롭고 쓸쓸한 유지를 흠향한다. 그래, 이해할 수 없는 것들은 이해할 수 있을 때까지 잊는 것이다. 그리고 죽기 전에는 절대 죽지 않으며, 이미 죽은 이는 그리움마저 베어 버리고 죽은 이의 길로, 아직 살아 있는 우리는 날숨과 들숨이 함께하듯 헤어지지 않고 우리의 길을 가는 것이다. 김수영과 전태양은 서로 혹시라도 들킬까 봐 애써 아닌 척했지만, 알 수 없는 손길이 다가와 아픈 가슴을 어루만지는 느낌에 뜨거운 눈물이 맺혔다. 청춘의 기차가 죽음의 흩날리는 꽃잎들을 헤치고 출발했다.

74

정윤희는 구치소 하얀 회벽에 붙은 육중한 철문이 녹슨 신음을 내며 열리고 김수영이 머뭇머뭇 걸어 나오는 것을 가만히 바라보았다. 그녀의 오래고 오랜 짝사랑은 마치 수줍은 손을 허공에 저어 주기라도 하는 것처럼 햇살이 따가워 잠시 부질없이 손바닥으로 태양을 가리고 있었다. 짝사랑하는 일은 속이 쓰리고 약이 오르는 고약한 노릇이지만 짝사랑이 죽도록 마음 아파하는 것을 빤히 지켜보는 것은, 그가 그러는 것이 비록 다른 여자 때문이라고 해도, 차라리 그가 그 다른 여자와 함께 자취를 감춰 버리는 것보다 조금도 나을 게 없었다. 시기와 질투는 그의 고통 앞에서 그녀의 어리석은 소관이 아니었기에 사실 정윤희는 김수영을 단 한 순간도 짝사랑하고 있는 게 아니었다. 항상 그녀는 그를 온전히 사랑하고 있었던 것이다.

손 보좌관이 핸들을 잡고 있는 왜건과 홍 기사가 핸들을 잡고 있는 BMW가 주차돼 있는 쪽으로 김수영과 정윤희는 나란히 걷는다.
그가 태양을 잠시 부질없이 가렸던 손으로 그녀의 손을 불쑥 잡았
다 놓으며 말한다.

"……난생처음 실연이라는 걸 당해 보니까 알겠다. 너한테 미안
해."

정윤희는 철렁, 심장을 떨어뜨리며 멈춰 서서 김수영을 쳐다본다.

"……알고 있었구나?"

따라 멈춰 선 그는 땅바닥에 떨어져 있는 그녀의 심장을 내려다
본다.

"그렇게 오랫동안 모를 수 있는 건 없어."

"……"

"게다가 나 수재잖아. 또라이지만."

두 사람은 함께 어이없이, 아무 소리 없이 웃는다.

"수영아."

"응."

"사랑은 늘 엇갈리는 것 같아."

"그래…… 아무리 어른이 돼도 소용이 없어."

"우리가 어른인 건 맞나?"

"이젠 그래야 될 것 같다. 아니. 그래야 돼."

"……그래. ……그러자."

"……그래. 무조건."

세상이 떠벌리는 사랑이 얼마나 대단한 것인지는 모르지만, 그
와 그녀는 그 변덕 도깨비 같은 사랑보다 훨씬 믿음직스럽고 강력

한 어떤 흐뭇함에 가슴이 뭉클해졌다. 그는 그녀의 어깨를 도닥이고는 떠난다. 손윤기는 멀어지는 BMW와 다가오는 정윤희를 본다. 짝사랑하는 일은 속이 쓰리고 약이 오르는 고약한 노릇이지만 짝사랑이 죽도록 마음 아파하는 것을 빤히 지켜보는 것은, 그녀가 그러는 것이 비록 다른 남자 때문이라고 하더라도, 차라리 그녀가 그 다른 남자와 함께 자취를 감춰 버리는 것보다 조금도 나을 게 없었다. 손윤기는 뒤에 감추고 있었던 장미꽃 한 송이를 정윤희에게 건넨다.

정윤희는 겁 많은 큰 눈을 깜빡이다가 물어본다.

"뭐지?"

"나는 나이가 어려서 옛날 영화배우 정윤희는 몰라요. 당신만 알아요. 괜찮죠?"

"……무슨 소리야?"

"머리가 되게 나쁜가 봐요? 내가 좋아하는 걸 어떻게 모를 수 있죠?"

"……마, 말도 안 돼."

"그러게."

그러게. 사랑은 왜 늘 엇갈리듯 시작되는 것일까. 그와 그녀는 아무 말도 못하고 한참을 마주 보았다.

75

파란 하늘 모래시계 뭉게구름 아래서 김수영을 떠나고, 아니 김
수영과 헤어지고, 아니 김수영을 버리고 계단으로 집까지 내려온
오소영에게 맹렬히 고요하던 눈빛은 이제 없다. 홍수가 휩쓸고 간
폐허 같은 현실이 마치 독한 감기약을 삼킨 듯 멍하다. 운명이니 우
연이니 하는 것들이 그저 사랑이라는 욕심을 합리화시키기 위한
망상에 불과하니 지금도 먼 훗날에라도 후회는 가증스럽다고, 꿈속
에서 꿈을 깬 것뿐이니 어서 이 꿈에서 마저 나가 버리자고, 애초에
존재하지 않았던 것이니 애써 부정할 까닭도 없다고, 모래시계 뭉
게구름은 사그라져 버리고 모래시계 속의 모래 같던 그와의 시간도
사라졌노라고, 오소영은 그렇게 생각하고 싶은 것이다.

캄캄하다. 아무도 없는 방의 문이 밖에서 열린다. 오소영이 조명
스위치를 켠다. 어둠이 깜박거리다 확 밝아진다. 오소영은 핸드폰
으로 통화를 하고 있다.

"어, 이모. 보리 핸드폰 찾고 있어. ……알았어요. 내가 병원 가면서 다시 전화할게요. 기자들 보리 근처에 얼씬도 못하게 해야 해. 절대 병실에 들이면 안 돼. ……예, 알아요. 알았다니까. ……걱정 마, 이모."

보리의 '나쁜 이모' 오소영은 보리의 핸드폰 번호로 발신 버튼을 누르며 앉은뱅이 탁자 위 작은 액자 속 오문영을 본다. 처음 들어 보는 원음벨이 방 안 어느 구석에선가 희미하게 흘러나온다.

— 보리가 자라네. 밀과 보리가 자라네. 밀과 보리가 자라는 것은 누구든지 알지요. 밀과 보리가 자라네……

오소영은 두리번거리며 헤매다가 책상 밑에서 미니 륙색을 끌어내 열고 거기서 보리의 핸드폰을 꺼낸다. 안개 걷힌 노래가 방 안 가득 차오른다.

— 친구를 기다려. 친구를 기다려. 한 사람만 나오세요. 나와 같이 춤추세. 랄라 랄라 랄라 랄라 랄라 랄라 랄랄라……

보리의 핸드폰 액정에 뜨는 발신인의 이름, '내 이모'.

— 밀과 보리가 자라네. 밀과 보리가 자라네. 밀과 보리가 자라는 것은 누구든지 알지요…… 밀과 보리가 자라네. 밀과 보리가 자라네……

오소영은 환한 미소 속에서 울고 있다.

인간이 시간 속에 존재하는 것일까, 아니면 시간이 인간 속에 존재하는 것일까. 새 한 마리는 온 우주 속의 그저 한 마리 새일 뿐이지만 그 한 마리 새가 죽으면 그 새 한 마리에게는 온 우주가 순식간에 사라진다. 그렇다면 우연과 운명이 인간을 결정하는 것일까, 아니면 인간이 우연과 운명을 결정하는 것일까. 이는 인생을 규정하는 가장 케케묵고 강력한 논쟁이다. 그러나 곰곰이 생각해 보면 우연과 운명의 실체는 바로 인간이지 우연과 운명 그 자체일 수 없다. 우연과 운명이 뭔지를 따지기 이전에 인간은 시간 속에서 우연과 운명을 행동한다. 그 결과에 대한 해석이 우연과 운명인 것이다.

김수영이 대정부 질문자로 국회 본회의장 연단에 나아간다. 국무위원과 국회의원 들이 웅성웅성거린다. 단호한 표정으로 물컵과 마이크 앞에 서는 김수영, 입추의 여지 없이 빽빽이 들어친 국회의원석에는 그의 우연과 그의 운명과 그의 그녀도 앉아 있다. 김수영이 오소영을 바라보자 초췌한 그녀는 눈을 피하기가 괴로워 차라리 감아 버린다.

"새한국당 김수영 의원입니다. 국무총리 나와 주십시오."

반백의 국무총리가 답변대에 선다.

김수영이 말한다.

"총리. 총리는 사랑을 해 본 적 있습니까?"

오소영이 감았던 두 눈을 번쩍 뜬다. 국회의원들이 왁자지껄하고 총리는 어리둥절해한다.

"네? 의원님? 방금 뭐라고 하셨는지……."

"총리께서는 사랑을 해 본 적이 있느냐고 물었습니다."

"……."

국회의원들은 여야를 막론하고 신성한 민의의 전당에서 장난치는 거냐며 난리들이다. 김수영은 전혀 꿀림이 없다.

"그럼 다르게 질문하겠습니다. 총리께서는 대한민국 국회의원들이 왜 대한민국 국민들에게 미움은 고사하고 조롱을 받는다고 생각하십니까?"

"……대부분의 국회의원님들은 존경받는다고 생각합니다."

"대한민국은 솔직하지 못한 총리를 두었거나 너무 예의가 바른 총리를 둔 것 같습니다. 저는 후자라고 믿고 싶습니다."

"감사합니다."

총리에게도 비난과 야유가 난무한다.

김수영이 말을 이어간다.

"정치는 복잡하지 않습니다. 정권은 국민이 더는 이렇게 못 살겠다 싶을 때 바뀝니다. 대한민국 국회의원이 혐오의 대상인 이유도 간단합니다. 사람 같지 않기 때문입니다. 너무 대놓고 교활하게 사람 같지가 않아서 참기가 힘들기 때문입니다. 국민들은 정치인이 어떤 이념을 가지고 있건 간에 일단 사람 같기를 바랍니다. 그렇다고 자연 앞에 정직한 짐승이기나 합니까? 그것도 아닙니다. 그럼 인간도 아니고 짐승도 아닌 대한민국 국회의원은 과연 무엇일까요. 그나마 티끌만큼이라도 양심이 있다면 감히 천사를 들먹일 순 없는 노릇일 테고 그렇다고 악마처럼 일관된 철학과 위엄을 지닌 것 같지도 않습니다. 그럼, 우린 정말 뭘까요? 천사도 악마도, 인간도 짐승도 못 되는 우리 대한민국 국회의원들은 과연 무엇일까요? 가짜입니다. 가짜. 때론 가짜 천사이고, 때론 가짜 악마이고, 때론 가짜 인간이고, 때론 가짜 짐승이니, 결국 항상 가짜인 겁니다. 더 나아가 우리는 각자 가짜 정치인이기 때문에 서로 진짜 아름다운 적수가 되지 못합니다. 가짜 새한국당 의원이고 가짜 민주통일당 의원이고 가짜 진보노동당 의원이라서 피차 더러운 원수밖에는 되지 못하는 겁니다. 그래서 대한민국 국민들은 자신의 손으로 뽑은 국회의원들을 차마 증오하기가 아까워 경멸합니다. 총리는 어떻게 생각하십니까?"

"옳은 말씀 같습니다."

대지진급의 비난과 야유가 터진다.

"총리, 그리면 다시 묻겠습니다. 사랑을 해 본 적이 있습니까?"

"당연히 있습니다."

"그 사랑이 지금의 사모님입니까?"

"……저는 아내를 사랑합니다. 하지만 두 번째 사랑이 너무 가슴 아파서 아직도 잊지 못합니다."

"대한민국은 솔직한 국무총리를 두었습니다."

"감사합니다."

"서로가 완전히 다른 진짜일 때 그 남녀는 서로를 사랑할 수 있습니까?"

"어렵군요."

"사랑할 수 없습니까?"

"의원님."

"네, 총리."

"적어도 가짜 동지들끼리 사랑하는 것보다는 나을 것 같습니다. 그건 분명합니다."

"그럼 진짜 새한국당 의원과 진짜 진보노동당 의원이 진짜 적수가 되어 사랑하는 것도 가능하겠군요."

"……결혼하면 부부 싸움은 다소 있을 것 같습니다."

"그럼 부부싸움을 다소간 할지도 모르는 부부가 되면 되겠군요."

"그렇습니다."

"총리. 수고하셨습니다."

백범 김구 선생 비슷하게 생긴 국무총리는 국무의원들 속으로 들어가 앉는다.

김수영은 자신에게 쏟아지는 포성 같은 비난 속에서 부채꼴의 지뢰밭 같은 의정석들을 휘둘러본다. 그리고 말한다.

"절대로 존경할 수 없는 가짜 여야 국회의원 여러분. 가짜 인간 여러분. 이제 속이 시원하십니까? 간곡히 부탁드립니다. 대한민국 국회의원 여러분. 배가 고프다고 쥐약을 처먹진 마시길 바랍니다. 이상입니다."

쓰나미급의 비난과 야유가 몰아친다. 언젠가 김수영은 친구에게서 빌린 별장 침대 위에서 오소영에게 붉은 루비 반지를 끼워 주며 사랑의 연설은 나중에 아주 멋진 곳에서 해 주겠다고 하지 않았던가. 말이 씨가 된다더니. 이런 심각한 농담이야말로 여시없이 인생이다. 내가 좀 전에 그랬잖아. 우연과 운명이 뭔지를 따지기 이전에 인간은 시간 속에서 우연과 운명을 행동한다고. 새 한 마리는 죽음을 뿌리치고 자신의 우주 속으로 날아오른다. 아, 이 논쟁을 거부하는 사랑은 먼 훗날에라도 온전한 해석이 가능할 것인가.

김수영은 의연하게 제자리로 돌아와 앉는다. 오소영이 불쑥 일어서자 사방이 정적에 얼어붙는다. 뭐지? 자, 이제 우연인가, 운명인가? 아니다. 둘 다 아냐. 인간이다. 오소영은 본회의장을 가로질러 뒤편 중앙 출입구로 담담히 걸어간다. 김수영을 제외한 모든 사람들의 시선이 오소영을 쭉 따라간다. 활짝 문이 열리는 출입구로 햇빛 무더기가 화악, 쳐들어온다. 김수영은 여전히 뒤돌아보지 않고 턱을 괸 채 아프게 두 눈을 감는다. 오소영의 뒷모습이 햇빛 무더기 속으로 들어가 하얗게 녹아 사라진다.

77

국회 본회의장 대정부 질문에서 해외 토픽감 깽판을 친 사흘 뒤,
김수영은 정신병원이 아니라 자신의 국회의원 사무실 창가에 걸터앉
아 저 아래 멀리 한강을 바라보면서 낯선 상념에 젖어 있다. ……직
업이란 뭘까? 여러 면에서 부족해도 그 일을 제대로 해내는 것 하
나 때문에 다른 모든 부족함을 용서받을 수 있는 것, 바꿔 말한다
면, 다른 모든 것들을 잘해도 그것 하나를 제대로 해내지 못하면
최악의 인간이 돼 버리는 것, 그게 직업 아닐까? 존경까지는 바라
지 않더라도 말이다.

김수영이 이토록 진지한 까닭은 요 며칠간 임진왜란에 맞먹는 전
쟁을 연속적으로 치러 내서가 아니라 지금 등 뒤에서 자신의 수호
천사가 짐을 싸고 있기 때문이다. 무릎이라도 꿇어서 말리고 싶지만
김수영은 차마 그럴 염치가 없다. 맹 보좌관은 커다란 종이 박스를
닫으며 그 위에 걸터앉는다. 김수영이 뒤돌아 수호천사에게 말한다.

"한 치 앞을 모른다더니. 떠날 사람은 남고 남아야 할 사람이 떠나네요."

"남아야 할 사람이란 게 접니까, 오소영 의원입니까?"

"……."

오소영은 국회의원직 사퇴를 표명하고 보리와 함께 해외 여행길에 올랐다. 맹 보좌관이 다소간 잔인할 수 있는 얘기를 스스럼없이 하는 것은 현재 김수영에게 필요한 것이 달달한 위로가 아니라 냉정한 현실 인식이라는 판단에서이다.

"의원님도 사퇴하실 겁니까?"

"……그럴까요?"

"그러시든가요."

"……."

맹 보좌관은 김수영이 사퇴하지 않으리라는 것을 알고 있다. 김수영은 이전의 김수영이 아님을, 이제 김수영에게는 정치에 대한 소명이 생겼음을 잘 알고 있다. 그 정도는 알아야 그의 수호천사가 아니겠는가.

"……어떡하다 보니 20년을 이곳에 있으면서, 이래저래 우여곡절 끝에 전부 여섯 분의 국회의원을 모신 셈이 됐네요. 그중엔 국회의장도 계셨죠."

"……."

"국회의원은 못 되고 국회의원 도우미로 주저앉아 버린 맏아들을 아버지는 안쓰러워하셨어요. 불효죠. 돌아가신 아버진 내가 농부가 되길 바라셨는데 허황된 꿈을 꾼 건 나였으니까요. ……내 젊음을 이 암투의 아수라장 속에 몽땅 쏟아부은 게 의미가 있었느냐? 난 있었다고 봅니다. 그렇게 믿습니다. 믿고 싶습니다. ……의원님."

"네."

"어떤 사람들은 자기가 쓰레기인지도 모르고 확신과 결의에 가득 차 있어요. 반면 어떤 사람들은 자기가 얼마나 훌륭한지도 모르고 늘 근심과 자책에 시달리고요. 의원님이 바로 그렇습니다."

"……."

"의원님은 참 좋은 사람이에요. 멋진 사나이고, 이 나라에 필요한 정치인이에요. 나는 당신 옆에 있으면서, 당신을 지켜 주는 것이 내 애국이라고 생각했어요."

"……그런데 왜 떠납니까?"

"내가 없어져야 의원님 편이 얼마나 많은지 알게 되실 겁니다."

"……그걸 말이라고……."

"더 늦기 전에 춤도 추러 다니고 방탕도 떨어 보고 그래야겠어요. 하하."

"……."

"옳은 사람은 누구에게나 칭찬받지는 못합니다. 진짜 큰 도둑은 성인(聖人)인 체하는 법이죠. 그 가짜들과 싸우세요. 절대 포기하지 마세요. 마음 약하게 먹어서 그들이 이득을 보게 내버려 두지 마세요. 비겁한 일입니다. 자신감을 가지세요. 어디서건 지켜보겠습니다."

바람이 시간을 이끌고 지나갔다. 가슴이 쓰려 한강 쪽으로 고개를 돌린 김수영이 문득 정신을 차리고 다시 뒤돌아보았을 때 그의 수호천사는 천국으로 날아가 버리고 없다.

78

보리와 먼 여행을 떠나기 전, 오소영은 정신과 여의사의 서재에서 그녀의 눈동자를 들여다보고 있었다. 그 눈동자 속에 비친 자신을 마주 보았다. 인간이라는 온갖 악덕과 강퍅한 비참과 추한 고독이 가득 찬 겉이 아름다운 집의 내부를 둘러보고 있었다. 그러며 오소영은 어린 아들을 죽음에 빼앗긴, 인간으로서 가장 가혹한 고통을 겪은 이 신뢰할 만한 여인에게 어젯밤의 꿈을 이야기하고 있었다.

"……어린 내가, 언니에게 그런 몹쓸 맘을 품었을 그때의 내가 숲에 갇혀 있었어요. 하얗고 드높은 나무들의 숲이 나는 감옥처럼 답답했어요. 그런데 내가 그 숲을 베어서 배를 만들었어요. ……그 배를 타고 바다를 항해하고 있었어요."

"……조카에게서 언니가 사라졌나요?"

"상관없어요. 사랑하는 사람은 언제 어디서건 우리와 함께 있어요. 구하면 얻게 되는 용기처럼."

"……."

"또 어려운 일들이 있겠죠?"

"그럼요. 하지만 이겨 내겠죠."

"그게 인생이니까."

"여기 오는 건 오늘이 마지막이에요. 이제 우리 밖에서 만나 술 마셔요. 의사와 환자가 아니라 친구로."

"이것도 마지막이라니 섭섭해서는 안 되는데 섭섭하네요."

"그것도 인생이니까."

정신과 의사는 생각한다. 오소영은 보리를 지키고 싶은 것이다. 이 나라는 그런 나라니까. 옳고 그름을 떠나 누군가의 맘에 들지 않으면 너무나 쉽게 죽음을 지불해야 하는 그런 곳이니까. 오소영은 국가니 사회니 민중이니 자본의 정의니 하는 것들을 잊어버리고 오직 보리의 이모이자 엄마로만 살아가길 선택한 것이다. 사랑하는 사람은 언제 어디서건 우리와 함께 있어요. 구하면 얻게 되는 용기처럼. 그래, 오소영은 언니 오문영에 관한 자신의 뼈아픈 순간을 스스로 용서했으므로 이제는 그녀와 언제 어디서건 온전히 함께 있을 수 있는 것이다. 영혼이라는 것이 정말 존재해 그럴 수 있건 없건 간에. 이것은 정신분석같이 요란한 무의식의 미분 적분 따위가 감히 논할 수 없는 인생의 깊이다. 대의에 의한 충격이 사적인 충격을 충격해 절망을 연소시켜 버린다. 슬픈 의지가 구차한 현실을 고귀하게 승화시킨다. 물론 그 과정의 고통은 색다른 고통으로 대치되기도 하지만 적어도 일회용 진통제가 아닌 늠름한 지혜일 것이며 이를 두고 의사는 치유라고 목사는 거듭났다고 승려는 깨달았다고 정치가는 설득했다고 표현할지는 모르겠지만, 아픔을 아픔으로 정직하게 아는 사람들은 그저 나는 그 일을 겪음으로써 성장했노라 담담히 고백할 것이다. 그리고, 그리고…… 오소영은 김수영을 영원히 멀리서 혼자 사랑하려는 것인가 보다. 언제 어디서건 사랑하는 이와는 마음속에서 자유롭게 만날 수 있다고 믿는 것처럼. 그 믿음이 그녀가 간절히 구해서 얻게 된 애잔한 용기인 것이다.

오소영은 쓸쓸히 허수아비의 얼굴을 벗어 내려놓는다. 정신과 의사는 오소영의 극복에서 지난날 자신의 극복을 본다. 앓으로 고통을 물리쳐 낸 오소영이 자랑스럽다. 그리고 자신이 빙벽 같은 고통을 겪지 않았다면 좋은 의사가 될 수 없었을 것임을 확신한다. 인생은 늘 이렇게 빛과 어둠이 있다. 빛이 있으면 빛이고 어둠이 있으면 어둠일 뿐이지만, 그 두 가지가 얽혀 있어 우리는 그것을 무늬라고 부른다. 그녀는 오소영의 고통이 그린 무늬가 아름답다. 두 여인이 서로의 눈동자 속에서 자신을 들여다보고 있었다.

검은 양복 정장 차림에 삼베 상장(喪章)을 웃옷 왼편 깃에 단 김수영은 어머니의 관이 깊고 붉은 구덩이 속으로 천천히 내려가는 것을 물끄러미 보고 있었다. 그곳은 알제에서 80킬로미터 떨어진 마랑고가 아니었다. 하얀 석회가 칠해진 벽면에 사방이 유리로 둘러싸인 양로원 시체 안치실이 아니었다. 화창한 화요일 오후 서울 근교의 한 아담한 공동 묘역이었다. 김수영은 여자와 해수욕을 즐기거나 프랑스 영화를 관람하거나 침대 위에서 쾌락을 나누지 않았고 태양 때문에 아랍인을 권총으로 쏴 죽이지도 않았지만 그와 뫼르소의 가장 큰 차이점은 어머니가 바로 어제 죽었다는 사실을 분명히 기억한다는 것이었다. 하지만 김수영은 어쩐지 자신이 이 사회의, 아니 이 세계의 모호한 이방인 같다는 기분이 들었다. 희한한 일이었다. 김수영은 비록 수많은 기행을 저지르며 멋대로 살아왔으되 여태껏 단 한 번도 자신을 외톨이로 여겨 본 적이 없었기 때문이다. 그러며 문득 그는 어머니의 죽음 앞에서 자신이 오소영이라는 혼돈을 사랑했음을 비로소 자각했다. 사랑이란 그런 것, 그는 그녀를 알아서가 아니라 알지 못하였기에 사랑했던 것이다. 그녀라는 알 수 없음을 알고 싶었지만 영원히 알 수 없을 것만 같았기에 사랑했던 것이다. 사랑이란 그런 것, 누군가를 사랑한다는 것은 그와 그녀의 혼돈을 사랑한다는 뜻이다. 이렇듯 어머니의 죽음을 맞이하여 엉뚱한 생각에 빠져 있다는 점에서 김수영과 뫼르소는 크게 다르지 않았다. 또한 뫼르소가 그랬듯 김수영은 죽은 어머니의 얼굴을 보지 않은 채 관이 닫히고 나무못이 박히는 소리를 들었다.

김수영에게 가족은 우연을 믿지 않는 잭슨 폴록이 흘려 그린 그림처럼 아름답지도 추하지도 않은 추상화였다. 어른이 되고 나서도 형제들끼리 괴짜 어머니에 대해 회의를 한 적이 있을 정도였지만 아무튼 어머니는 죽으면서까지도 참 이해하기 힘든 어머니였다. 막내아들이 과격한 신부임에도 불구하고 그녀는 평소 유지대로 어떠한 종교적 절차도 없이, 어떠한 조문도 받지 않은 채 임종 바로 다음 날 땅에 묻히고 있었다. 그녀가 화장(火葬)을 선택하지 않은 것은 소녀일 적에 오른손을 난로에 심하게 덴 후부터 불을 병적으로 싫어한 까닭이었다. 그래서 소녀는 왼손잡이 서양화가가 되었던 것이다. 김수영은 묘지 어딘가에 붉은 제라늄이 피어 있는가 하고 공연히 휘둘러보았다. 바리톤은 그의 그녀가 자신의 장례식에서 그의 목소리로 듣기 바랐던 노래를 불러 주었다. ……그리워 그리워 찾아와도 그리운 내 님은 아니 뵈네 들국화 애처롭고 갈꽃만 바람에 날리고 마음은 어디고 붙일 곳 없어 먼 하늘만 바라본다네……. 노래

하는 그는 울지 않았고 어느 무덤가에도 붉은 제라늄은 피어 있질 않았다. 바리톤은 선량하다는 것 말고는 별다른 느낌을 주지 않는 사람이었지만 지난번 꽃나무의 가지를 쳐 주던 그와는 너무도 다른 존재감에 김수영은 소름이 돋았다. 그의 노래를 처음 들으며 김수영은 이미 노인이었던 어머니가 왜 저 남자를 사랑하게 됐는지를 이해할 수 있었다. 그리고 뫼르소의 어머니가 양로원에서 토마 페레스라는 애인을 두었던 것을 뫼르소를 대신하여 이해할 수 있었다.

김수영은 생각했다. 어머니의 모래시계는 다 흘러내렸다. 모래시계는 시계 중에 가장 번거로운 시계다. 계속 신경을 쓰고 있다가 모래가 다 떨어지면 거꾸로 놓아야 하기 때문이다. 15세기와 16세기 유럽의 선박에는 그런 일을 전문으로 하는 소년이 있었다. 소년은 모래가 전부 떨어지면 모래시계를 거꾸로 돌리자마자 이를 알리는 종을 쳤다. 모래시계 소년. 모래시계 소년을 고용하려는 가정이나 상점은 없었기 때문에 모래시계는 해시계나 기계식 시계만큼 인기를 끌지 못했다. 모래시계는 시간을 알려 주는 데보다는 시간의 경과를 정확히 나타나는 데 적합했다. 인생은 모래시계와 같다. 삶이 모래시계 안의 모래처럼 다 흘러내리면 죽음이다. 그러나 모래시계 소년은 없다. 누구도 모래시계를 거꾸로 놓으며 종을 울려 주지 않는 것이다. 김수영은 후회했다. 어머니는 모래가 다 흘러내려 버린 모래시계에 갇혀 광활한 우주 속으로 사라졌다. 마지막으로 어머니를 바람 속 대숲 한가운데서 마주 보았을 때 오소영과의 일을 낱낱이 털어놓았더라면 어떠한 답을 주었을까. 아무것도 묻지 않았는데도 그녀는 이상한 말을 했더랬다. 너는 누구냐. 그게 중요해. 다른 건 아무것도 중요하지가 않아. 갑자기 찾아온 완곡한 독신주의자에 가까운 천둥벌거숭이 노총각 둘째 아들에게서 어머니는 무얼 눈치 챘던 것일까. 그때 그녀는 벌써 광막한 우주로 사라지고 있던 게 아니었을까. 마치 거대한 블랙홀 속으로 빨려 드는 작고 고독한 별처럼. 결국 김수영에게는 그것이 살아 있는 그녀의 마지막 모습이었고 유언이었다. 너는 누구냐. 그게 중요해. 다른 건 아무것도 중요하지가 않아. 김수영은 죽은 어머니 보기를 기어코 거부했으니 결국 그녀는 영원히 그에게 살아 있는 셈이다. 그러려고 *그는* 관 속에 누워 있는 그녀를 끝까지 보지 않았던 것이다. 바리톤의 노래 속에서 사랑과 이별의 바람이 불어온다. 어머니가 김수영에게 선선히 묻는다. 너는 이 바람을 번역할 수 있니? 너에게 인생은 의역이니 직역이니? 얼핏 선승의 화두 같기도 하고 완강한 부조리극의 대사 같기도 한 이 물음들이 김수영에게 불현듯, 너는 사랑을 번역할 수 있니? 너에게 사랑은 의역이니 직역이니? 그런 말처럼 들리는 것은 왜일까? 어머니는 삶을 사랑했고 삶이 사랑이었기에 아버지와 헤어졌고 저 노래하는 남자와 새로운 사랑을 시작했을 것이다. 그것은 의역이었을까 직역이었을까. 어쩌면 의역인지 직역인지를 되짚어 보는 이 마음이 우리를 사랑하게 하는지도 모른다. 의역은 우연이고 직역은 운명인가? 그 반대인가? 의역이 운명이고 직역이 우연이어도 역시 인생은 흘러가서 다시는 되돌아오지 않는다. 사랑도 이별도 덧없다. 이 세계의 모든 것들은 모습이 있건 없건 간에 예외 없이 변하고 히물어져 간다. 시간이 지나간다. 사람이 지나간다. 사랑이 지나간다. 곡물의 사발이 지나간다. 가을의 리듬을 따라 추상화가 지나간다. 손목시계와 벽시계가 지나간다. 모래시계 모양의 뭉게구름이 지나간다. 이별이 지나간다. 빵 굽는 사람의 바구니가 지나간다. 컵은 굳힌다, 가 지나간다. 채식주의자는 국수를 튀겼다, 가 지나간다. 의역과 직역이 지나간다. 의역과 직역 같은 바람이 지나간다. 삶에 대한 의역 같기도 하고 직역 같기도 한 바람이 지나간다. 파푸아뉴기니의 한 고급 호텔 룸서비스 메뉴판이 지나간다. 내가 지나간다. 나쁘지 않은 죽 같은 새로운 수프가 지나간다. 다 지나간다. 내가 너에게서, 네가 나에게서, 내가 내게서, 네가 너에게서 지나가 버린다. 영원히 되돌아오지 않는다.

바리톤의 노래가 끝났다. 그의 얼굴은 눈물에 젖어 있다. 온화한 외과 의사와 과격한 신부가 그에게 눈빛으로 경의와 감사를 표한다. 김수영은 저기 묘역의 언덕을 홀로 내려가는 아버지의 뒷모습을 바라본다. 김중건 교수는 생각한다. 사랑이 변하지 않을 수는 없다. 중요한 건 그 사랑의 어려움 속에서도 내 인생은 무엇을 모색하였는가, 그것이 중요할 뿐이다. 그녀가 그를 버렸어도 그는 그녀를 사랑하지 않은 적이 없었다. 김수영은 지금 멀어지는 아버지의 뒷모습에서 그의 얼굴을 확인할 수 없다. 아버지는 뫼르소 부인의 애인 토마 페레스처럼 굵은 눈물이 주름 때문에 아래로 흘러내리지 못한 채 퍼졌다가 다시 모여들어 노쇠한 얼굴을 적시고 있을까. 두 뺨 가득 흘러넘치고 있을까. 김수영은 아버지가 아버지가 아니라 한 남자라는 것을 새삼 깨친다. 바람에 흔들리는 것으로 바람의 모습을 보듯 조용히 들썩이며 작아지는 아버지의 뒷모습 속에서 자신을 본다. 만약 신이 존재한다면 분명 신은 사랑에 흔들리는 인간 속에서 자신의 모습을 볼 것이다. 김수영은 괴로워 눈을 감았다. 한 그루의 사과나무 같은 어머니가 환하게 미소하였다. 한 그루의 사과나무 같은 오소영이 환하게 미소하였다. 그녀는 바람 부는 대숲 속에서 홀로 툭, 툭, 팝콘 터지듯 꽃피고 있었다.

문제를 해결하는 것은 인간이 아니라 시간이다. 아름다운 꽃은
시들고 상처는 무뎌진다. 슬픔이다. ……국회의원 사퇴서를 제출하
는 오소영을 지켜보는 정윤희 보좌관과 고동숙 의원과 손윤기 보좌
관은 착잡하다. 오소영은 훌쩍거리며 우는 고동숙을 꼭 끌어안아
준다. ……맑은 날 보리는 오소영이 밀어 주는 휠체어에 앉아 퇴원
한다. 그것을 먼 곳에서 김수영이 모르게 바라보고 있다. ……총선
에 무소속으로 출마한 김수영이 유세차 위에서 열정에 불타 연설하
고 있다. 그는 문봉식의 '우리'와 맞서 싸우기로 결정한 것이다. 암
흑 속에서 심해어는 꿈을 꾼다. 위에서 해일이 일든 말든 상관하지
않는다. 누구도 나를 죽일 수 없다면 아직 진 것이 아니다. 전쟁이
란 그렇다. 끝나기 전에는 끝난 것이 아니다. ……오소영은 혼자 장
을 보고 걷다가 우연히 작고 아름다운 꽃 가게 앞에 문득 멈춰 선
다. 창문에 붙어 있는 '꽃집 내놓았습니다.' 그 팻말 앞에서 오소영

은 홀연 세르반테스의 『돈키호테』에 나오는 한 구절이 떠올랐다. "너를 울게 만드는 남자가 너를 진정으로 사랑한다." 왜 그랬을까? 하긴 그녀는 어쩐지 자신이 풍차 앞에 선 돈키호테 같다는 생각이 들기도 하였다. 그녀는 어서 그를 잊고 싶었다. ……젊은 신임 보좌관과 함께 지역구 주민들에게 인사를 다니는 김수영이 무심히 파란 하늘 속 모래시계 모양의 뭉게구름을 올려다본다. ……파란 하늘 속 모래시계 모양의 뭉게구름. 그 아래 풀잎을 입에 물고 대자로 누워 있는 전태양. 그 옆 담벼락을 따라 무릎 꿇은 채 양손을 들고 있는 조폭들. ……스크린에는 화끈한 액션 영화가 펼쳐지고 있다. 손윤기의 팔짱을 꼭 끼고 앉아 행복한 표정으로 팝콘을 집어 먹는 전 국회의원 보좌관 정윤회. 그 앞줄 젊은 연인들 사이에 딱 끼어 있는 진보노동당 대표 고동숙 의원이 반사회적인 표정을 짓고 있다. ……카바레에서 정신 나간 유부녀들과 화려한 밤을 즐기고 있는 전직 수호천사 맹주호. 문제를 해결하는 것은 인간이 아니라 시간이다. 아름다운 꽃은 시들고 상처는 무뎌진다. 슬픔도 슬픔만은 아니다.

아나운서 면접시험 수험표를 가슴 왼편에 달고 앉아 있는 이여진에게 면접관들이 묻는다.

"아나운서가 되기 위해 가장 필요한 소양이 뭐라고 생각합니까?"

"……누구에게도 기대지 않고 자신 있게 세상을 대하는 마음. 아닐까요?"

"음. 좋군요."

"그리고,"

"그리고?"

"……소화기?"

어리둥절한 면접관들. 미스 리는 소리 없이 빛난다.

……쇼윈도 TV 앞. 깁스한 왼발에 목발을 짚고 혼자 서 있는 보리의 뒷모습. 살인 교사와 정치자금법 위반 등의 죄로 수배 중이던 전 새한국당 국회의원 문봉식이 경찰에 체포돼 포승줄에 묶인 채 이송당하는 장면이 뉴스에 나오고 있다. 방금 구운 바게트를 한 가득 끌어안은 오소영이 다가와 보리 옆에 나란히 선다. 이모와 조카, 엄마와 딸, 서로 사랑하는 두 사람의 하나같은 뒷모습이다. 사랑이다.

81

어느 무면허 의사가 그랬던가. 사랑에 입은 상처는 다른 사랑으로 치유할 수밖에 없다고. 선천적 마초와 후천적 마초가 제일 독한 비율로 혼합된 슈퍼 울트라 판타스틱 스틸하트 마초 김수영은 당연히 이제껏 단 한 번도 제대로 울어 본 적이 없었다. 물론 꼼꼼히 따지자면 언제 어디서건 울기야 울었겠지만 딱히 기억나는 게 없으니 적어도 자의식 안에서만큼은 그런 적 없다고 태연히 우겨도 무방했다. 자고로 남자는 세 번 운다며? 태어날 때 한 번. 부모님이 돌아가셨을 때 한 번. 나라를 잃었을 때 한 번. 한데 김수영은 막상 이마저도 지키지 않는 인천 자유공원 맥아더 동상에 가까운 인간이었다. 얼마 전 어머니가 돌아가셨을 때도 끝끝내 울진 않았으니까. 경배하라. 그가 누구신가. 흰 뼈다귀로는 귀신 잡는 해병이자 붉은 핏방울로는 생사를 초월한 검객이자 전직으로는 정념 공명정대한 판사이자 현직으로는 막무가내 로보캅 국회의원 아니신가. 요컨대 김수영에게 있어 눈물이란 사약이요 울보란 실존적 경멸의 대상인 것이다. 무사에게 나 자신 외에는 다 치장이다. 더불어 숨 쉬기 치욕스러워 싸운다. 그리고 지면 스스로 죽는다. 간단하다. 고요하다. 냉정한 평화인 것이다. 사나이의 길인 것이다. 김수영인 것이다. 그런데, 그토록 의미심장하고 대단한 그가, 지금, 사랑에 입은 상처는 다른 사랑으로 치유할 수밖에 없다는, 뭐랄까, 야들야들 기생오라비 신조 같은 권유에 차마 못 이기는 척 넘어가 선을 보고 있다. 그것도 대강 연애 정도가 아니라 아예 결혼이란 걸 감행해 버리려고 난생처음 보는 여자 앞에서 우물쭈물 진땀을 흘리며 앉아 있는 것이다. 누가? 선천적 마초와 후천적 마초가 제일 독한 비율로 혼합된 슈퍼 울트라 판타스틱 스틸하트 마초가.

악처의 대명사 크산티페가 욕을 퍼붓는 걸로는 분이 안 풀려 양동이로 구정물을 끼얹자 소크라테스는 흠뻑 젖어 이렇게 히죽거렸다고 한다. 천둥이 친 후에는 비가 오는 법이지. 몽테뉴는 말했다. 결혼은 새장과 같은 것이다. 밖에 있는 새들은 쓸데없이 그 속으로 들어가려고 하고, 속에 있는 새들은 쓸데없이 밖으로 나가려고 한다. 쇼펜하우어는 말했다. 결혼이란 남자의 권리를 반분해서 의무를 두 배로 하는 짓이다. 톨스토이는 말했다. 사람은 어쩔 수 없이 죽는 것처럼 별도리가 없을 때에만 결혼할 것이다. 조지 버나드 쇼는 말했다. 결혼이란 인간이 만든 제도 중에서 가장 방종한 것이다. 결혼이 인기가 있는 것은 이 때문이다. 하이네는 말했다. 결혼 생활, 그 험한 망망대해를 넘어가는 나침반은 아직 발견되지 않았다. 메레시콥스키는 『신들의 부활』에 썼다. 현명한 인간이 되고 싶으면 절대 결혼하면 안 된다. 결혼이란 미꾸라지를 잡으려다가 뱀이 들어 있는 자루 속에 손을 집어넣는 짓과 같다. 결혼을 하느니 중풍에 걸리는 편이 낫다. 셰익스피어는 『베니스의 상인』에 썼다. 결혼과 교수형은 숙명에 따른다. H. A. 텐은 『프레데리크 토마 그랭도르 주 씨의 생애와 의견』에 썼다. 3주 동안 서로를 연구하고 3개월 동안 서로를 사랑하고 3년 동안 서로 싸우고 30년 동안 서로 참는다. 그리고 아이들이 같은 일을 또 시작한다. 그런데 김수영은, 새장 속에 들어가 권리가 둘로 쪼개지고 의무가 두 배로 늘어난들, 인간의 방종한 망망대해를 표류하다가 별도리 없이 빠져 죽는다 한들, 식은 추어탕을 먹고 독사들이 우글거리는 자루 속에 대체 뭐가 들어 있나 궁금해서 머리를 들이밀다가 중풍에 걸린들, 3주 동안 서로를 연구하고 3개월 동안 서로를 사랑하고 3년 동안 서로 싸우고 30년 동안 서로 참다가 더는 못 참고 마누라를 살해해 교수형에 처해진다 한들, 만에 하나 결혼이 지난 사랑의 상처를 치유해 준다면, 그것이 비록 해장술로 숙취를 가라앉히려는 어리석은 시도일지언정, 잠시만, 정말 잠시만이라도 편안해질 수 있다면 아무래도 상관없다는, 그런 가엾고 절박한 심정이었다. 게다가 결혼이란 해도 후회고 안 해도 후회라고 말했던 소크라테스는 이런 각주도 달지 않았던가. 어쨌든 결혼하도록 하라. 훌륭한 아내를 얻었다면 보다 행복해질 것이다. 나쁜 아내를 얻었다면 철학자가 될 것이다. 어느 쪽이건 간에 좋은 일이런가, 라고.

공교롭게도 김수영은 언젠가 오소영이 국문과 시인 교수와 선을 보았던 바로 그 최고급 호텔의 커피숍 그 테이블에서 선을 보고 있

었다. 철학자가 되는 게 좋은 일인지 아닌지는 잘 모르겠지만, 마주
앉아 있는 정숙한 외모의 여자는 최소한 김수영을 철학자로 만들어
줄 것 같지는 않아 보였다. 음흉한 대한민국의 솔직한 국무총리의
넷째 딸로서 독일에서 바이올린으로 유학을 마치고 음대에서 시간
강사를 하고 있다는데 온화하면서도 총명한 인상이 실제 나이 서른
다섯 살보다는 훨씬 동안이다. 저런 여자가 왜 여태 시집을 안 가고
떠돌다 나 같은 정신병자를 만나러 왔을까. 쭈뼛쭈뼛 김수영은 그
저 시시껄렁한 생각 속에서 연탄가스 먹은 바퀴벌레 꼴이다. 어색
한 정적이 도를 넘고 있다.

　"……."

　"……."

　김수영이 뭔가 말을 꺼내려다가 멈칫하고 또 뭔가 말하려다가는
다시 멈칫한다. 여자는 저도 같이 호흡을 멈칫, 멈칫, 멈추게 된다.
이 무슨 웃기기도 하고 안쓰럽기도 한 풍경인가. 김수영의 얼굴이
창백해지다가, 약간 일그러지다가, 아무 표정이 없어지다가, 어느새
누구도, 그 누구도 대신 읽어 줄 수 없는 얼굴이 된다.

　"……저어, 저어……."

　"의원님……."

　"……."

　"……."

　아. 김수영은 눈물이 글썽글썽하다.

　"……죄, 죄송합니다. 이 모두가, 그게, ……다, 제가 그랬습니다.
제 문젭니다."

“의원님……”

“이러려고 그런 게 아니었는데, 죄송합니다. 아, 제가. 아.”

김수영은 울컥 뜨겁게 치밀어 오르는 뭔가를 수습할 수가 없었다. 그것은 인간이 인간으로서 자제할 수 있는 감정이 아니었다. 스스로에게 겁이 난 김수영이 도망치듯 자리에서 일어나려 하는데, 웬걸, 두 다리가 잘려 나간 것처럼 털썩 주저앉고 만다. 김수영의 눈물이 바닥으로 뚝뚝 피처럼 떨어진다. 무너진 그는 왼손으로 얼굴을 감싸고 고개를 숙인다.

“이, 이러려고, 여기까지 온 게 아니었는데…….”

“…….”

“죄송합니다. 죄송…….”

커피숍 안의 종업원들과 몇 안 되는 손님들이 이쪽을 힐끔힐끔 보기 시작한다. 여자가 침착하게 김수영에게 다가가 그의 등을 어루만지며 오른손에 손수건을 쥐여 준다.

“의원님. 왜 그러신지 알아요. 괜찮아요. ……저 알아요. ……저도 그런 거 알아요. 울어도 괜찮아요. 부끄러운 거 아니에요. 다 지나갈 거예요. 다 지나갈 거예요…….”

대한민국 국회의원 김수영은 처음 만난 여자의 손수건을 젖은 얼굴에 지혈하듯 대고 엉엉 운다. 스승의 죽음도, 괴로운 이 나라도, 어머니의 죽음조차도 감히 그를 울리지는 못하였다. 그런 그가 울고 있다. 영원히 울 것처럼 울고 있다.

82

그 방송국 라디오 부스 안 벽시계는 디지털이었다. 아날로그 벽시계의 초침과 시침 가는 기척마저 마이크에 흡수될까 봐 염려해서일까. 만약 그게 정말이라면 실제로는 존재하지도 않는 시간의 소리를 물질의 가면에 기대어 인지한다는 점이 새삼 장도준에게는 마치 오묘한 비밀을 숨은그림찾기라도 하는 양 여겨졌다. 그는 얼마 전 자신이 살고 있는 고층 아파트에서 신성한 얼음물 정수기 냉장고를 17층 아래 아스팔트 바닥으로 떨어뜨린 뒤 서울 상공에 금속성의 기타 연주를 마구 갈겨 댔음에도 불구하고 '깊은 밤 음악 편지'의 DJ 자리에서 잘리지 않았다. 참 이상하지? 그가 평소 굳게 믿었던 것과는 달리 그를 사랑해 주는 사람들이 여기저기 꽤 많았나 보다. 하긴 그러니까 그가 여태 그 지경일지언정 버젓이 살아 있는 게 아니겠는가. 자고로 절망에 갇힌 자는 고독도 목이 말라 스스로 만들어 낸다. 고독마저 없으면 자존심이 상하는 것이다. 그래서 한 번도 만나 본 적 없는 친구들이 아주 오래전부터 당당히 변호하고 애틋하게 지지해 주고 있음을 알지 못한다. 장도준은 머리를 긁적이며 술에 취해 그런 짓을 저지른 건 아니지만 다시는 술을 마시지 않겠습니다, 라고 자진해서 맹세했고 라디오 국장은 제 귀를 의심하며 장도준이 진짜로 미쳐 버린 게 아닌가 하여 비상 간부 회의를 소집하기까지 했다. 장도준은 성경을 옆구리에 끼고 찬송가를 흥얼거리지는 않았으나 그날부터 정말로 단 한 방울도 술을 입에 대지 않았고 마약 복용을 의심한 경찰은 혈액검사로도 모자라 머리카락까지 뽑아 갔지만 결과는 깨끗했다. 뭘 따져. 다 그런 거지 뭐, 인생이.

아무튼. '깊은 밤 음악 편지'의 선한 목자 장도준은 제 앞에서 레드 제플린을 감상하고 있는 깜짝 초대 손님 무소속 국회의원 김수영을 유심히 감상하고 있었다. ……바람은 모습이 없다. 대신 바람에 흔들리는 것들로써 바람의 모습을 본다. 시간은 모습이 없다. 대신 시간에 흘러가는 것들로써 시간의 모습을 본다. 지금 시간에 흘러가고 있는 이 음악으로 내가 시간의 모습을 보는 것처럼. 김수영은 그런 상념에 잠겨 두 눈을 지그시 감고 있었다.

장도준은 자신만큼이나 사회에 황당한 물의를 일으킨 바 있는 저 사나이가 매우 맘에 들었다. 기실 장도준은 김수영을 언제 어디서건 정성껏 한 대 올려붙일 심산이었다. 자신이 짝사랑한 사과나무에 감히 대못질을 한 용서할 수 없는 불한당이었기 때문이다. 그러나 전국으로 방송 되었던 국회 본회의장에서의 그 록 스피릿이 황홀 쩌는 대정부 질문 한 방으로 인해 장도준은 김수영이 오소영에게 마지막까지 최선을 다했음을 인정하지 아니할 수 없었다. 장도준은 한 여자를 다르게 사랑했던 두 남자 중의 하나로서 그에게 몰래 경의를 표하였다.

「Babe I'm Gonna Leave You」가 여운을 남기며 끝난다. 부스에 'ON AIR'가 들어온다. 마이크로 입을 가져가는 성실한 DJ.

"얼마 전 대한민국을 발칵 뒤집어 놓았던 사랑의 테러리스트. 사랑의 오사마 빈 라덴. 무소속 김수영 국회의원을 모시고 폭발성 강한 토크 나누고 있어요."

김수영이 떨떠름하게 말했다.

"테러리스트는 과분하고요, 사랑의 전과자겠죠. 전과자."

장도준이 20세기를 회상하면서 말했다.

"사랑에 전과자 아닌 사람이 어디 있을까. 나는 별이 한 열아홉 개쯤 되나?"

김수영이 21세기를 걱정하면서 말했다.

"전과자들의 재활에 우리 사회 전체가 힘을 모아야 합니다."

장도준은 비관적으로 말했다.

"사랑은 재범률이 가장 높은 범죄죠."

김수영은 전직 판사로서 진지했다.

"형량이 일정치 않아서 그런 걸까요?"

"글쎄요, 어쩌면 범죄보다는 질병에 더 가깝지 않을까? 전염성이 매우 독한."

"백신도 치료제도 없는."

"의사도 없어."

부스 창 너머, 헛소리들 그만하고 마칠 시각 됐다고 연신 손짓을 해 대는 공처가 겸 딸 바보 PD. 노총각계의 고생대 화석 장도준은 문득 '여자'라는 군사 용어가 떠올라 모골이 송연해진다.

"자, 이런 결론은 어떨까요? 사랑에 여야가 따로 없다? 좋아요, 좋아. 멋진 국정 과제네요. 그럼 시국이 시국이니만큼, 준법정신이 투철한 저 대신, 여의도의 돌아온 무법자 김 의원께서 끝 곡과 함께 굿나잇 쏴 주시죠."

짐 크로치의 「Time in a Bottle」이 잔잔히 깔린다. 김수영이 다시금 눈을 감는다. 그의 어둠 속에서, 1973년 9월 20일 짐 크로치가 탄 비행기가 루이지애나에서 텍사스로 향하는 도중 서서히 추락하고 있다. ……만약 시간을 병 속에 담아 둘 수 있다면 내가 가장 먼저 하고 싶은 일은 영원이 지나도록 그 모든 날들을 담아서 당신과 함께 나누는 겁니다……. 어느새 김수영은 수평선 위에 꽂힌 한 그루의 사과나무가 바닷바람에 흔들리는 것을 보고 있다. 야윈 오소영의 감색 원피스가 바람에 펄럭인다. 그녀가 그에게 루비 반지를 되돌려 주고는 떠난다. 그녀가 바람의 모습이 되어 흔들리다가 애초에 존재하지도 않았던 것처럼 흩어져 버린다. 혼자 남겨진 그는 흔들리며 생각한다. 인생은 운명으로만 이루어져 있다. 우연을 닮은 운명이 인간을 농락한다. 우연은 운명이 쓴 비열한 가면이다. 그리고 사랑은, ……사랑은 ……병 속의 시간 속에서 김수영이 말한다.

"열 명이 포커를 하고 있는데요, 용감하 음……."

김수영은 잠시 숨을 고르며 청바지 왼편 호주머니 안에 있는 오소영의 깨진 채 멈춘 손목시계를 만지작거린다. 그리고 생각한다. 나쁘지 않은 죽 같은 새로운 수프일 수는 없다. 나쁘지 않은 죽같이 어설픈 직역으로는 살지 않을 것이다. 삶을 의역하는 것은 신도 그 누구도 아닌 바로 나 자신이다, 라고.

"용감한 한 사람이 작당한 아홉 명에게 부당함을 주장하는 겁니다. 이 상황이 지속되면 제아무리 뻔뻔한 집단이라도 질려 가기 마련이죠. 그러다 그 하나에게 감동한 다른 한 사람이 나서서 편을 들어 주면, 그가 옳다고 말해 주면, 부당한 자들은 결국 용감한 그 두 사람에게 굴복한다고 합니다. 저는 심리학이고 뭐고 그런 거 잘 모릅니다. 이건 그냥 제 소망입니다. 꿈입니다."

……얼굴에 흉터가 남아 있는 보리가 온갖 꽃들 사이에서 『삼국지』를 읽고 있다. 오소영은 하얀 백합꽃 한 아름을 한 남자 손님에게 포장해 준다. 그러며 창밖 저 너머 불 밝히고 있는 방송국의 이니셜을 올려다본다. 보리는 『삼국지』의 마지막 페이지를 탁, 덮는다. 아, 어른들의 권모술수는 이제 지겹다. 보리는 더 이상은 『삼국지』를 읽지 않겠다고, 이모는 자꾸 시를 읽으라고 권하지만 과연 세상에 진짜 시인이 몇이나 될까 싶어 그건 싫고, 대신 훗날, 그 누구의 눈치도 절대 안 보는 진짜 소설가가 되어서, 단 한 사람의 고독한 의지와 패기가 한여름 개떼처럼 침을 질질 흘리며 몰려다니는 속물들을 멋지게 쳐부수는 새로운 전쟁 이야기를 써 보겠노라 결심한다. ……꽃 가게의 조명이 꺼지고, 셔터를 내리는 오소영. 그것을 보도블록 위에 덩그러니 서서 지켜보고 있는 보리. ……오소영과 보리가 한산한 플랫폼에 나란히 서서 지하철을 기다리고 있다. 오소영은 아까부터 계속 헤드폰으로 뭔가를 듣고 있다. 김수영의 목

소리를 듣고 있다. 단 한 사람에 대한 두 사람의 이야기를 듣고 있다. 김수영이 오소영에게 말한다.

"……당신 스스로가 바로 당신의 단 한 사람이라는 걸 절대 잊지 마십시오. 그래야 또 다른 단 한 사람, 그 옆의 또 다른 단 한 사람, 이 세상 모든 단 한 사람들이 당신의 편이 되어 줄 수 있습니다. 이게, 당신의 소망입니다. 꿈입니다. ……전과자 김수영이었습니다. 안녕히 계십시오."

그때. 서로 사랑하는 사람들의 영혼은 언제 어니서나 함께한다는 그 믿음이 사실인지 아닌지는 아무도 모른다. 그러나 알 수 없는 어떤 손길이 다가와 아픈 가슴을 어루만져 주는 느낌에 오소영은 눈물이 맺혔다. 오소영은 가만히 헤드폰을 벗는다.

"보리야."

"……."

"보리야."

"왜 이모."

"어디서 백합꽃 향기가 나지?"

"……."

"……."

"백합꽃?"

보리는 누군가를 찾듯 두리번거리는 오소영을 갸우뚱 올려다본다. 오소영이 혼잣말을 내뱉는다.

"……지금 우리 곁에 있어. 백합꽃 향기가 나. ……인니."

장도준이 아직 눈을 감고 있는 김수영에게 엄지손가락을 치켜세운다. 김수영은 깜짝 놀라 청바지 왼쪽 호주머니에서 오소영의 손목시계를 꺼내 본다. ……째깍째깍 초침이 가고 있다. 죽었던 그녀의 손목시계가 다시 살아나 있다. ……불가능한 노릇만도 아닐 것이다. 우주의 어느 부분에서는 째깍 1초가 100년처럼 늘어지고 또 다른 곳에서는 100년이 째깍 1초 만에 지나가 버린다고 하지 않던가. 김수영의 손바닥 위에 올려진 손목시계를 장도준이 뻘쭘하게 바라본다. 그것이 일전에 현실인지 착각인지도 가늠키 힘든 빛으로 제 목숨을 구해 줬다는 것도 모른 채 말이다. ……오소영은 불현듯 보리를 데리고 택시에 올라탄다. ……지하도에서 올라와 밤거리를 빠른 걸음으로 걷고 있는 오소영과 보리, 오소영의 긴 손가락과 보리의 고사리 같은 손가락이 서로 깍지를 꼭 끼고 있다. ……어떤 큰 빌딩 안으로 들어가는 오소영과 보리.

인간이 죽음의 모래시계는 뒤집을 수 없다고 하더라도 사랑의 모래시계는 뒤집을 수 있지 않을까. 째깍, 째깍, 째깍, 우우웅 ― 1초가 100년처럼 늘어진다. 오소영과 보리가 나선형 계단을 뛰어오른다. 김수영이 누군가의 심장처럼 뛰고 있는, 유리가 깨진 손목시계를 왼손에 꼭 쥐고는 눈을 감는다. 장도준이 CD 플레이어의 전원을 끈다. 오소영과 보리는 매끈하고 긴 복도를 뛰어간다. 째깍, 100년이 1초 만에 지나가 버린다. 라디오 부스의 'ON AIR'가 사라진다. 문고리를 잡는 보리의 고사리 같은 손가락, 그 문을 확 밀어젖히는 오소영의 긴 손가락. 낯선 인기척을 느낀 김수영이 눈을 뜬다. 장도준이 문 쪽을 휙 뒤돌아본다. 김수영은 탁자 위에 유리가 깨진 채 가고 있는 손목시계를 내려놓는다. 은하수 속 모래시계 모양의 별자리가 뒤집힌다.

부스 창 너머, 오소영과 보리가 PD 옆에 서서 미소 짓고 있다. 장도준이 헤드폰을 벗으며 웃는다. 김수영이 자리에서 일어서며 더 환하게 웃는다. 오소영과 보리가 그런 김수영보다 더 환하게 웃는다. 그녀가 그녀의 별을 버리고 오로지 그만을 원하여 그의 별로 왔다. 그와 그녀는 재회했지만 마치 처음 마주 보고 있는 듯했다. 그는 순간 이런 엉뚱한 질문에 사로잡혔다. 내가 사랑하는 이 여자는 내 우연 같은 운명일까 아니면 내 운명 같은 우연일까? 한편 그녀는 이것이 궁금했다. 내가 사랑하는 이 남자는 내 운명 같은 우연일까 아니면 우연 같은 운명일까? 어쩌면 사랑이란 애초부터 똑같은 답을 가지는 게 아니라 먼 길을 돌아 결국엔 같은 물음을 가지는 일인지도 모른다. 없는 시간의 소리를 나는 당신에게서 느낀다. 당신은 시간의 가면이 아니다. 나의 가면이 아니다. 이 우주의 전부가 당신 안에 있기 때문이다. 나는 당신을 위한 희생이 두렵지 않다. 그것이 내 오묘한 비밀이다. 사랑은 어쩌면 이런 고백인지도 모른다. 언제나 그렇듯 우주에는 수많은 별들이 반짝인다. 그리고 그 가운데 어느 작은 별 두 개가 서로를 마주 보며 반짝이고 있다. 사랑은 없다. 사랑하는 사람들이 있을 뿐이다. 그와 그녀의 이야기가 다시 시작되었다.

젊어서는 비극을 쓰고 늙어서는 희극을 쓰자. 스무 살 무렵부터 지녀 온 내 다짐이었다. 비극은 청춘이 쓰는 비극이 가장 아름다울 것이고 반면 노인이 되어서도 인생이란 비극으로 멋진 희극을 써내지 못한다면 작가로서 그보다 더 부끄러운 노릇은 없을 거라 생각했기 때문이다. 그런데 삶이란 늘 계획과 예상을 빗나가기 마련이어서 이렇게 다소간 일찍 희극을 쓰게 되었다. 청춘은 결국 블랙홀 같은 상처만을 남기고 지나가 버렸지만 그렇다고 해서 아직은 평생 지은 죄의 이론을 체계화시키고자 회고록을 쓰고 있는 노인도 아니니까 말이다. 게다가 인간을 향한 내 비관이 비등점에 이른 마당에 코미디도 그냥 코미디가 아니라 러브스토리로 코미디를 쓰게 되다니 이게 과연 비극인지 희극인지 아리송하다.

파계한 입장에 변명 아닌 변명을 대충 하자면, 나는 희극을 비하할 의사가 전혀 없는 것과 마찬가지로 굳이 사랑을 포장하고 싶지도 않다. 다만 사랑이라는 것이 인간이 살아가면서 대면할 수밖에 없는 모든 질문들 가운데 죽음 다음으로 엄중한 화두라는 것만은 분명하다. 사랑에 정답이 존재하건 말건 간에, 사랑이란 의문부호를 가슴에 품고 있을 때 우리는 죽음 앞에서도 인생을 생생하게 체험할 수 있다. 사랑이라는 숙제가 없다면 인간은 금방 빛을 잃고 시들어 버릴 것이다. 내게 있어 사랑에 대해 묻는다는 것은 죽음이란 무엇인가를 묻는 일인 동시에 인간이란 무엇인가를 묻는 일이기도 하다. 죽음은 우리를 진지하게 만들고 그런 우리는 사랑이 있기에 운명과 투쟁할 수 있다.

하여 거대한 벽 앞에 홀로 서 있다고 느끼는 사람들이 이 소설을 읽어 주었으면 좋겠다. 그 거대한 벽을 박살 내는 법까지는 못 가르쳐 줘도 그 거대한 벽 앞에서 맘껏 웃을 수 있는 방법은 알려 줄 수 있을지 모른다. 그러고 나서 우리는 망치를 들거나 폭탄을 제작하기 시작할 것이다. 아직도 세상은 내게 허황되다고 말한다. 그러나 나는 단 한 발짝도 비켜서지 않으며 저 거대한 벽 너머에 뭐가 있는지 좀 봐야겠다. 화두가 풀리는 것처럼 저 거대한 벽이 산산조각 나는 꼴을 꼭 봐야겠다. 내가 이러는 것은 우선 나 자신을 믿기 때문이고 저 거대한 벽이 사실은 허당과 허깨비의 합성이라는 것을 과학적으로 계산해 냈기 때문이다. 하물며 그 뒤에 숨어 있는 것들이라야.

쓴 자와 읽는 자 사이에는 감히 아무도 개입할 수가 없다. 바로 그것이 내가 가소로운 수모에 종종 구역질이 나면서도 무슨 계시라도 받은 양 글쓰기를 계속하는 유일하고 충분한 이유다. 또 모르지. 어

336

쩌면 그것이 이 책에서 밝히고자 하는 사랑의 핵심일지도. 삶에서 승리하려면 무엇보다 희망을 잃어선 안 되듯이 웃음의 몸을 입은 이 책의 혼은 사랑이다. 그리고 지난날 거대한 벽 앞에서 밤과 낮을 잊으며 홀로 그것을 쓴 자와 지금 어디서건 자신의 거대한 벽 앞에 홀로 서서 그것을 읽고 있을 당신의 똑같은 이름은 자유인이다.

2012년 2월

이응준

이응준

1970년 서울에서 태어나 한양대학교 독어독문학과와 동 대학원 석사과정을 졸업하고 국어국문학과에서 박사과정을 수료했다. 1990년 계간 《문학과 비평》 겨울호에 「깨달음은 갑자기 찾아온다」 외 9편의 시로 등단했고, 1994년 계간 《상상》 가을호에 단편소설 「그는 추억의 속도로 걸어갔다」를 발표하면서 소설가로 데뷔했다. 시집 『나무들이 그 숲을 거부했다』, 『낙타와의 장거리 경주』, 『애인』, 소설집 『달의 뒤편으로 가는 자전거 여행』, 『내 여자친구의 장례식』, 『무정한 짐승의 연애』, 『약혼』, 연작소설집 『밤의 첼로』, 장편소설 『느릅나무 아래 숨긴 천국』, 『전갈자리에서 생긴 일』, 『국가의 사생활』, 소설선집 『그는 추억의 속도로 걸어갔다』 등이 있다. 2008년 각본과 감독을 맡은 영화 「Lemon Tree」(40분)가 뉴욕아시안아메리칸국제영화제 단편경쟁부문, 파리국제단편영화제 국제경쟁부문에 초청되었다.

내 연애의 모든 것

1판 1쇄 펴냄 2012년 2월 20일
1판 5쇄 펴냄 2013년 4월　3일

지은이　이응준
발행인　박근섭·박상준
편집인　장은수
펴낸곳　(주)민음사

출판등록 1966. 5. 19. 제 16-490호
(우)135-887 서울 강남구 신사동 506번지 강남출판문화센터 5층
대표전화 515-2000 / 팩시밀리 515-2007
www.minumsa.com

ISBN 978-89-374-8438-4　03810